Bettina Poock

Sascha

Ein unglaublicher Verdacht

Roman

BRUNNEN
Verlag Giessen · Basel

FSC
www.fsc.org
MIX
Papier aus verantwortungsvollen Quellen
FSC® C006701

www.brunnen-verlag.de
Lektorat: Eva-Maria Busch
Illustrationen: Carmen Hochmann
Umschlaggestaltung: Sabine Schweda
Herstellung: DTP Brunnen
Druck: CPI – Spiegel und Ebner, Ulm
ISBN 978-3-7655-4174-2

1

„Neeeeein!“

Die Bremsen kreischten quälend laut auf. Ruckartig kam das Auto zum Stehen.

„Bist du wahnsinnig??!“

Von einem heftigen Schimpfwort begleitet, schlug der Fahrer mit seiner Faust auf das Lenkrad. Dann riss er energisch die Tür auf. Nur ein paar Sekunden später saß sie alleine im Wagen auf dem Beifahrersitz.

Heiß und kalt lief es ihr den Rücken hinunter. Deutlich wurde ihr bewusst, was sie soeben Unfassbares getan hatte. Wieder hörte sie ihn aus einiger Entfernung aufschreien. Eilig reckte sie ihren Kopf durch das offene Autofenster und erblasste vor Schreck. Wenn tatsächlich gerade das passiert war, was sie meinte, gesehen zu haben … dann gab es nur noch eins für sie: verschwinden! Und zwar so schnell wie möglich!

2

„Warum?", wiederholte die dreizehnjährige Sascha mit halbvollem Mund die Frage ihres Klassenkameraden Paul. Es war Samstagmorgen und beide saßen im Speisesaal des Internates Hohenach beim Frühstück.

In der Ecke des Raums hatten Sophie und Celina einen Tisch in Beschlag genommen. Eigentlich hatte Sascha sich zu ihnen setzen wollen, aber die Mädchen hatten ihr überdeutlich zu verstehen gegeben, dass sie heute etwas sehr Wichtiges zu besprechen hätten. Sascha hatte sogleich verstanden. Natürlich ging es wieder mal um das Lieblingsthema der beiden: Jungs. O Mann! Dieses blöde Geschnatter und Gekicher hätte sie sowieso nicht ertragen können. Also hatte sie sich nach jemand anderem aus ihrer Klasse umgesehen, zu dem sie sich setzen konnte.

Plötzlich hatte sie Paul entdeckt. Sie hatte ihn beim Reinkommen doch glatt übersehen, und das, obwohl der Saal extrem dürftig gefüllt war. Offensichtlich waren an diesem Wochenende wieder sehr viele Schüler nach Hause gefahren. Aber nun, als sie den Jungen gesichtet und er ihr einladend zugewinkt hatte, dachte sie sich: *Super, das passt!* So kam es, dass er der Erste war, dem sie von Ihrer Entscheidung erzählt hatte.

Sie zuckte mit den Schultern. „Na ja, dafür gibt es eigentlich nicht nur *einen* Grund, sondern viele kleine verschiedene."

Paul verschränkte die Arme vor der Brust und lehnte sich mit gespielter Selbstgefälligkeit auf dem Stuhl zurück: „Du kannst ruhig ehrlich sein. Mir ist schon klar, dass du dich nirgends so sicher fühlst wie dort, wo *ich* bin."

Sascha verdrehte die Augen, so als wäre sie genervt. Aber das war sie gar nicht, denn in gewisser Weise hatte er ja recht. Schließlich hatte er sie schon aus ein paar Situationen herausgehauen, die mehr als unangenehm waren. Und dabei waren die diversen Rettungseinsätze im Matheunterricht noch lange nicht seine größten Heldentaten. Sie

hatte ihm schon irre viel zu verdanken – und das, obwohl sie sich vor einem Vierteljahr noch nicht einmal kannten.

Auch wenn sie es ihm gegenüber niemals zugeben würde – Paul spielte tatsächlich eine große Rolle bei dem Entschluss, den sie übermorgen auch der Rektorin offiziell mitteilen würde. Aber dennoch mochte sie ihn natürlich nur als Kumpel, war ja klar.

„Okay, es fällt dir schwer, die Wahrheit zuzugeben", meinte Paul mit einem leichten Grinsen und beugte sich wieder über seinen weit über den Rand hinaus vollgekrümelten Frühstücksteller. „Dann erzähl mir eben von den anderen Gründen." Genüsslich biss er in sein Wurstbrötchen.

Sascha angelte sich ein Stück Würfelzucker, legte ihn auf einen kleinen Löffel und versenkte ihn in ihrem Früchtetee. Während sich der weiße Würfel langsam rot färbte und auseinanderfiel, versuchte sie kurz, ihre Gedanken zu sortieren. Dann sagte sie: „Als meine Mutter mich vor zweieinhalb Monaten in dieses Internat gesteckt hat, war ich bestimmt der allerunglücklichste Mensch von der ganzen Welt."

„Oh, war es doch so schlimm, ja?"

Sascha nickte heftig. „Ja, *mindestens* so schlimm! Ich wollte nie – niemals! – hierher und war so frustriert, weil ich echt glaubte, dass mich meine Mutter wegen ihrer Karriere hier geparkt hat. Ich konnte mir doch nicht vorstellen, dass sie es eigentlich gut mit mir meinte."

„So was kann man sich ja auch nicht vorstellen."

„Aber so war es."

Paul nickte wissend. „Stimmt. Aber deine Ma hat doch gesagt, dass sie dich sofort wieder nach Hause holen würde, wenn du das möchtest, oder? Wieso willst du denn jetzt freiwillig noch länger im Internat bleiben? Du darfst das nicht falsch verstehen. Ich finde das toll, dass du bleibst. Ich glaube, ich freue mich sogar. Aber wenn es einen Trick gibt, wie man das hinkriegt, dass man Hohenach auch nur ein winzigstes bisschen gut finden kann, dann musst du mir den unbedingt verraten!“

Nachdenklich rührte Sascha in ihrer Tasse. „Es ist ja gar nicht so, dass ich das Internat auf einmal gut finde. Oder etwa, dass ich jetzt völlig heimwehfrei bin. Nee, gar nicht! Ich sehne mich schon nach meinem Zuhause in Berlin. Aber anscheinend sehnt sich dort keiner nach mir …“

„Na ja, außer deiner Mutter.“

„Hm“, brummte sie zweifelnd. „Sie sagt zwar, dass sie sich nach mir sehnt, aber ich weiß nicht … Sie ist gerade in diesem Jahr so viel unterwegs gewesen. Sie hatte sogar Auftritte in anderen Ländern, hat eine neue CD besungen und geht auf so viele Promi-Partys, die sie ganz entschuldigend immer ‚Arbeitstreffen‘ nennt … Es kann ihr eigentlich gar nicht auffallen, wenn ich nicht zu Hause bin. Sie ist es doch auch nicht. Zum Beispiel an diesem Wochenende. Eigentlich wollte sie mich nach Hause holen und dann etwas richtig Geniales mit mir unternehmen. Doch stattdessen kommt da wieder so eine ‚einmalige Gelegenheit‘ daher, wo sie nicht Nein sagen will.“

„Diese Show heute Abend?“

„Genau. Der Termin ‚Sonnabend, zwanzig Uhr fünfzehn‘ muss irgendetwas Magisches an sich haben. Da brennen bei ihr immer alle Sicherungen durch. Na ja, und anstatt was Geniales zu erleben, verbringe ich dieses trübe Novemberwochenende nun hier.“

„Aber sie will es wiedergutmachen“, erwiderte Paul in einem Tonfall, der deutlich machte, dass er selber nur zu gut wusste, wie wenig solche Vertröstungen halfen.

„Ja. Will sie. Sagt sie.“

„Und wer vermisst dich außerdem nicht?“, fragte Paul, während er versuchte, sein Messer so in Position zu bringen, dass er mit einem gezielten Schlag das vor ihm platzierte weich gekochte Ei enthaupten konnte.

„Sina und Jule. Du weißt schon, meine beiden Freundinnen. Mensch, das ist uns total schwergefallen, als wir uns voneinander verabschiedet haben. Die zwei haben mir immer wieder gesagt, wie megaschlimm das für sie ist, dass ich wegmuss aus Berlin. Und nun?“

Mit einem zugekniffenen Auge hatte Paul das Ei fixiert und mit einem schwungvollen Schlag seines Messers die obere Hälfte abgetrennt. Entgegen seiner Vorausberechnung blieb der abgetrennte Teil jedoch nicht dort liegen, wo er war, sondern flog in hohem Bogen über den Frühstückstisch hinaus und landete auf dem Boden. Hastig beugte sich Paul hinunter, um das Flugobjekt aufzuheben, bevor die anderen im Speisesaal etwas bemerkten. Währenddessen ergoss sich der sattgelbe Dotter aus dem geköpften Ei auf den Frühstücksteller. Immerhin auf den Teller und nicht auf den Tisch.

In Windeseile hatte Paul sich wieder ordentlich hingesetzt und das abtrünnige Stück Ei vor sich hingelegt. So als wäre nichts gewesen. „Äh ja, und nun?“, wiederholte Paul die letzten Worte von Sascha und war wieder völlig bei der Sache.

Auch wenn es ihr jedes Mal einen Stich in die Herz-

oder Magengegend versetzte, sobald sie über Sina und Jule nachdachte, musste sie doch kurz schmunzeln. Wenn Paul gegessen hatte, durften die Reinigungskräfte immer zu einer Sonderschicht anrücken!

„Tja, und nun sieht es so aus, als ob die beiden innerhalb kürzester Zeit keinen einzigen Gedanken mehr an mich verschwenden. Zumindest melden sie sich nicht mehr. Die letzte SMS, die ich geschickt habe, schmort nun schon seit fast drei Wochen in Sinas Handyspeicher. Glaubst du, die antwortet mal? Wahrscheinlich hat sie die schon längst gelöscht. Und Jule lässt auch nix mehr von sich hören. Tolle Freundinnen sind das!"

Schnell trank Sascha einen Schluck Früchtetee. Manchmal half es, etwas zu trinken, wenn einem die Tränen kommen wollten.

„Und Helen", fuhr sie fort, während sie die Tasse wieder abstellte, „die sich daheim immer um mich gekümmert hat, wenn meine Mutter unterwegs war, ist auch nicht mehr ansprechbar. Seit ein paar Wochen ist sie übelst verknallt."

„Echt?", fragte Paul mit großen Augen, als ob es schier unglaublich wäre, dass so etwas passierte.

„Ja. Und zwar ausgerechnet in den Keyboarder von meiner Mutter! Sie ruft mich zwar noch immer an, aber nicht mehr so oft. Und ständig redet sie von diesem Ben. Wie toll der ist. Wie schön der ist … und wie romantisch! Wie gut der Klavier spielen kann. Und so weiter und so weiter." Sascha seufzte. Meine Güte, verknallte Teenager waren schon peinlich genug. Aber verknallte Erwachsene waren oberpeinlich!

„Verstehe. Tja, für dich ist das wirklich echt doof", nickte Paul. „Aber soll ich dir mal was verraten? *Ich* bin Sina und Dingsda nicht böse. Und deiner Mutter erst recht nicht. Außerdem wünsche ich Helen, dass sie noch eine ganze Weile verliebt bleibt. Eine ganz *lange* Weile."

Sascha konnte nicht anders als breit zu lächeln. Dieser Kerl war schon echt nett. Schade, dass er kein Mädchen war. Dann wäre er perfekt gewesen – und ihre allerbeste Freundin.

„Ich wollte Frau Hasser übermorgen aber sagen, dass ich erst einmal nur bis zum Sommer bleibe."

„Bis das Schuljahr zu Ende ist?"

Sie nickte.

„Na ja, lieber die Taube auf dem Grill als den Spatz auf dem Dach – oder so ähnlich."

„Was?!", fragte Sascha irritiert. Doch noch bevor Paul seinen eigenwilligen Spruch erklären konnte, wurden beide durch die heraneilende Frau Schuster unterbrochen. Frau Schuster war Deutsch- und Religionslehrerin auf Hohenach und eine der wenigen Lehrkräfte, die sogar im Internat wohnten.

„Sascha, Paul, bitte entschuldigt, dass ich euch bei eurem Frühstück störe. Aber wisst ihr, wo Marianne ist?"

Paul schüttelte den Kopf und sah zu Sascha hinüber. Immerhin war Marianne ihre Mitbewohnerin, mit der sie sich ein Zweierzimmer teilte.

„Keine Ahnung. Ich bin heute ein bisschen früher als sonst zum Frühstück runtergegangen, und da war sie noch nicht wieder zurück vom Joggen. Sitzt sie denn nicht hier irgendwo? Bei Sophie und Celina vielleicht? Die sind da vorne."

„Nein, bei den beiden war ich schon", gab die Lehrerin unruhig zurück.

„Wollen Sie etwas Bestimmtes von Marianne? Kann ich Ihnen vielleicht helfen?", fragte Sascha eifrig.

„Na ja, eigentlich suche ich nicht nur Marianne. Es ist vielmehr so, dass ich ihre ganze Jogging-Truppe suche. Aus irgendeinem Grund ist sie noch nicht wieder zurück."

„Oh." Paul verzog erstaunt das Gesicht.

Sascha schaute auf die große Wanduhr im Speisesaal. Es war zehn nach neun. Um acht waren sie losgerannt. Eigentlich hätten sie eine halbe Stunde später wieder im Internat eintreffen müssen, doch nun hatten sie schon fast eine Dreiviertelstunde Verspätung! Aber eine Gruppe, in der sich Marianne aufhielt, verspätete sich nicht so einfach, das wusste auch Frau Schuster. Marianne hätte schon beizeiten darauf hingewiesen, wann der Rückweg anzutreten war. Sie war nämlich eine superpflichtbewusste, engagierte Schülerin, die stets gern ihre Meinung sagte. Kurz: Marianne war eine absolute Streberin – aber eine nette. Und darum fand Sascha es auch völlig in Ordnung, mit ihr zusammenzuwohnen.

„Das ist ja wirklich merkwürdig. Wie viele sind denn in der Truppe mitgelaufen?", fragte Paul.

„Vier Läufer. Herr Vogel, der an diesem Wochenende Dienst hat, Marianne und zwei weitere Schüler aus der 9. Klasse."

„Hat Piepmatz … äh, hat Herr Vogel kein Handy dabei?", wollte Paul wissen.

„Ich habe es schon versucht, ihn telefonisch zu erreichen. Es klingelt auch, aber er geht nicht ran. Sascha, weißt du, ob Marianne ihr Handy dabeihat?"

„Nein. Beim Sport lässt sie es immer auf dem Zimmer."

Frau Schuster atmete tief durch. „Na gut, es gibt bestimmt eine ganz undramatische Erklärung für diese Verspätung. Lasst euch nicht weiter von mir stören. Aber wenn ihr etwas hört oder seht von den Läufern, dann gebt mir bitte kurz Bescheid, ja?"

Die beiden nickten, während sich die Lehrerin umdrehte und den Saal verließ.

„Weiß Marianne etwa schon, dass sie dich für weitere sieben Monate als ihre Mitbewohnerin an der Backe hat?"

„Wie kommst denn jetzt darauf?", fragte Sascha, bemerkte jedoch im selben Augenblick Pauls dezentes Grinsen. „Du bist unmöglich! Als ob sie und die anderen Jogger in Panik davonlaufen, nur weil ich bleibe. Danke auch! Du nimmst das nicht ernst, dass etwas passiert sein könnte, oder?"

„Also, ein bisschen übertrieben finde ich es schon. Aber wahrscheinlich müssen Lehrer immer aufpassen und vorsichtshalber das Schlimmste annehmen."

Sascha schob ihren Teller von sich. Mochte Paul die Besorgnis von Frau Schuster übertrieben finden, aber irgendwie fühlte sie nun auch eine leichte Unruhe. „Ich hab jetzt gar keinen Hunger mehr."

„Nach deinen eineinhalb Brötchen liegt das jetzt aber nicht an der Panikmache von Frau Schuster, oder?"

Sie zuckte mit den Schultern, stand auf und stapelte ihr Frühstücksgeschirr zusammen. Dann nahm sie den Stapel, um ihn zur Küchendurchreiche zu tragen. „Kommst du mit?"

„Wohin?“

„Ich dachte, wir könnten ja mal einen Blick nach draußen werfen.“

„Nur einen Blick?“

„Nein. Ich kenne die Jogging-Strecke. Ich gehe sie suchen. Kommst du mit?“

Paul schaute aus dem großen Fenster des Speisesaals. „Es hat angefangen zu regnen.“

„Stört dich das?“

Entschlossen erhob sich Paul: „Nö!“ So schnell es ging, türmte auch er Teller, Tasse, Eierbecher, Besteck und den leeren Brotkorb übereinander und folgte Sascha zur Geschirrrückgabe. Danach lief jeder von ihnen hastig in sein Zimmer, um sich eine möglichst warme und wasserfeste Jacke anzuziehen. Verabredet war, dass sich beide in zehn Minuten unten vor dem Haupteingang treffen wollten.

Sascha stürmte in ihr Zimmer in der ersten Etage und nahm eilig eine gefütterte Outdoor-Regenjacke aus dem Kleiderschrank. Was mochte nur mit den Joggern passiert sein? Ob es wohl einen Unfall gegeben hatte? Während sie sich die Jacke anzog, fiel ihr Blick aus dem Fenster.

„Das ist doch …“, murmelte sie erstaunt und beugte sich näher an das Fenster heran. Doch zu spät. Die Gestalt, die sie gerade eben über die Rasenfläche unterhalb ihres Fensters hatte laufen sehen, war schon aus ihrem Blickfeld verschwunden. Schnell drehte sie sich um, eilte zur Tür, öffnete sie hastig – und schrie aus vollem Halse auf! Fast zeitgleich taumelte sie ein paar Schritte zurück in ihr Zimmer und stieß gegen die Kante ihres Bettgestells. Ihr Herz raste wie wild.

„Ich bin's doch nur", hörte sie eine vertraute Stimme.

„Ich ... ach nee ... ich hab ... Mann, hast du mich erschreckt!", japste sie atemlos. Instinktiv hatte sie eine Hand hochgerissen und an ihre Kehle gelegt. Mit der anderen Hand rieb sie sich nun vorsichtig die Stelle am Bein, wo sie bestimmt in wenigen Minuten einen dicken blauen Fleck vorfinden würde. Vor ihr stand Marianne, die offenbar genau in dem Moment das Zimmer betreten wollte, als Sascha hinausstürmte.

„Du bist ja klatschnass! Ist das Schweiß oder Regen?"

„Regen", gab Marianne kurz zurück.

„Was ist passiert? Warum seid ihr so lange weg gewesen? Weiß Frau Schuster Bescheid, dass ihr wieder da seid?"

„Herr Vogel hat uns wieder zurückgemeldet. Er ist jetzt auf dem Weg zu seinem Auto um nachzusehen, ob er sein Handy dort hat liegen lassen."

Sascha nickte bestätigend. Es war also doch der Lehrer gewesen, den sie gerade entdeckt hatte. „Und was ist passiert? Sag schon!"

„Canis lupi."

Saschas Augen weiteten sich. „Was für'n Zeug?"

„Wölfe", gab Marianne zurück, während sie die Tür hinter sich schloss und anfing, sich die nassen Sachen auszuziehen.

„Wölfe?! Komm, lass dir nicht alles aus der Nase ziehen."

„Also: Wir sind losgelaufen wie immer. Du kennst ja die Strecke: da vorne lang, und dann durch den Wald. Die Hälfte hatten wir bereits hinter uns und wollten gerade umkehren, als wir sie plötzlich in einer Entfernung von schätzungsweise 50 Metern neben uns sahen."

„Wie, was habt ihr gesehen? Wölfe?!“

„Ja.“

„Nee! Hier in dieser Gegend??“

„Vermutlich sind das Exemplare, die aus der Lausitz durch das Fichtelgebirge nach Oberfranken gekommen sind.“

„Aha“, gab Sascha verwirrt zurück. „Und die haben euch angegriffen?“

Marianne schüttelte den Kopf. „Wölfe sind scheu und gehen dem Menschen eigentlich immer aus dem Weg.“

„Aber die hier nicht. Die haben euch trotzdem angegriffen, oder?“

„Nein. Natürlich nicht.“

„Hä? Natürlich nicht? Du meinst, die sind gleich abgehauen, als sie euch gesehen haben?“

„Ja.“

„Wirklich? Dann verstehe ich jetzt gerade nicht, wo das Problem liegt. Warum seid ihr so spät zurückgekommen?“

Marianne seufzte und leierte die Erklärung herunter, die sie offenbar sehr ärgerlich fand: „Herr Vogel war der Meinung, er müsste uns ein Kurzreferat mit all den Vorurteilen halten, die es gegen diese Graupelze gibt. Schließlich meinte er, dass die Tiere, auch wenn wir sie nicht sehen, uns ganz sicher noch heimlich beobachten und unser Joggen irgendeinen Jagdtrieb bei ihnen auslösen könnte. Ich habe ihm versucht klarzumachen, dass das, was er da alles vorgetragen hatte, vom empirischen Standpunkt her schlicht Unsinn ist, aber er war völlig unzugänglich für meine substanziellen Argumente. Na ja, letztendlich sind wir auf seine Anordnung hin die drei

Kilometer Rückweg langsam zurückgelaufen. Deswegen die Verspätung."

„Okaaay … Aber meinst du nicht, dass Wölfe vielleicht doch ein ganz klein bisschen gefährlich sein könnten?"

Marianne zuckte mit den Schultern und verschwand im Badezimmer, um zu duschen. Während sie die Tür hinter sich schloss, antwortete sie sachlich und völlig unaufgeregt: „Du musst mir ja nicht glauben. Maile doch einfach mal das Kreisforstamt oder den NABU an und frage dort nach."

„Nee, nee, ich glaube dir ja schon. Ich finde nur, Wölfe sind irgendwie doch … ein bisschen … gruselig halt."

„Ich bin mir übrigens sicher", entgegnete Mariannes gedämpfte Stimme aus dem Bad, „dass Wildschweine für die Menschen viel gefährlicher sind als Wölfe. Findest du Wildschweine auch gruselig?"

Sekunden später hörte Sascha Wasserrauschen aus dem Badezimmer, sodass sich eine Antwort auf die Frage erübrigte. Sie hatte es längst aufgegeben, sich zu fragen, woher Marianne über ein Wissen und einen Wortschatz verfügte, der für eine Dreizehnjährige einfach unheimlich war. Hm, wer oder was war eigentlich NABU?

Ein Gedanke kam Sascha plötzlich wieder in den Sinn. Paul! Er wartete sicher schon seit mindestens zehn Minuten unten vor der Eingangstür auf sie. Schnell zog sie ihre Jacke wieder aus und warf sie auf ihr Bett. Du meine Güte, war ihr jetzt warm. Sie musste Paul die Neuigkeit gleich erzählen. Wölfe! Mochte Marianne noch so von deren Harmlosigkeit überzeugt sein – für Sascha war dieses tierische Ereignis trotzdem irre aufregend!

Sie schlüpfte aus dem Zimmer und rannte die Treppe

hinunter ins Erdgeschoss. Auf halber Treppe begegnete ihr Sophie. „Hi. Hast du Paul unten gesehen?“, rief sie ihr zu.

Sophie nickte. Erst jetzt sah Sascha, dass sie gerade telefonierte. Upps.

Nur einen Moment später hatte sie die große Eingangstür erreicht. Doch wo war Paul? Wahrscheinlich stand er draußen vor der Tür und wartete auf sie. Eilig zog sie die schwere Holztür auf und schaute hinaus. Aber auch direkt vor der Tür stand er nicht. *Er wird doch wohl nicht etwa schon losgegangen sein?*, schoss es Sascha durch den Kopf. Sie schob sich durch den offenen Türspalt und lief zwei Schritte auf dem Eingangspodest vor, sodass sie bis zum Parkplatz hinübersehen konnte.

„Paul?“, rief sie.

Keine Antwort. Nichts regte sich außer einigen braunen Blättern, die der kalte Wind vor sich hertrieb.

„Paul, wo bist du?“, rief sie etwas lauter.

So ein Mist! Warum hatte sie sich nur die warme Jacke ausgezogen, als sie aus ihrem Zimmer gelaufen war? Sie zitterte. Dabei war ihr gerade eben noch so warm gewesen. Am besten, sie lief schnell zurück und holte ihre Jacke.

„Pa-aaaa-uuuul!“, rief sie noch einmal, so laut sie konnte. Doch plötzlich erstarrte sie. Was war das? Ein wenig kniff sie die Augen zusammen, um bei dem Wind, der ihr ins Gesicht blies, besser sehen zu können. Das war ja merkwürdig.

„Hallo?“, rief sie vorsichtig. Im selben Moment hörte sie ein Knarren hinter sich. Erschrocken drehte sich Sascha um.

„Sorry, ich hab ein bisschen getrödelt." Paul stand in der halb geöffneten Haustür und schaute sie verwundert an. „Ist dir das nicht zu kalt, so ganz ohne Jacke?"

„Paul, schau doch mal", sprudelte es aus ihr heraus, ohne auf seine Frage einzugehen. „Da hinten! Was ist das denn für ein merkwürdiger Typ? Kennst du den?" Mit ihrem ausgestreckten Arm deutete Sascha hinter sich zu dem Gebüsch am Waldrand.

„Äh … welcher Typ?"

„Na, der Mann da!"

„Welcher Mann?"

3

Sascha drehte sich um und suchte mit ihren Augen die Stelle ab, die sie soeben noch so eindringlich angeschaut hatte. „Komisch. Da war gerade noch ein Mann, den ich noch nie gesehen habe."

„Ein Postbote? Ein Handwerker? Ein Vater, der sein Kind zum Internat zurückgebracht hat?"

„Nein, so einer war das bestimmt nicht. Der war ganz eigenartig."

„Hat er zwei Köpfe oder drei Arme gehabt?"

„Nein, Mensch, sei doch mal ernst! Da war ein Mann

in einem Anzug mit Krawatte, aber ohne Mantel. Und bei dem Regen hatte er nicht mal einen Schirm. Er hat hinter einem Gebüsch gestanden, und zwar so, dass ich ihn bemerke. Ich starre ihn an, er starrt mich an, er scheint zu überlegen, was er jetzt machen will, und genau in dem Moment, als ich ‚Hallo' rufe und ihn dir zeigen will, verschwindet er. Findest du das etwa nicht eigenartig?"

Paul rieb sich mit seinem Zeigefinger verwirrt die Nasenspitze, während er versuchte, den vielen Informationen gedanklich zu folgen. „Ich sag jetzt mal spontan: doch."

„Siehst du? So, und nun geh ein Stück zur Seite. Ich muss unbedingt ins Haus, bevor ich mir noch einen Schnupfen hole."

Die Buschtrommeln in Hohenach funktionierten, wie üblich, super. So dauerte es gar nicht lange, bis die Begegnung der Jogging-Truppe mit den Wölfen *das* Gesprächsthema des Tages war. Allerdings wichen die jeweiligen Erzählungen stark voneinander ab. Die beiden Jungs aus der 9. Klasse berichteten von einer Horde wilder Tiere, denen sie gerade so entkommen waren. Bestien seien es gewesen, die ihnen mit hochgezogenen Lefzen und einem bösartigen Funkeln in ihren stechend gelben Augen nachgesetzt hätten. In Celina und Sophie fanden die beiden Erzähler dann auch gleich hingebungsvolle Zuhörerinnen, deren uneingeschränkte Bewunderung sie sichtlich genossen. Und zwar so sehr genossen, dass sie dadurch prompt zu weiteren fantasievollen Schilderungen angespornt wurden.

Dagegen startete Marianne bei den Mitschülern eine ähnliche Aufklärungsaktion wie am Morgen bei Sascha.

Allerdings schienen die Gruselmärchen der Jungs doch besser anzukommen als die sachlich-nüchternen Fakten.

„Tja, die Wahrheit ist eine Braut ohne Aussteuer", seufzte Marianne frustriert.

„Du meinst, die Wahrheit ist nicht besonders interessant?", fragte Sascha vorsichtig.

„Exakt. Das war übrigens ein Zitat von Francis Bacon."

„Ja, klar. Francis Bacon. So so. – Ähm … wer war noch mal Francis Bacon?"

„Ein englischer Philosoph."

„Ach so. Und wer ist NABU?"

„Der Naturschutzbund. Also ganz ehrlich, ich finde ja, wenn die Lehrer uns schon vor irgendwelchen wilden Gestalten schützen wollen, dann sollen die mal bei den beiden Kerlen aus der elften Klasse anfangen, die in letzter Zeit so viel rumstänkern."

„Welche Kerle aus der elften Klasse?", fragte Sascha.

„Ihre Namen kenne ich auch nicht – *noch* nicht", erklärte Marianne, und mit etwas Fantasie klang das sogar ein bisschen wie eine Drohung. „In den letzten paar Tagen, wenn wir joggen gingen, sind sie uns meistens gefolgt. Und dann piesaken sie immer den Langsamsten von uns und lachen sich darüber tot."

„Warum macht denn der Piepmatz nichts dagegen?"

„Der kriegt das gar nicht mit, weil er als der Schnellste viel weiter vorne läuft. Und der Langsamste hat Angst, noch mehr Stress mit den beiden zu bekommen, wenn er etwas sagt."

„Aber das kann man sich doch nicht so einfach gefallen lassen", entgegnete Sascha entrüstet.

Marianne nickte zustimmend. Aber wahrscheinlich hatte sie in der Sache schon ein paar Informationen an die richtigen Stellen weitergeleitet.

Ob die Wölfe nun wirklich gefährlich waren oder nicht, dafür wollte – trotz Mariannes engagiertem Einsatz – letztlich keiner der über das Wochenende im Internat verbliebenen Lehrer die Verantwortung übernehmen. Man kam schließlich überein, dass man die zuständigen amtlichen Stellen kontaktieren wollte, um das weitere Vorgehen im Sinne der Menschen und der Tiere zu klären. Bis das geschehen war, wurde sicherheitshalber angeordnet, dass die Schüler die umliegenden Waldstücke nur noch mit allergrößter Vorsicht und nie alleine betreten durften. Außerdem sollte der allmorgendliche Jogginglauf in den folgenden Tagen rund um das Internatsgebäude stattfinden.

Am nächsten Morgen, als Marianne das gemeinsame Zimmer gerade wie gewohnt verlassen hatte, um zu ihrem Lauftraining zu gehen, stieg auch Sascha aus ihrem Bett. Theoretisch hätte sie ja eine halbe Stunde länger schlafen können als ihre Zimmergenossin, aber nur theoretisch. Marianne war nämlich die größte Tiefschläferin aller Zeiten. Damit sie aber trotzdem das allmorgendliche Joggen nicht verpasste, stellte sie sich … einen Wecker? O nein, keinen Wecker, sondern ein fieses Folterwerkzeug, das nur so aussah wie ein Wecker. Garantiert gab es im ganzen Universum kein Gerät, das einen so brutal aus den Träumen riss wie dieses. Logisch, dass auch für Sascha jeder Morgen in diesem Internat sehr abrupt begann. Jeder!

Noch im Schlafanzug und mit wirren Haaren stellte sie

sich ans Fenster und schaute hinaus. Allerdings beobachtete sie nicht etwa die Mühen der Sportsfreunde, die gerade loslegten, eine Runde nach der anderen um das Gebäude zu laufen. Vielmehr wanderte ihr Blick hinüber zum Waldrand. Bewegte sich dort vielleicht etwas zwischen den Bäumen? Vielleicht war ja der Typ von gestern wieder da.

Frau Schuster tauchte plötzlich in ihrem Blickfeld auf und erregte ihre Aufmerksamkeit. Sascha sah, wie die Lehrerin den Läufern fröhlich zuwinkte und dann zu ihrem Auto ging. Sie lehnte sich ein wenig vor und schaute der Lehrerin hinterher. Sie hatte sie schon ein paar Mal sonntags um diese Zeit wegfahren sehen. Vermutlich zur Kirche oder so. Frau Schuster fand Religion nämlich nicht nur deswegen wichtig, weil sie dieses Fach unterrichtete, sondern die spielte auch in ihrem übrigen Leben eine riesengroße Rolle. Aber nicht auf eine unangenehme Art und Weise. Im Gegenteil! Wenn die Lehrerin etwas von Gott erzählte, dann konnte man sich wirklich vorstellen, dass es einen Schöpfer gab, der die Menschen echt lieb hatte. Sascha fand das gut.

Auf jeden Fall war Frau Schuster so ziemlich das genaue Gegenteil von dem, was sie bisher über Menschen gehört hatte, die religiös waren. Zum Beispiel ihre Großeltern, genauer gesagt die Eltern ihrer Mutter. Sascha hatte sie zwar nie kennengelernt, aber das Wenige, das sie von ihnen gehört hatte, ließ nur den Schluss zu, dass sie zu den unangenehm-religiösen Menschen gehörten. Sie schienen hartherzig, superstreng und Furcht einflößend zu sein, besonders in Bezug auf Gott und den Glauben. Luisa, Saschas Mutter, hatte darunter so sehr gelitten, dass sie jetzt überhaupt nichts mehr von diesem Thema wissen wollte.

Darum hatte sie ihre Tochter sorgfältig von allem ferngehalten, was mit Religion zu tun hatte.

Eigentlich hätte es Sascha ja egal sein können – aber es war genau andersherum. Gott ... Für Sascha war er, solange sie denken konnte, ein geheimnisvolles Wesen. Neugierig versuchte sie, mehr über ihn zu erfahren. Vor einigen Wochen hatte sie nun Frau Schuster kennengelernt. Und Sascha war fasziniert gewesen, wie fröhlich und selbstverständlich die Lehrerin von Gott erzählen konnte. So jemand wie sie ging bestimmt jeden Sonntag in eine Kirche.

Sascha sah den Rückleuchten des Autos hinterher, das die Zufahrt zum Internat hinabrollte und zwischen den Bäumen verschwand.

Während sie ihren Gedanken nachhing, wäre es beinahe passiert. Beinahe hätte sie ihn übersehen. Eine Weile hatte sie noch verträumt in die Richtung geschaut, in die das Auto verschwunden war, doch plötzlich registrierte sie, wie sich ein paar Zweige bewegten. Sascha schreckte auf. So dicht es nur ging beugte sie sich zum Fenster hin und schaute angespannt hinaus, während ihr Atem die Scheibe beschlagen ließ.

Da war er! Sie hatte ihn sofort wiedererkannt, obwohl er heute etwas anders aussah. Das lag sicher daran, dass er keinen Anzug anhatte, sondern etwas sportlichere Kleidung. Aber warum stand er da schon wieder? Versteckte er sich etwa hinter dem Gebüsch? Wen oder was beobachtete er?

Das konnte einem schon unheimlich vorkommen! Am besten war es wohl, wenn sie so schnell wie möglich einem der Lehrer Bescheid sagte. In Windeseile hatte sich Sascha gewaschen und angezogen. Schwungvoll riss sie die Zimmertür auf – und stieß einen lauten Schrei aus!

„Machen wir das jetzt jeden Morgen?“, fragte Marianne erstaunt, die direkt vor der zu Tode erschrockenen Sascha im Türrahmen stand.

„Ich … o nee … ähm, sag mal, hast du diesen Typen da draußen gesehen, der euch beobachtet hat?“

„Du meinst den Mann hinter dem Gebüsch?“ Gelassen schob sich Marianne an Sascha vorbei und trat ins Zimmer.

Sascha schaute ihrer Mitbewohnerin mit offenem Mund hinterher. „Du hast ihn gesehen?“

„Ja. So viel Mühe hat er sich mit dem Verstecken nun auch nicht gegeben, dass ich ihn nicht hätte entdecken können.“

„Kennst du ihn?“

„Nein. Der kam mir aber ein bisschen sonderbar vor, also habe ich, als wir mit dem Joggen fertig waren, Herrn Vogel auf den Mann aufmerksam gemacht.“

„Und da ist der Typ abgehauen?“

„Nein.“

„Du meinst, er hat sich von Piepmatz ansprechen lassen?“

„Ja.“

Schnell lief Sascha zum Fenster. Marianne folgte ihr.

„Ich werd’ verrückt! Die beiden unterhalten sich ja wirklich.“

Marianne nickte. „Sieht so aus.“

„Schau mal, Piepmatz winkt irgendwen zu sich heran. Einen älteren Schüler. Jetzt scheint er ihn dem Mann vorzustellen.“

„Na, das ist ja interessant. Das ist einer von den beiden Kerlen aus der elften Klasse, von denen ich dir erzählt habe. Die, die uns beim Joggen neuerdings immer nerven."

Sascha stützte ihre Ellenbogen auf das Fensterbrett und legte ihr Kinn auf die Handballen. „Was der Mann wohl von ihm will?"

„Keine Ahnung."

„Zumindest sieht es so aus, als ob – oh!" Sascha hatte ruckartig ihren Kopf wieder hochgehoben und starrte gespannt auf die Szene, die sich dort unterhalb ihres Fensters abspielte. Soeben hatte der fremde Mann den Elftklässler mit beiden Händen am Hemdkragen gepackt und ihm etwas zu verstehen gegeben, das wohl nicht gerade freundlich gewesen war. Mit ein paar schnellen Schritten war Herr Vogel wieder bei den beiden und trennte sie. Einen Augenblick lang standen alle drei regungslos da. Dann notierte der Mann schließlich etwas auf einen Zettel, reichte diesen dem Elftklässler und verschwand. Als er außer Sichtweite war, drehte sich auch der Lehrer kopfschüttelnd um und ging. Der Schüler hingegen schaute kurz auf den Zettel, steckte ihn grinsend ein und schlenderte obercool zum Hauseingang.

Ohne ihren Blick abzuwenden fragte Sascha Marianne: „Hast du das eben gesehen? "

„Ja. Aber frage mich nicht, ob ich weiß, was das zu bedeuten hatte. Na, vielleicht sollte uns das auch egal sein."

Anfangs ging Sascha dieser Vorfall noch ein wenig im Kopf herum, aber das änderte sich schlagartig, als sie sich gleich nach dem Frühstück ein Buch aus der Schulbibliothek auslieh, das sie gar nicht mehr losließ. Es war richtig spannend und hieß „Der Hund der Baskervilles“. Auf dem Cover war ein großer, finsterer Hund zu sehen, der gerade einen Mann anfiel. Zuerst hatte sie diesen Roman nur wegen dieses Bildes aus dem Regal genommen. Es erinnerte sie an die übertriebenen Berichte der Jungen von der Begegnung mit den Wölfen. Aber als sie dann sah, dass dieses Buch sogar ein Krimi mit dem berühmten Detektiv Sherlock Holmes war, wusste sie: Das war jetzt genau das Buch, das sie wollte.

Sascha hatte sich mit ihrer Lektüre in den Aufenthaltsraum im zweiten Stock verzogen. Schon an normalen Tagen, wenn alle Schüler im Internat waren, blieb der Raum so gut wie unbenutzt. Aber an diesem Sonntag war dort weit und breit niemand anzutreffen. Na ja, niemand – bis auf Paul. Dreimal hatte er bei ihr vorbeigeschaut. Er brauchte unbedingt noch jemanden, der mit ihm Schach spielen wollte. Und da seine Freunde Viktor und Karl am Wochenende nicht im Internat waren, musste nun Sascha seine Anfragen immer wieder abbügeln.

Ausgerechnet Schach! Das war nun wirklich keine Alternative zu dem, was Sherlock Holmes und sein Gehilfe Dr. Watson gerade Spannendes in Dartmoor erlebten. Unerbittlich schickte sie Paul immer wieder fort und blieb in ihrem Sessel sitzen, in dem sie es sich bequem gemacht hatte. Die allernotwendigsten Unterbrechungen, wie zum Beispiel das Mittagessen, versuchte sie so kurz wie möglich zu halten, damit sie sich schnell wieder in die Geschichte vertiefen konnte. Und *das* war ihr offensichtlich gut gelungen. Denn als ihre Mutter nachmittags anrief, hatte sie gedankenverloren nach ihrem Handy gegriffen und sich doch tatsächlich mit „Watson“ gemeldet!

Als die Abenddämmerung einsetzte und sie kaum noch die Buchstaben erkennen konnte, hatte Sascha es geschafft. Sie hatte die Geschichte zu Ende gelesen. Noch ganz gefangen von der unheimlichen Atmosphäre der Handlung klappte sie das Buch zu und reckte sich. Doch was war das? Sascha hielt in ihrer Bewegung inne. Ein eiskalter Schauer lief ihr über den Rücken. Laut und deutlich hörte sie ein Heulen. Es klang, als ob ein Wolf den Mond anheulte! Schnell lief sie zum Fenster und schaute an den Himmel. Da war kein Mond zu sehen. Aber vielleicht heulten Wölfe auch einfach so.

Da! Schon wieder! Das Heulen klang ganz nah. Das Tier schien direkt unter dem Fenster zu stehen. Wölfe waren wohl doch nicht so scheu, wie Marianne behauptet hatte. Wie unheimlich! Saschas Herz schlug schneller. Nun erklang schon zum dritten Mal dieser lang gezogene, jaulende Ton. Sie schluckte trocken. Dann packte sie kurz entschlossen den Fenstergriff, drückte ihn herunter, öffnete das Fenster und schaute hinaus.

Was sie jedoch erblickte, war einfach unglaublich! Wie ein Fisch auf dem Trockenen schnappte Sascha nach Luft. Direkt unter sich sah sie einen Kopf, der zu ihr hochschaute. Paul hatte das Fenster des Aufenthaltsraums unter ihr geöffnet, schaute erwartungsvoll nach oben und lachte sich halb kringelig, als er Saschas verstörten Blick bemerkte.

„Hey, du Leseratte“, rief er fröhlich. „Pack das Buch beiseite, es gibt Abendessen.“

„Paul – du??! Du spinnst wohl!“, erwiderte sie halb im

Spaß, halb im Ernst. „Du, ich schwöre dir, wenn ich deinen Hals heute noch zu fassen kriege, dann drücke ich erbarmungslos zu!“

„Bin schon weg!“, ertönte es von unten, und so war es auch.

Schnell schloss Sascha das Fenster. *Pass bloß auf, ich krieg dich noch!*

Eilig lief sie ein Stockwerk tiefer und legte das ausgelesene Buch in ihr Zimmer. Sie würde es morgen wieder in die Bibliothek zurückstellen. Dann hastete sie weiter.

Als Sascha den Speisesaal betrat, war dieser schon gut gefüllt. Fast alle Schüler, die am Freitagnachmittag zu ihren Familien gefahren waren, saßen an den Tischen und sorgten für ein fröhliches Stimmengewirr.

„Hallo Sascha, hier sind wir!“, hörte sie Marianne rufen. Und tatsächlich: Der Mädchentisch der siebten Klasse war wieder komplett. Da saßen die füllige Julia, Lena mit der Nickelbrille, die schwarzhaarige Celina, die alle Jungs toll zu finden schien, Nina mit ihrer Zahnspange, die nasengepiercte Sophie, die kraushaarige Laura, die hübsche Femke, die dunkelhäutige Romi und Saschas Zimmergenossin Marianne. Spontan hatte Sascha ihren Rachedurst gegenüber Paul vergessen und setzte sich zu ihren Klassenkameradinnen. Nachdem sie alle gemeinsam und fröhlich schwatzend das Abendessen verdrückt hatten, tauchten die beiden Jungen aus der Joggingtruppe am Tisch auf.

„Hallo Mädels“, rief der größere der beiden. „Wisst ihr schon das Neuste?“

„Ja“, hauchte Celina, „aber erzähl es uns ruhig noch einmal.“

Mann, war das peinlich! Sascha vergrub ihr Gesicht in ihren Händen. Warum schämte sie sich eigentlich für Celina? Wahrscheinlich, weil so ein Verhalten förmlich danach verlangte, dass sich jemand dafür schämen musste – aber Celina dachte gar nicht daran.

Während die zwei also ermutigt am Esstisch Platz nahmen und ihre dramatische Geschichte zum Besten gaben, machte sich Marianne bei ihnen dadurch unbeliebt, dass sie immer wieder ihre sachlichen, die Dramatik stark dämpfenden Kommentare dazu losließ.

„Soll ich dir mal was sagen, du Nervensäge? Du bist total ätzend", meinte der kleinere, picklige Junge verärgert, als sie nach ihrem Bericht wieder aufstanden, um zum nächsten Tisch weiterzugehen.

Eigentlich wollte Sascha etwas darauf erwidern und Marianne verteidigen, doch Lena war schneller und ergriff das Wort: „Also, wo wir schon bei unseren Wochenend-Erlebnissen sind … Bei mir war zwar nicht ganz so viel Aufregendes los, aber es war toll. Wie immer. Möchte jemand meine Fotos sehen?" Ohne eine Antwort abzuwarten, zog sie einen Stapel Fotos aus ihrer kleinen Umhängetasche.

„Du trägst ja noch immer diese albernen Papierfotos mit dir rum. Speichere die doch mal in deinem Handy. Oder auf 'nem iPod … So ist das doch voll unpraktisch", meinte Romi.

„Na ja", lächelte Lena fast ein bisschen entschuldigend, „aber wenn ich die in meinem Handy hab, dann kann ich sie so schlecht an meine Pinnwand hängen."

„Aber deine Pinnwand ist doch schon übervoll!", meinte Femke, die sich das Zimmer mit Lena teilte. „Wo willst du die denn noch hintun?“

Lena schob ihre Nickelbrille auf dem Nasenrücken hoch und sah Femke mit einem bittenden Blick an. „Hm … Kann ich vielleicht deine Pinnwand mitbenutzen? Du hast doch nur zwei Fotos da dran hängen und da ist noch sooo viel Platz.“

In Hohenach war es strengstens verboten, Fotos, Poster oder Ähnliches einfach an die Wände zu kleben oder mit Nadeln festzustecken. Jeder Schüler hatte deswegen seine persönliche Pinnwand, die er vollpflastern konnte mit was auch immer.

„Kommt nicht infrage.“

„Och büüütte.“

„Schau mal, du möchtest ganz viele Bilder von deiner Familie aufhängen. Das findest du toll und das machst du auch so. Ich möchte aber lieber nur zwei Bilder da hängen haben: eins von meinem Hund und eins von Mama und Papa. Mehr nicht. Das finde ich nämlich toll und so mache ich das. Ist doch fair, oder nicht?“

„Weiß nicht“, murmelte Lena enttäuscht.

Sascha stutzte. *Nur ein Bild von Mama und Papa und eins von dem Hund?*

„Hast du keine Geschwister?“, wollte sie wissen. Hatte sie das richtig beobachtet, dass Femke für einen ganz kurzen Moment gezögert hatte? Ach was, die Dosis Sherlock Holmes war heute wohl etwas hoch gewesen.

„Nein, habe ich nicht“, kam die freundliche Antwort, während sich Femke mit den Fingern durch ihre wunderschönen langen Haare fuhr.

„Na gut. Also, wie gesagt, hier sind die Bilder von meiner Familie.“ Eifrig fing Lena an, die Fotos so auf dem Tisch zu verteilen, dass jeder die Chance hatte, einen Blick darauf zu werfen. Aber anstatt einen Blick auf die Bilder zu werfen, schauten sich die Mädchen wie auf Kommando vielsagend an. Alle wussten, gleich ging es los. Dann würde Lena jedem genau erklären wollen, wer da bei welcher Gelegenheit abgelichtet worden war.

„Ach, Mensch, ich habe ganz vergessen, dass ich ja meine Hausaufgaben in Französisch am Wochenende gar nicht geschafft habe. Na ja, war mal wieder ’ne Menge los bei uns.“ Femke lächelte entschuldigend, stand auf und verließ den Tisch mitsamt ihrem benutzten Geschirr.

Als wäre das das Startzeichen gewesen, stand nun einer nach dem anderen mit einer knappen Ausrede – äh … Begründung – auf. Innerhalb von ein paar Augenblicken hatte sich der Tisch geleert. Nur Sascha blieb noch sitzen. Sie hatte es irgendwie verpasst, mit den Ersten zusammen aufzustehen. Nun wollte sie nicht so fies sein und Lena endgültig alleine sitzen lassen. Also ließ sie den kompletten Vortrag über das wunderschöne Familienwochenende ihrer Mitschülerin tapfer über sich ergehen.

Als sie geendet hatte, glühten Lenas Wangen vor Freude. „Cooles Wochenende, was? Na gut, dann gehe ich auch mal.“ Sorgfältig schob sie ihre Fotos wieder zu einem Haufen zusammen, steckte ihn ein und verließ den Tisch.

Sascha schaute ihr hinterher und seufzte. Sie merkte plötzlich, dass Lenas übergroße Begeisterung für ihre Familie gar nicht so einfach für sie war. Schließlich hatte sie keine Familie. Zumindest keine, die etwas mit ihr zu tun haben wollte. Ihren Vater kannte sie nicht. Nachdem er gehört hatte, dass Luisa ein Kind erwartete, brach er sofort jeden Kontakt zu ihr ab. Und als ob das noch nicht schlimm genug gewesen wäre, machten auch noch Luisas Eltern unfassbaren Stress. Ein uneheliches Kind?! Für die strenggläubigen, altmodischen italienischen Eltern von Saschas Mutter war diese Schwangerschaft ein Skandal! Noch bevor Sascha geboren wurde, war Luisa aus der Familie verstoßen worden.

Meine ganze Familie besteht nur noch aus meiner Mutter, dachte Sascha traurig. *Aber wenigstens habe ich sie noch. Und eigentlich ist sie ja eine tolle Mutter.*

„Hallo? Ist jemand zu Hause?" Ganz vorsichtig hatte Paul mit seiner Faust an Saschas Kopf angeklopft und sie so aus ihren trüben Gedanken gerissen. Sie hatte ihn gar nicht kommen sehen.

„Alles okay? Du sitzt hier so alleine und wirkst etwas gefrustet."

„Öh, nee, nee, ich bin nicht gefrustet. Also nicht so richtig." Sie winkte mit der Hand ab, um ihm zu sagen: Ist nicht so wichtig, frag nicht weiter nach. Dann schlug ihre Stimme um und bekam plötzlich einen leicht drohenden Unterton. „Du bist ganz schön mutig. Du weißt, dass ich dich eigentlich heute noch erwürgen wollte, ja?"

„Komm, das war doch nur ein Scherz. Ich habe gesehen, was für ein schauerliches Buch du am Wickel hattest, und da wollte ich dich einfach nur auf eine originelle Art zum Essen rufen."

„Ja, sehr originell. Ach, sag mal, ist eigentlich Frau Schuster schon wieder zurück?"

„Schon seit Ewigkeiten. Wieso fragst du?“

Sascha zuckte mit den Schultern. „Keine Ahnung. Nur so.“ Einen kurzen Moment grübelte sie vor sich hin, dann fuhr sie fort: „Lena hat eben mal wieder ihre Familienfotos rausgeholt.“

„Hm, hm.“ Paul nickte. Er kannte diese Situation. Komisch, dass Lena immer wieder so beharrlich ihr Familienleben mit den anderen teilen wollte. Und das auf eine sehr ungeschickte Art und Weise. Wer sah sich schon gerne einen Packen Bilder von unbekannten Menschen in einer unbekannten Umgebung an?

Sascha schmunzelte. „Sag mal, ist dir eigentlich schon aufgefallen, dass jeder, aber wirklich jeder in Lenas Familie das gleiche Brillenmodell trägt? Man braucht nur eine Sekunde auf die Bilder zu schauen und man weiß sofort: Die gehören alle zusammen.“

Paul fing aus vollem Hals an zu lachen. „Genial! Du hast ja so was von recht! Drollig, was?“

Sascha nickte. „Findest du eigentlich, dass ich was mit meiner Mutter gemeinsam habe? So vom Aussehen her meine ich.“

„Hm …“ Er kratzte sich am Kopf und pustete nachdenklich einen Schwall Luft aus. „Weiß nicht. Also, ihr tragt zumindest *nicht* die gleichen Brillen – weil – ihr tragt ja beide gar keine Brille. Und sonst … Wieso fragst du?“

„Ich glaube, ich hätte gerne etwas mit ihr gemeinsam, was man auf den ersten Blick sieht.“

Paul schaute Sascha an wie ein Auto. „Das verstehe ich jetzt nicht.“

„Ist doch egal. Sag mal, gibt's da was?"

„Ähm …" Paul schien sehr intensiv nachzudenken. Zumindest sah es so aus. „Ich weiß nicht so genau …"

„Nun sag schon. Irgendwas."

„Also, eine Winzigkeit könntet ihr tatsächlich gemeinsam haben."

„Und?"

„Na ja … Ihr habt …", noch einmal zögerte er kurz, als ob ihm noch immer nichts einfiel. Doch dann kam der Rest des Satzes wie aus der Pistole geschossen: „… die gleichen Haare." Mit einem Lächeln, das irgendwie erleichtert aussah, lehnte er sich etwas zurück.

„Die gleichen Haare? Wieso das denn? Ich habe doch blonde Haare und meine Mutter dunkle."

„Ja, schon, aber ihr habt beide so nette Locken."

Paul wirkte, als wäre er um Haaresbreite dem sicheren Tod entkommen. Okay, vielleicht sollte man einen Jungen doch lieber etwas anderes fragen. Etwas, worauf es ihm leichterfallen würde, zu antworten.

„Wie sieht es aus bei dir? Hast du noch immer Lust auf 'ne Runde Schach?"

Pauls Augen glänzten. „Jau!"

4

„Mama? – Mach dir keine Sorgen. Mir geht es gut. – Nein, ich habe keine Angst.“

„Wenn du nur einen Mucks von dir gibst, drehe ich dir deinen Hals um. Das verspreche ich dir.“

„Drei Millionen. Können Sie das Geld irgendwie schnell beschaffen?“

„Scheiße, da ist jemand!“

„Paul, hörst du mich? Ich bin es, Sascha. Ich bin frei, sie sind weg. Bitte wach wieder auf! Bitte!“

DRRRRRRRRRRRRRRRRRRRRRR……!!!!

Sascha schoss empor, als hätte ein Katapult sie hochgeschleudert. Kerzengerade saß sie in ihrem Bett, griff impulsiv nach ihrem Kopfkissen und schleuderte es quer durch den Raum. Das Kissen landete punktgenau. Es fegte Mariannes schrill klingelnden Monster-Wecker kurzerhand vom Nachttisch, sodass er polternd zu Boden fiel und verstummte.

„Herein“, murmelte Marianne dumpf in ihre Bettdecke, ohne dass sie sich weiter bewegte oder gar wach wurde.

Dafür war Sascha umso wacher. Ihr Herz hämmerte so wild, dass es kaum auszuhalten war. Sie stieg aus ihrem Bett, kniete sich vor den verhassten Schlafkiller, hob ihn auf und betrachtete ihn. Der Sekundenzeiger lief nach wie vor munter seine Runden. Und auch das grausame Trio aus zwei Metallglocken sowie dem Schlägel, das diesen Radau verursachte, schien den Angriff leider überlebt zu haben. Dass das Klingeln so abrupt verstummt war, hatte also andere Gründe. Wahrscheinlich war das Kissen auf dem kleinen Hebel gelandet, mit dem man die Weckfunktion ein- und ausstellen konnte.

Während Sascha noch ganz durcheinander auf dem Boden kniete, kamen ihr die letzten Bilder aus ihrem Traum wieder in den Sinn. Sie hatte von dem Entführungsversuch geträumt, dem sie nur knapp entgangen war. Zwei Wochen lang hatte sie fast gar nicht mehr daran gedacht – und auf einmal waren diese Bilder wieder da. Wahrscheinlich hatte dieser eigenartige Mann, den sie gestern und vorgestern hinter dem Gebüsch gesehen hatte, irgendetwas in ihr wachgerufen. Und dennoch war etwas anders geworden. An dieses Erlebnis erinnert zu werden, war noch immer nicht so toll, aber das Gefühl der Furcht, das für sie damit verbunden war – es war weg.

Kann das echt sein?, stutzte Sascha innerlich. *Steckst DU etwa dahinter?* Sie lächelte. *Blöde Frage, oder? Na ja, ich weiß zwar nicht, ob das anhält, aber danke schon mal.*

Was Sascha da gerade machte, kam ihr manchmal noch ein bisschen fremd vor, aber es tat eindeutig gut. Und anscheinend half es auch: zu beten. Dass sie das jetzt öfter tat, eigentlich sogar jeden Tag, daran war Frau Schuster nicht ganz unschuldig. Sie hatte Sascha erklärt, dass Beten im Grunde total einfach war. Man konnte jederzeit anfangen mit Gott zu reden. Egal, ob man gerade auf dem Klo saß oder eine wichtige Klassenarbeit schrieb, ob man soeben ziemlichen Mist gebaut oder einer alten Dame über die

Straße geholfen hatte. Gott hörte einem immer zu. Und man konnte so mit ihm reden, wie einem der Schnabel gewachsen war. Es musste nicht besonders feierlich klingen.

Für Sascha klang das angenehm unkompliziert, also hatte sie es gleich mal ausprobiert. Diese superehrlichen Gespräche mit „dem da oben“ wurden ihr schließlich immer wichtiger. Sie halfen ihr, verwirrende Dinge plötzlich klarer zu sehen. Und wenn ihr etwas Angst machte, dann hatte sie das Gefühl, der Sorgen-Eisblock in ihrem Herzen würde beim Beten von einer warmen Sommersonne beschienen und zum Schmelzen gebracht.

„Versuchst du gerade, meinen Wecker zu hypnotisieren?“ Marianne hatte ihren verstrubbelten Kopf langsam über die Bettkante hinausgeschoben und sah ihre Mitbewohnerin fast ein bisschen besorgt an.

„Äh, nein!“ Sascha schreckte auf und stellte das Gerät schnell wieder an seinen ursprünglichen Platz. „Der ist nur gerade … irgendwie … runtergefallen. Ich dachte, ich heb ihn mal auf.“

„Nett von dir“, rief Marianne. Sie sprang ohne Vorwarnung wie ein gedoptes Eichhörnchen aus dem Bett und steuerte auf das Bad zu. „Dann mal ran an den jungen Tag! Du willst nicht etwa mitjoggen?“ Ohne eine Antwort abzuwarten, schloss sie die Badezimmertür hinter sich.

„Nö“, entgegnete Sascha verwirrt. Mariannes allmorgendliches Aufstehen war und blieb unfassbar! Wahrscheinlich hatte auch sie einen kleinen Hebel, den man herunterdrücken konnte, und schon war die Hyperaktiv-Phase angestellt.

Sascha erhob sich vom Fußboden, ging hinüber zum

Fenster und schaute kurz hinaus. Eigentlich war das überflüssig. Unter der Woche, also von Montag bis Freitag, starteten die Jogger so früh, dass es draußen, trotz der Laternen rund ums Haus, wahrscheinlich noch zu dunkel war, um irgendwelche Männer hinter irgendwelchen Büschen entdecken zu können. Sie schaute dennoch hinaus und sah – nichts.

„Vergiss diese Geschichte“, murmelte sie ganz leise vor sich hin.

Nach einem eiligen Frühstück stand Sascha schließlich eine halbe Stunde vor Unterrichtsbeginn vor der Bürotür der Rektorin. Jetzt war es so weit. Sascha würde nun ganz offiziell Frau Hasser mitteilen, dass sie bis zum Ende des Schuljahres im Internat bleiben wollte.

Und was ist, wenn Frau Hasser mich gar nicht mehr als Schülerin haben will?, ging es ihr durch den Kopf. Doch diese Bedenken waren völlig umsonst. Die Rektorin freute sich über die Entscheidung und lächelte sie dabei so herzlich an, dass Sascha sich schon fast ärgerte. Warum hatte sie Frau Hasser nur gesagt, dass sie bis zum Ende des Schuljahres hierbleiben wollte? Sie hätte diese „Portion“ doch auch aufteilen können. Für einen kurzen Moment tagträumte Sascha. Sie sah sich jeden Tag vor Unterrichtsbeginn in dieses Büro laufen, um der Rektorin Bescheid zu sagen: „Heute bleibe ich auch noch hier.“ Und jeden Tag lächelte Frau Hasser wieder so nett und freundlich … Aber das war natürlich totaler Quatsch!

Nachdem die Sache mit ihrer Schulleiterin geklärt war, lief Sascha zu ihrem Klassenraum. Ein paar Minuten blieben ihr noch, bevor der Französischunterricht begann. Und sie wollte unbedingt vorher ihren Mitschülern sagen, dass sie noch ein bisschen auf Hohenach bleiben würde.

Die Tür zum Klassenraum war geschlossen. Sascha schaute hastig auf ihre Armbanduhr. Hatte der Unterricht etwa schon angefangen? War ihre Uhr stehen geblieben? Vorsichtig drückte sie die Klinke herunter und schob die Tür langsam auf. Sie konnte ja schlecht mit vollem Schwung in den Raum platzen, wenn die Lehrerin mitten im Unterricht war.

Doch während sie gespannt durch den Spalt in den Klassenraum spähte, sah sie, dass sich niemand darin aufhielt. Sie hatte die Tür zur Hälfte behutsam geöffnet, dann stieß sie sie schließlich gänzlich auf und lief zwei Schritte in den leeren Raum hinein. In den *scheinbar* leeren Raum. Denn alle Mitschüler hatten sich links und rechts der Tür dicht an die Wand gedrückt, sodass jeder, der in den Raum hineinsah, denken musste, es wäre keiner drin. Doch in dem Moment, als Sascha das Klassenzimmer betrat, rief es fröhlich und lebhaft aus fünfzehn Kehlen: „Hurra!" Dann konnte sie für vier oder fünf Sekunden nichts mehr sehen. Vor ihren Augen flimmerte es so heftig, als wäre ein gewaltiger Schneesturm losgebrochen.

„Hallo? Was ist das denn?", gab Sascha verwirrt von sich.

Als sich das benebelnde Durcheinander vor ihren Augen gelichtet hatte, sah sie sich um. Da standen ihre Klassenkameraden, die offensichtlich alle ihre Locher geleert hatten, um sie mit einer ganz abgefahrenen Konfetti-Aktion zu empfangen.

„Was …? Woher …?", stammelte sie. Doch dann fiel ihr

Blick auf Paul, der sie strahlend anschaute. Okay, dieser Kerl hatte ganz offensichtlich seine Klappe nicht halten können und ein paar Informationen gestreut. Doch Sascha war ihm überhaupt nicht böse. Wieso auch? Wow, war das eine nette Idee! Sie sah in die Gesichter, die sie noch immer lächelnd anschauten. Alle ihre Mitschüler, sogar die Jungs, hatten bei dieser Aktion mitgemacht! Sie fühlte sich in diesem Moment so willkommen wie noch nie in ihrem Leben.

„Ihr seid einfach total genial, wisst ihr das? Ich –"

„Was ist denn 'ier los?!"

Die raue, fast männliche Stimme von Madame Boucher versetzte der vergnügten Stimmung sofort einen kräftigen Dämpfer. Die Französischlehrerin widersprach in jeder Hinsicht den vielen Klischee-Vorstellungen, die man von Französinnen haben konnte. Das begann bei ihrem Namen – Boucher bedeutete auf Deutsch „Metzger" – und hörte bei ihrer beachtlichen Körperfülle sowie dem absolut unweiblichen Erscheinungsbild noch lange nicht auf. Jeder, der von dem vermeintlich niedlichen Akzent schwärmte, den deutsch sprechende Franzosen angeblich hätten, brauchte sich nur ganz kurz mit ihr zu unterhalten, um dieser Schwärmerei abzuschwören. An Madame Boucher war gar nichts niedlich. Aber, und das musste man nun wirklich zugeben, sie war eine gute Lehrerin. Zumindest, wenn „gut" bedeutete, dass ihre Schüler auch wirklich fleißig lernten.

„Was ist denn das für ein Dreck 'ier?" Wie fast alle ihrer Landsleute hatte auch Madame Boucher ein Problem damit, den Buchstaben „H" auszusprechen.

„Entschuldigen Sie, aber das ist kein Dreck", nuschelte Nina durch ihre Zahnspange.

„Richtig", ergänzte Marianne. „Das ist nicht weniger als der sichtbare Ausdruck unserer Freude darüber, dass Sascha uns noch ein paar Monate als Klassenkameradin erhalten bleibt."

„Ah, bien", entgegnete die Lehrerin, die sich von Mariannes selbstsicherem Auftreten öfter mal herausgefordert fühlte. „En français, s'il vous plaît!"

„Ce n'est pas moins que l'expression visible de notre joie, que Sascha nous restera quelques mois en tant que camarade de classe", antwortete Marianne entspannt.

Am liebsten hätte Sascha breit gegrinst, was sie sich natürlich tunlichst verkniff. Aber diese beiden miteinander zu erleben, war immer wieder interessant. Es war beinahe wie ein Kräftemessen – und irgendwie auch wieder nicht. Ganz unbeschreiblich.

Doch egal, aus welchem Anlass das Konfetti geflogen war, Madame Boucher bestand darauf, dass alle Schüler es sofort und restlos vom Boden zu entfernen hatten. Das mit dem *sofort* klappte ganz gut. Das Konfetti jedoch *restlos* wegzukriegen, war beinahe unmöglich. Sascha war durch die Papierschnipselwolke dermaßen konfettibeladen, dass bei jeder ihrer Bewegungen immer einige von diesen kleinen Teilchen aus ihrer Kleidung oder ihren Haaren rieselten.

Im Laufe des Tages wurden Saschas „Hinterlassenschaften" mehr und mehr zu *dem* Spaß überhaupt für ihre Mitschüler. Wo auch immer sie diese Papierschnipsel auf dem Fußboden erspähten, riefen sie einander zu: „Ey, Sascha war hier!“ Auf dem Gang, im Speisesaal oder im Aufenthaltsraum und natürlich im Klassenzimmer, überall waren die kleinen, bunten Konfettihäufchen zu finden.

Gleich nach der Mittagspause stand Musik auf dem Stundenplan. Doch zur großen Überraschung der Klasse kam nicht wie erwartet Herr Albrecht in den Raum, sondern Frau Schuster.

„Nanu, Sie hier?“ Viktor klappte erstaunt sein Notenheft zu, in das er soeben hektisch die letzte Note einer E-Dur-Tonleiter von Lena abgeschrieben hatte.

Frau Schuster lächelte. „Tja, Überraschung. Auch für uns. Herr Albrecht hat heute Morgen angerufen, dass er ausnahmsweise mal nicht zur Arbeit erscheint, weil er seine Frau ins Krankenhaus bringen musste.“

„Oje, die arme Frau“, meinte Lena, während auch sie ihr Notenheft zuklappte und ihre Nickelbrille langsam die Nase hochschob. „Hat sie was Schlimmes?“

„Kommt ganz drauf an, ob man Kinder mag. Aber ich glaube, die beiden freuen sich auf ihren Nachwuchs“,

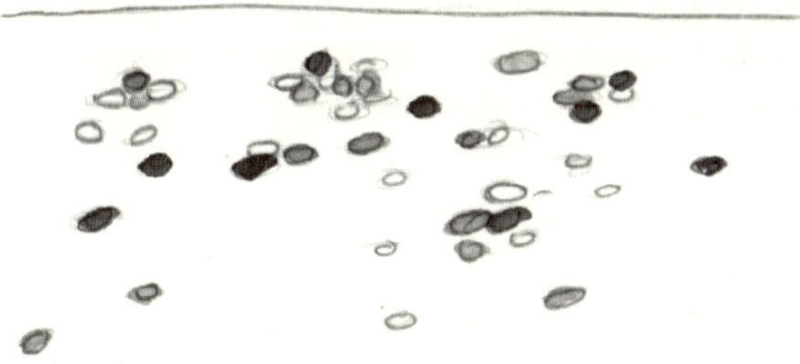

meinte die Lehrerin augenzwinkernd, was ein freudiges Gemurmel der Schüler auslöste. „Genau, Herr Albrecht wird heute Papa. So, und nun habe ich eine Vertretungsstunde. Aber ich habe beschlossen, nicht Musik mit euch zu machen.“

Mit skeptischen Blicken schauten die Schüler einander an. Was würde stattdessen passieren? Auf eine spontane Freistunde hoffte zwar jeder im Stillen, aber nach allen Erfahrungen war das ziemlich unwahrscheinlich – da würde eher ein UFO im Garten landen … Doch Frau Schusters Alternative zum Musikunterricht war für die Schüler doch angenehmer als befürchtet.

„Wir haben heute schon den 16. November. Das heißt, in ungefähr fünfeinhalb Wochen ist Weihnachten. Traditionell haben bei uns in Hohenach immer die Siebtklässler die große Ehre gehabt, als Darsteller in unserem alljährlichen Krippenspiel mitzumachen. Wie sieht es bei euch aus? Wer würde sich gern daran beteiligen?“

Zehn Arme schossen in die Höhe: die Arme aller Mädchen. Auch Sascha meldete sich. Sie wusste zwar nicht genau, wie das bei einem Krippenspiel vonstattenging, aber es hatte irgendetwas mit der Weihnachtsgeschichte zu tun, und da wollte sie unbedingt mitmachen.

„Was ist denn das? He, Jungs, wollt ihr mich etwa alle hängen lassen? Will keiner von euch mitspielen? Wer will den Josef darstellen? Oder einen Hirten? Oder einen Weisen aus dem Morgenland?“

Brummelige, maulende Geräusche waren zu vernehmen.

„Paul? Wie sieht es mit dir aus?“

„Och, nö, nicht so gerne“, winkte der ab.

„Du kannst ja auch ein Schaf spielen", rief Celina von hinten und erntete damit einige Lacher.

„Nur, wenn du den Esel spielst", gab Paul genervt zurück.

„Paul, Celina, was ist mit euch los? Wollen wir hier das Krippenspiel organisieren oder lieber die Schlacht im Oberfränkischen Wald? Nur noch mal zur Erinnerung: Die Weihnachtsgeschichte hat etwas mit ‚Friede auf Erden' zu tun."

Die beiden Zurechtgewiesenen murmelten eine Entschuldigung.

Frau Schuster fuhr fort: „Gut, dann verteilen wir erst einmal die Rollen unter den Mädchen. Wer von euch mag denn die Maria spielen? Hm, das habe ich mir gedacht." Zehn Hände hatten aufgezeigt. „Möchte jemand freiwillig auf die Rolle der Maria verzichten?" Nur noch fünf Hände waren zu sehen.

„Also, Maria muss ja wohl eine mit blonden Haaren sein. Und da kommen von den fünf eigentlich nur Sascha und Femke infrage", rief Leon mit einem leicht besserwisserischen Unterton.

„Blond? Wie kommst du denn da drauf?", ereiferte sich Marianne. „Maria war eine junge Frau aus dem Nahen Osten. Rate mal, welche Haarfarbe die gehabt hat." Mit einem kurzen Blick über die Schulter meinte sie zu Sascha und Femke: „Ähm, das sollte jetzt nichts gegen euch sein."

Beide Mädchen quittierten die Abbitte mit einem Lächeln. Wenn man es irgendwem glauben konnte, dass es ihm beziehungsweise ihr wirklich nur um die Sache ging, dann Marianne.

„Okay, damit sind *wir* im Rennen", meinte Celina und sah wichtigtuerisch zu Romi und Julia hinüber.

„Langsam", schritt Frau Schuster schlichtend ein. „Also, die Haarfarben sind das Letzte, worum wir uns jetzt Gedanken machen müssen. Es ist doch auch egal, ob unsere Maria blonde, dunkle oder rote Haare hat. Es soll uns allen Spaß machen und ein bisschen von der Weihnachtsbotschaft rüberbringen."

Femke zeigte auf. „Tschuldigung. Das klingt jetzt bestimmt ganz doll blöd. Aber ich möchte *besonders* gerne die Maria spielen. Meine Mama und mein Papa würden sich bestimmt so sehr darüber freuen, dass sie auch ganz sicher zu der Aufführung kommen würden."

Und ich hätte jetzt endlich mal gerne den Vorteil, von dem immer alle reden. Hallo, ich bin ein Promi-Kind! Meine Mutter kommt dann sicher auch zu der Aufführung, dachte sich Sascha heimlich – und schämte sich gleichzeitig dafür. Normalerweise war sie ja froh, dass sie eben nicht anders als die anderen behandelt wurde, nur weil ihre Mutter eine berühmte Soul-Sängerin war.

„Na ja, ich würde aber auch gerne …", meinte sie vorsichtig.

„Tschuldigung. Das klingt jetzt bestimmt ganz doll blöd … Aber ich möchte *auch* besonders gerne die Rolle spielen." Celina hatte gewollt übertrieben Femke nachgemacht. Besonders witzig fand das zwar offenbar keiner, aber die Imitierte schien das nicht weiter zu stören.

„Ach, du willst dich doch nur in den Vordergrund drängeln", rief Karl.

„Genau, wegen der Jungs!", ergänzte Nina nuschelnd.

„Nur keinen Neid“, meinte Celina mit einem Hauch von Arroganz in der Stimme und warf eine Strähne ihres langen schwarzen Haares schwungvoll über die Schulter.

„Also, dann möchte ich aber auch mal sagen, dass ich gerne die Hauptrolle hätte“, meinte Romi.

„Und du, Julia?“, wandte sich Frau Schuster zu dem Mädchen um.

Die Angesprochene gestikulierte undefinierbar mit ihren Händen und nickte heftig zustimmend. Frau Schuster schien zu ahnen, was das bedeutete.

„Essen im Unterricht ist verboten. Das weißt du doch, oder?“

Julia nickte erneut, diesmal etwas beschämt und schluckte das, was sie im Mund hatte, runter.

„Nee, die Julia können wir nicht nehmen“, meinte Celina. „Oder ist die Rolle der Maria eine stumme Rolle?“

Die ganze Klasse lachte laut auf.

„Warum willst'n du nicht mehr mitmachen?“, fragte Viktor, während er seine Tischnachbarin Lena mit dem Ellenbogen anstupste.

„Nein, lass mal. Wenn Femke da mitmachen möchte, dann soll sie das lieber machen. Sie ist viel hübscher als ich. Außerdem kommt meine komplette Familie sowieso zur Weihnachtsfeier, auch wenn ich überhaupt nicht mitmache.“

Femke lächelte Lena zu.

„Sollten wir das nicht irgendwie ausdiskutieren, wer die Rolle kriegt?“, fragte Romi.

Zustimmendes Gemurmel.

„Wir könnten doch einfach losen“, schlug Sascha vor.

„Das ist eine sehr gute Idee“, meinte Frau Schuster. „Seid ihr einverstanden?“

Die vier Mitbewerberinnen von Sascha nickten nicht gerade besonders begeistert. Trotzdem machte Frau Schuster kleine zusammengefaltete Zettel mit Namen fertig und ließ einen Unparteiischen, Nils, die Hauptdarstellerin ziehen. Der Junge versuchte seine Rolle als Glücksbote möglichst dramatisch auszuschmücken, indem er demonstrativ seine Augen mit einer Hand zuhielt. Es sollten auch wirklich alle überzeugt sein, dass er nicht schummelte. Mangels eines Lostopfes hatte Frau Schuster ihre Hände so zusammengelegt, dass diese einen kleinen Hohlraum bildeten. Dort drin befanden sich die Lose. Schließlich fischte Nils mit Daumen und Zeigefinger einen Zettel heraus und faltete ihn theatralisch auseinander.

„And the winner is …“, rief er feierlich und vollendete den Satz nach einer spannungsgeladenen Pause: „Romi!“

„Ja!!“, jubelte sie. „Unglaublich, oder? Ist das nicht toll?! Ach, ich freue mich so!“

„Krieg dich ein“, murmelte Celina leise vor sich hin.

Nach dem Sportunterricht war der Schultag schließlich geschafft. Sascha hatte natürlich beim Umkleiden den größten Papierschnipsel-Haufen des Tages hinterlassen.

Jetzt hieß es nur noch: rasch die neuen Französisch-Schularbeiten machen und dann war der nervige Teil des Tages endgültig geschafft. Doch wo war nur ihr Schulhefter? Schnell sah sie ihren Stapel noch einmal durch.

„Englisch, Mathe, Informatik, Musik …“, murmelte sie,

während sie einen Hefter nach dem anderen durchging. Nein, Französisch fehlte. Dann musste sie dieses Ding wohl im Klassenraum in dem Ablagefach unter ihrem Tisch vergessen haben.

Schnell lief sie einen Stock tiefer. Als sie ihr Klassenzimmer erreicht hatte, sah sie, dass die Tür einen kleinen Spalt weit offen stand. Stimmen waren zu hören. Obwohl Sascha noch zu weit weg war, um zu hören, was gesprochen wurde, nahm sie schon den Tonfall wahr. Er klang aufgeregt. Was war denn da los? Behutsam schlich sie sich an den Türspalt heran und lauschte.

„Ausgerechnet Romi!“, hörte Sascha plötzlich Celinas Stimme. „So dunkelhäutig wie die ist, hätte sie lieber so einen farbigen Weisen aus dem Morgenland spielen sollen, aber doch nicht die Maria!“

„Aber wenn Marianne recht hat und Maria so eine aus dem Nahen Osten war, dann war die wahrscheinlich auch nicht ganz so hellhäutig wie wir, oder?“

Aha. Sophie war bei Celina. Klar. Die beiden waren in letzter Zeit beinahe unzertrennlich.

„Sag mal, wirst du jetzt auch so eine Korinthenkackerin wie diese Superstreberin?“

„Nee, nee. War nicht so gemeint!“

„Dann quatsch nicht so 'n dummes Zeug.“

„Ich wusste ja gar nicht, dass du *sooo* gerne die Rolle gehabt hättest. Ausgerechnet du willst *Maria* sein.“ Sophie kicherte.

„Ja, wer denn sonst?! Die anderen sind doch alle total daneben. Oder meinst du etwa, die dicke Julia wäre die Idealbesetzung? Oder gar Femke mit ihrem Puppengesicht?“

„Wieso? Ich finde, Femke sieht doch total hübsch aus."

„Diese blöde Kuh! Die soll meinetwegen einen Engel spielen."

„Und Sascha?"

Celina lachte fies. „Sascha? Die hat doch 'ne Ausstrahlung wie eine Scheibe Weißbrot. Die sollte mal Nachhilfeunterricht bei ihrer Mutter nehmen."

Sascha schluckte. Diese Bemerkung hatte echt gesessen. Leise schlich sie wieder weg von der Tür. Französisch hatte sie erst wieder am Freitag. Sie musste also nicht unbedingt heute nach ihrem Hefter schauen.

Es dauerte genau eine Viertelstunde, bis Sascha anfing, sich zu ärgern. Warum war sie nicht so mutig gewesen, hocherhobenen Hauptes in das Klassenzimmer zu gehen und Celina und Sophie zuzurufen: „Entschuldigt die Störung, aber das Weißbrot sucht seinen Französischhefter!"? Die Reaktion der beiden hätte sie zu gerne gesehen! Aber solche Dinge fielen ihr ja immer erst ein, wenn die Situation längst vorbei war. Mist!

Den Rest des Nachmittags verbrachte Sascha damit, auf ihrem Bett zu liegen und vor sich hin zu grübeln. Eigentlich könnte sie ja das Sherlock-Holmes-Buch wieder in die Bücherei bringen. Keine Lust. Oder sie könnte mit der sportbegeisterten Marianne schwimmen gehen. Keine Lust. Oder sie könnte mal bei Helen anrufen und fragen, wie es Ben ging. KEINE LUST! Also blieb sie einfach liegen, bis es Zeit fürs Abendessen war.

Auf ihrem Weg zum Speisesaal sah sie Femke in einer Ecke stehen und mit ihrem Handy telefonieren. Sascha nickte ihr mit einem Lächeln zu, das jedoch vor Schreck ganz schnell erstarb. Was war denn das? Weinte Femke etwa? Jetzt hatte sie sich weggedreht, sodass Sascha ihr Gesicht nicht mehr sehen konnte. Oje, hoffentlich war zu Hause bei ihr nichts Schlimmes passiert.

Ich hab ja keine Ahnung, was Femke hat, aber kannst du mir nicht einen Tipp geben, wie ich ihr irgendwie helfen könnte? Sascha redete innerlich mit Gott, während sie zum Speisesaal weiterlief. *Und noch was: Ich bin sauer auf Celina. Wie kann man nur so gemein sein und über andere so fies reden?* Sascha stutzte. *Na gut, ich habe auch schon mal nicht so nett über andere geredet. Aber nicht* so *böse … Es war nur ein kleines bisschen … böse. – Ja, das war trotzdem nicht okay, tut mir leid.* Ein kleines Schmunzeln huschte über ihr Gesicht. *Paul würde jetzt wahrscheinlich sagen: Wer im Steinhaus sitzt, soll nicht mit Gläsern werfen.*

5

Normalerweise liefen die abendlichen Essen fast immer gleich ab, aber heute war echt der Wurm drin. Statt sich in Ruhe um ihren Tisch zu versammeln und zu essen, herrschte bei den Mädchen der siebten Klasse ein Kommen und Gehen wie in einem Bienenstock. Dabei sah es zunächst gar nicht nach diesem Kommen und Gehen aus. Eher nach einem „Kommt-hier-überhaupt-noch-mal-einer?". Obwohl schon längst Essenszeit war, waren Lena, Sascha und Sophie nun schon seit einer ganzen Weile die Ersten und Einzigen an ihrem Zehner-Tisch.

„Wo ist denn Celina?", wollte Lena von Sophie wissen.

„Die kommt gleich. Sie muss noch was erledigen."

„Wie isses, wollen wir anfangen zu essen? Ich habe einen Mordshunger!", meinte Sascha, während sie schmachtend zum Tisch nebenan schaute. Dort hauten die sechs Jungs ihrer Klasse schon mächtig rein. Lustigerweise schaute sie gerade in dem Moment hinüber, als Pauls Versuch, eine Kartoffel mit der Gabel zu halbieren, misslang und das Gemüse quer über den Tisch flutschte.

„Aber Sascha!" Sophie tat so, als wäre sie total entsetzt. „Du kennst doch das Motto: Wartet aufeinander."

„Hm. Wer hat dieses Motto eigentlich erfunden? Die Schulleitung? Und wie lange soll man warten? Bis man verhungert?" Saschas Magen knurrte demonstrativ.

„Also, dass Marianne noch nicht da ist, obwohl es schon zehn Minuten nach sechs ist, das verwirrt mich“, meinte Lena, während sie ihre Brille abnahm, die Gläser anhauchte und mithilfe ihres Pulloversaums putzte.

„Guck mal, da hinten kommt sie angelaufen“, meinte Sophie. „He, Marianne, schon wieder zu spät? Na, das häuft sich aber in letzter Zeit.“

„Ja, ja, stichel du ruhig. Ich hätte mir diesen Anblick äußerster Primitivität eben wirklich gerne erspart.“

„Wieso, was ist denn passiert?“ Lena schob sich wieder die Brille auf die Nase, sodass ihre neugiergeweiteten Augen gleich noch größer aussahen.

Marianne winkte ab. „Zwei Jungen aus der elften Klasse haben sich eben wild geprügelt. Einer der beiden hat dabei eine unangenehme, blutende Wunde davongetragen. Da ich Augenzeugin des Geschehens war, habe ich natürlich dem Aufsicht habenden Lehrer angeboten, ihm meine Beobachtungen mitzuteilen. Die könnten für die eventuelle Inanspruchnahme einer Haftpflichtversicherung nämlich durchaus wichtig sein. Aber dass ich dadurch nun zu spät zum Essen gekommen bin, ist natürlich ärgerlich. Entschuldigt.“

Noch während die drei Mädchen die Entschuldigung abnickten, huschte Celina zum Tisch: „Sophie, komm schnell! Ich hab gehört, Thorsten blutet. Ich will mal schnell nachsehen, vielleicht braucht er Trost. Kommst du mit?“

In Windeseile war Sophie aufgestanden und lief mit Celina aus dem Speisesaal.

„Wie kann man sich denn freiwillig jemanden angucken wollen, der blutet?“, fragte Lena.

„Na, das ist ja mal interessant“, meinte Marianne zu Sascha. „Ahnst du, welche beiden Elftklässler sich da vorhin geprügelt haben?“

„Doch nicht etwa die Jogging-Störenfriede?“

„Genau. Und ausgerechnet zu denen, oder zu einem von ihnen, haben Sophie und Celina ein … sagen wir, freundschaftliches Verhältnis?“

„Aber Marianne“, antwortete Sascha, als wäre sie ganz entrüstet, „das sind *Jungen*. Das reicht doch, um interessant zu sein. Zumindest reicht es Celina – und Sophie, die dumme Nuss, rennt ja überall hin, wo ihre Freundin hinläuft.“

„Sie heißen übrigens Ronnie und Thorsten. Jetzt, nach meiner Zeugenaktion, weiß ich es.“

„Und welcher von den beiden war derjenige, den wir gestern Morgen gesehen haben? Du weißt schon, der mit dem Unbekannten gesprochen hat.“

„Das war Ronnie.“

Sascha überlegte einen kurzen Moment, ob ihr diese Information vielleicht weiterhalf. Sie kam zu dem Ergebnis: nein. „Übrigens habe ich diesen fremden Mann heute gar nicht gesehen – weder im Gebüsch noch sonst wo. Dabei habe ich eigentlich ziemlich oft aus dem Fenster geschaut. Komisch. Ach, wer weiß, vielleicht hat sich die Sache ja auch erledigt, und er hat gar keinen Grund oder keine Lust mehr, da zu stehen.“

Mariannes Antwort bestand lediglich aus einer fragend hochgezogenen Augenbraue.

„Hat jemand von euch Sophie gesehen?“ Laura war wie aus dem Nichts aufgetaucht und stand nun am Tisch.

„Die ist gerade mit Celina in den dritten Stock zu den

Jungs gelaufen. Setz dich." Marianne zeigte einladend auf die sieben freien Stühle.

„Geht nicht", rief Laura und verschwand sofort wieder.

Dafür setzte sich Nina zu den dreien. „Hallo. Ich bin heute mal nicht ganz pünktlich, was? Ich wäre ja …" Sie stutzte kurz. „Oooooh nein!"

„Was ist denn?", fragte Lena.

„Diese blöde Zahnspange. Die macht mich wahnsinnig! Da ist so ein Draht", Nina steckte sich den Zeigefinger tief in ihren weit offenen Mund und befühlte irgendetwas, was noch hinter dem letzten Backenzahn liegen musste, „ber biiiiebt bo äbbemb."

„Wenn du möchtest, dass wir verstehen, was du sagst, solltest du beim Reden den Finger aus dem Mund nehmen", schlug Marianne vor.

„Der piekt so ätzend", wiederholte Nina, während sie aufstand. „Ich hasse das Teil! Ich hasse, hasse, hasse es!" Nach diesem kurzen, aber lautstarken Auftritt verließ auch sie den Speisesaal wieder.

Lena schaute hilflos zwischen Sascha und Marianne hin und her. „Was ist denn heute hier los?"

„Keine Ahnung", entgegnete Sascha abwesend, während sie wie hypnotisiert auf den gefährlich übervollen Teller schaute, der gerade von Julia zum Tisch balanciert wurde. Entweder kannte Julia das Wartet-Motto nicht oder sie ignorierte es. Wahrscheinlich ignorierte sie es. *Gute Entscheidung*, urteilte Sascha still und beschloss, es ebenso zu machen. Doch in dem Moment, als sie sich erhob, klingelte ihr Handy – ihr tolles, neues Handy, mit dem sie jederzeit total gerne telefoniert hätte. Nur eben gerade jetzt nicht!

Schnell wühlte sie es aus ihrer Hosentasche und schaute auf das Display. Ihre Mutter.

„Hi Mum … Na ja, eigentlich wollte ich gerade essen … Nee, schon klar, fünf Minuten habe ich. … Was? Warte mal, ich muss mal eben hier aus dem Speisesaal gehen, hier ist es gerade so laut, dass ich dich kaum verstehe."

Noch immer mit dem Handy am Ohr war Sascha aus dem Raum gegangen und stellte sich in die ruhige Ecke, in der vorhin Femke telefoniert hatte. Die wiederum machte sich gerade auf den Weg zum Essen und lächelte Sascha zu, während sie aneinander vorbeigingen. Hatte sie vorhin wirklich geweint? Sie sah so aus, als wäre doch nichts gewesen. Sascha war erleichtert.

Als sie das Gespräch beendet hatte, schaute sie ganz erstaunt auf ihre Handy-Uhr. Was denn, eine Viertelstunde hatte sie mit ihrer Mutter telefoniert? Normalerweise rief die ja nicht unbedingt dann an, wenn Essenszeit war, aber manchmal ließ sich das aufgrund von Luisas ungewöhnlichen Arbeitszeiten nicht vermeiden. Dennoch freute sich Sascha so sehr, dass sie sich kein bisschen gestört fühlte. Ihre Mutter hatte ihr doch tatsächlich versprochen, zur Weihnachtsfeier zu kommen und danach einen tollen Weihnachtsurlaub mit ihr zu verbringen. Das Urlaubsziel durfte Sascha sogar frei wählen! Amerika, Afrika, Australien, Bielefeld … Wo auch immer sie gerne hinwollte, da würden sie zusammen hinfahren. Toll! Aber das Allertollste war, dass sie ihre Mutter zwei Wochen lang ganz für sich allein haben würde!

Bei Saschas Rückkehr saßen endlich alle anderen Mädchen an dem Tisch, futterten und schwatzten fröhlich.

„Wir wussten nicht, wie lange dein Gespräch dauert", meinte Nina, die die Probleme mit ihrer zahnmedizinischen Apparatur wohl wieder in den Griff gekriegt hatte.

„Ist schon okay, ich gehe nach vorne und hol mir auch was."

„Warte", rief Julia, „ich komme mit und hole mir noch einen klitzekleinen Nachschlag."

Beide Mädchen kehrten schließlich mit etwa gleich großen Portionen auf dem Teller zum Tisch zurück – was jedoch nicht daran lag, dass Sascha sich nur wenig genommen hatte.

Der Rest des gemeinsamen Abendessens verlief wesentlich netter als gedacht. Von Celinas Wutanfall war nichts mehr zu merken. Im Gegenteil, sie war irgendwie ganz reizend – auch zu ihren Konkurrentinnen, die doch „total daneben" waren. Sascha teilte schließlich die Weihnachtsurlaubs-Neuigkeit mit den anderen. Dabei merkte sie: Je mehr sie redete, desto näher war sie dran, vor Freude zu platzen. Und es war ja klar, dass sie ihrer Mutter jetzt erst recht das ultimative Weihnachtsgeschenk machen wollte. Die Befragung der anderen Mädchen, was denn das ultimative Geschenk sein könnte, rief jedoch jede Menge alberner Vorschläge und so viel Gekicher hervor, dass die Jungen am Nachbartisch genervt aufstanden und das Weite suchten.

„Ach, Mensch", rief Lena plötzlich. Sie und die anderen Mädchen hatten sich wieder etwas beruhigt und machten sich soeben daran, den Tisch abzuräumen. „Ich habe ganz vergessen, dass ich euch noch was zeigen wollte."

„Lass mal, das kannst du uns auch morgen noch zeigen", schlug Romi vor, die offenbar befürchtete, dass Lena einen neuen Stapel Bilder von ihrer Familie geschickt bekommen haben könnte.

„Na gut“, murmelte Lena vor sich hin, während ihre Klassenkameradinnen mit den benutzten Tellern in Richtung Geschirrrückgabe flüchteten.

Sascha hatte nach dem Essen beschlossen, gar nicht erst wieder in ihr Zimmer zu gehen, sondern gleich zum Aufenthaltsraum im dritten Stock. Vielleicht war ja irgendwer da, mit dem man etwas Nettes spielen oder einfach nur ein bisschen reden konnte. Und wenn nicht, dann konnte man da oben auch prima fernsehen. Zwar war der Fernseher noch so ein altes, würfelförmiges Gerät und nicht so ein beeindruckendes Flachbildschirm-Teil wie in den anderen Aufenthaltsräumen, dafür hatte man das Ding aber fast immer für sich alleine.

Während sie die Treppen hinaufstieg, kam ihr der Gedanke, im ersten Stock einen kleinen Schlenker zu machen und auf ihrem Weg nach oben an Frau Schusters Tür vorbeizulaufen. Vielleicht hatte sie ja Glück und sah die Lehrerin. Und vielleicht hatte sie sogar Riesenglück und die Lehrerin hatte Lust, sich mit ihr zu unterhalten. Das Krippenspiel beschäftigte sie. Nicht etwa die Tatsache, dass sie nicht die Maria spielte, sondern dass sie eigentlich gar nicht so richtig wusste, was damals passiert war. Okay, dass zwei der Hauptpersonen Maria und Josef waren, das wusste ja wohl jeder. Auch, dass die beiden ein Kind gekriegt hatten, das Jesus hieß. Aber aus welchem Grund hatte dieses Jesuskind angefangen, irgendwelche Geschenke zu verteilen? Und wie alt war es bei dieser Aktion? Da war es doch sicher nicht mehr so ein kleines Baby, das man immer auf den Bildern sah. Und wieso hatte irgendwann der Weihnachtsmann das Christkind beim Beschenken abgelöst? Sascha erinnerte sich spontan an ihren Sherlock-Holmes-Lesetag. Hm, warum nur war sie noch nie auf die Idee gekommen, sich mal so was wie eine Bibel aus der Bücherei zu holen? Darin war doch sicher alles ganz genau erklärt. Also, das musste sie sich jetzt aber mal dringend merken: Bibel ausborgen!

Sascha schlenderte ganz langsam an Frau Schusters Tür vorbei. Ob sie klopfen sollte? Lieber nicht. Dann bog sie zwei Türen weiter in die Teeküche ein. Einen Moment lang stand sie unschlüssig in dem Raum. Warum sollte sie eigentlich nicht klopfen? Frau Schuster hatte ihr doch erlaubt, jederzeit vorbeizuschauen. Aber dennoch hatte Sascha immer ein bisschen die Befürchtung, der Lehrerin auf den Wecker zu gehen. Also beschloss sie, weiter nach oben zu gehen. Ganz überzeugt von ihrem Entschluss rauschte sie aus der Teeküche wieder hinaus – und stieß prompt mit Frau Schuster zusammen.

„Hoppla“, rief die Lehrerin halb erschrocken, halb amüsiert, während sie Sascha sanft ein kleines Stück von sich schob. „Du bist aber heute schwungvoll unterwegs.“

„Tut mir leid. Ich … ich war gerade auf dem Weg in den Aufenthaltsraum. Aber wo ich Sie jetzt gerade eben treffe …“

„Im wahrsten Sinne“, warf Frau Schuster mit einem freundlichen Lächeln ein.

„Äh … genau. Also, ich wollte mal fragen, ob Sie vielleicht gerade etwas Zeit für mich haben.“

„Habe ich. Hast du ein Problem?“

„Nicht so richtig. Aber ich habe ganz viele Fragen zu dem Krippenspiel und Weihnachten und so.“

„Also, das ist auf jeden Fall wichtig. Ein junger Mensch, der unbeantwortete Fragen zu Weihnachten hat, den kann man einfach nicht abweisen. Komm mit.“

Gemeinsam gingen sie zu der Tür, an der Sascha eben noch vorbeigeschlendert war. Frau Schuster schloss auf und forderte Sascha mit einer entsprechenden Geste auf, einzutreten.

„Kann ich dir etwas zu trinken anbieten?“

„Nee, danke. Ich habe gerade so viel Apfelsaftschorle beim Abendessen getrunken, dass ich einen richtigen Blubberbauch habe.“

„Verstehe. Dann setz dich einfach irgendwo hin.“

Sascha setzte sich auf das Sofa mit den geschwungenen Armlehnen. Sie war noch gar nicht so besonders oft bei Frau Schuster zu Besuch gewesen. Aber jedes Mal setzte sie sich hierhin. Es war sozusagen ihr Stammplatz. Und immer wieder gab es zwei Dinge in diesem Raum, die sie als Erstes anschaute, weil sie eine große Faszination auf sie ausübten: das große, sehr gut bestückte Bücherregal und diese geheimnisvolle Truhe. In Saschas lebhafter Fantasie vermutete sie stets eine Leiche darin. Warum auch immer! Denn eine Leiche passte zu Frau Schuster genauso wenig wie ein Maschinengewehr zu einer Friedenstaube. Aber wahrscheinlich war dieser Gedanke einfach so schön gruselig. So ähnlich, wie auch der Gedanke an die Wölfe da draußen schön gruselig war, weil man hier drinnen ja nichts zu befürchten hatte.

„Was für Fragen hast du denn?", begann die Lehrerin das Gespräch, während sie sich in den Sessel gegenüber setzte. Plötzlich stutzte sie. „Nanu, was ist das denn?"

Sascha hatte ihre Pulloverärmel ein Stück hochgeschoben. So, als wollte sie diese Unterhaltung tatsächlich mit ihren Händen anpacken. Dabei rieselten mal wieder einige Papierschnipsel aus ihren Ärmeln und blieben auf ihrem Schoß liegen.

„Hm, das geht irgendwie den ganzen Tag schon so. Ich hinterlasse Konfetti-Spuren."

„Ach, du bist das also gewesen. Ich habe diese kleinen Teile tatsächlich schon ein paar Mal heute gesehen."

„Meine Klasse hat mich damit beworfen, als sie gehört haben, dass ich noch bis zum Ende des Schuljahres hierbleibe."

„Was für eine nette Geste! Mir hat Frau Hasser das heute Vormittag erzählt und ich habe mich auch gefreut, dass du uns noch ein wenig erhalten bleibst."

„Echt?"

„Echt!"

Ein bisschen verlegen sammelte Sascha die paar Konfetti-Teilchen einzeln von ihrem Schoß auf und legte sie sorgfältig auf den Tisch. „Also, dann werde ich jetzt mal meine Weihnachtsfragen stellen, ja?"

„Nur zu. Aber darf ich dich vorher noch mal schnell etwas fragen?"

„Klar."

„Wie kommt es, dass du Fragen in Bezug auf Weihnachten hast, obwohl du dich doch mit Paul gut verstehst? Gerade Paul hat doch schon eine ganze Menge Ahnung von allem, was in der Bibel erzählt wird. Wieso fragst du ihn nicht?"

„Weil … na ja … weiß nicht."

„Traust du dich nicht?"

Die Antwort kam wie aus der Pistole geschossen: „Doch."

„Aber … ?"

Sascha überlegte einen Moment. Dann begann sie zögerlich: „Ich denke, ich mache ihn ärgerlich oder traurig, wenn ich damit anfange. Vor einigen Wochen, also als diese Typen mich beinahe entführt hätten, aber es nicht geschafft haben, da habe ich mich mal ganz toll mit ihm unterhalten. Er hatte solche Sachen gesagt wie, dass Gott gar nicht dieser strenge Oberlehrer ist, für den er ihn immer gehalten hatte, sondern für uns Menschen lieber ein richtig guter Freund sein möchte. Damals habe ich gedacht, das klingt super, darüber müssen wir viel mehr reden. Aber dann kamen Pauls Eltern und haben ihn besucht und er war ganz glücklich. Und dann sind seine Eltern wieder nach Japan geflogen und Paul war so traurig. Nun habe ich jedes Mal Bammel, wenn ich ihn wegen Gott irgendwas frage. Bestimmt denkt er dann gleich an seine Eltern, weil die doch für Gott als Missionare in Japan sind, und dann wird er vielleicht traurig oder ärgerlich."

„Und deswegen meidest du lieber das Thema?"

„Ja. Aber ich habe ja noch Sie. Zu Ihnen darf ich doch jederzeit kommen, wenn ich Fragen habe. Oder?"

„Das darfst du. Aber soll ich dir auch verraten, weshalb ich dich nach Paul gefragt habe?"

Sascha nickte.

„Ich habe dich gefragt, weil gestern Nachmittag Paul dort auf diesem Platz saß, auf dem du jetzt sitzt. Du warst wohl im Aufenthaltsraum und hast gelesen und er fand den ganzen Tag über niemanden, der mit ihm Schach spielte. Noch nicht einmal ich." Frau Schuster lächelte entschuldigend. „Aber nachdem er mich nun schon mal angesprochen hatte, haben wir gleich weitergeredet. Natürlich auch darüber, wie blöd er es findet, dass sein Vater nicht einfach wieder hier in Deutschland als Pfarrer arbeitet, sondern ausgerechnet um die halbe Welt fliegt, um den Japanern die Schönheit des Evangeliums zu verkündigen."

„Die – was? Was verkündet der?"

„Das war eben ein Zitat von Pauls Vater. Aber was ich eigentlich sagen wollte: Also, gestern saß Paul hier und hat mir unter anderem erzählt, dass er sich mal mit dir so toll über Gott unterhalten konnte. Das wäre vor ein paar Wochen gewesen, als diese Typen dich beinahe entführt hätten, aber es nicht geschafft haben. Er meinte, ihr hättet überlegt, wie genial dieser Gedanke ist, dass Gott eben nicht ein strenger Oberlehrer ist, sondern für die Menschen lieber ein richtig guter Freund sein möchte. Damals hatte er gedacht, darüber müsstet ihr eigentlich viel mehr reden. Aber dann kam deine Mutter und hat dich besucht, und dann ist ihm klar geworden, dass sie ja gar nicht möchte, dass du dich mit dem Glauben beschäftigst. Und so hat er es lieber gelassen, mit dir weiter darüber zu reden, weil er dich nicht, so wie es wohl deine Mutter mal gesagt hat, auf ‚dumme Gedanken' bringen wollte."

Es dauerte eine ganze Weile, bis Sascha ihren offenen Mund wieder zuklappen konnte. Dann stotterte sie: „D-d-das hat er wirklich so gesagt?“

„Wortwörtlich.“

„Was?! Heißt das etwa: Wir beide wollen gerne über dieses Thema reden und machen das nicht wegen … wegen …?“

Frau Schuster nickte. „Tja, das nennt man wohl ‚falsche Rücksichtnahme‘.“

„Das ist ja wohl der Oberhammer!“

Während Sascha völlig geplättet ihren Oberkörper gegen die Rückenlehne des Sofas plumpsen ließ, klopfte es an der Tür.

„Nanu? Noch mehr Besuch?“ Frau Schuster erhob sich, ging zu ihrer Wohnungstür und öffnete sie.

„Hallo Frau Schuster. Wo ist Sascha? Wissen Sie das?“

Upps. Stand da wirklich Marianne vor der Tür? War es etwa schon so spät, dass Saschas persönliche Es-ist-Schlafenszeit-Mahnerin sie abholte? Sie blickte auf ihre Armbanduhr. Nee, noch lange nicht. Merkwürdig.

„Ja, Sascha ist hier.“

„Ich komme“, rief die Gesuchte und sprintete zur Tür. „Hi Marianne, was gibt’s?“

„Kannst du mal bitte mitkommen? Geht das?“

„Och, hat das nicht Zeit bis nachher?“

Frau Schuster blickte Sascha an. Anscheinend war auch ihr der sonderbare Unterton eben nicht entgangen. „Ich glaube, wenn Marianne dich so eindringlich bittet, dann sollten wir besser unser Gespräch verschieben. Meinst du nicht?“

Sascha schnaufte ein klein wenig unwillig. Sie hatte eine Ahnung, dass irgendetwas nicht in Ordnung war. Und auf so was hatte sie gerade gar keine Lust. „Na gut. Dann trotzdem erst mal vielen Dank für ihren wichtigen Hinweis. Wegen dem Missverständnis … Sie wissen schon."

Die Lehrerin nickte freundlich. Nur einen Moment später schloss sie wieder die Tür und Sascha stand zusammen mit Marianne draußen auf dem Flur.

„Was is'n los?"

Marianne kratzte sich am Kopf. „Ich blicke da selber noch nicht ganz durch. Aber du kannst es bestimmt ganz einfach erklären."

Das hoffe ich, erwiderte Sascha innerlich mit einem sehr mulmigen Gefühl im Bauch.

6

Das Zimmer von Sascha und Marianne lag direkt neben dem von Frau Schuster, sodass sie schon im nächsten Augenblick vor ihrer Tür standen. Marianne drückte die Klinke hinunter und ging hinein.

„Ich hab sie gefunden. Sie war nebenan bei Frau Schuster. Und jetzt hört ihr endlich auf mit euren ganzen Verdächtigungen und fragt sie selbst."

Als Sascha das Zimmer betrat, staunte sie nicht schlecht. Auf jedem Stuhl, auf dem Boden und auf den Bettkanten saßen ihre Mitschüler verteilt. Anscheinend war hier die komplette siebte Klasse versammelt. Sie wirkten aber nicht mehr so freundlich wie heute Morgen. Also, warum auch immer sie hier waren, sie hatten sicherlich nicht die Absicht, eine Überraschungsparty zu starten. Und was bedeutete das überhaupt: ‚Hört mit euren Verdächtigungen auf und fragt sie selbst'? Sascha spürte, wie sich eine unangenehme Aufgeregtheit in ihr breitmachte.

„Hallo", winkte sie unbeholfen in die Runde. „Was macht ihr denn hier?"

Nils, der auf dem Boden gesessen hatte, stand auf und ergriff das Wort: „Wenn das ein Scherz von dir gewesen sein sollte, dann war der nicht gerade lustig. Gib am besten Lena und Femke ihre Bilder wieder zurück – und dann ist gut."

„Was für Bilder?" Sascha schaute verwirrt zu den beiden Mädchen. Lenas gerötete Augen erwiderten ihren Blick trotzig-anklagend, während Femke sich eine Träne aus dem Augenwinkel wischte.

„Komm, jetzt tu doch nicht so!", meinte Sophie.

„Ich weiß jetzt echt nicht, was für Bilder ihr meint. Und warum soll ich die zurückgeben?"

„Na, weil du sie geklaut hast", meinte Celina genervt.

Sascha verstand gar nichts mehr. Sie hörte zwar die Worte, aber ihr Gehirn kriegte sie nicht in einen logischen Zusammenhang. „Ich habe nichts geklaut. Wie kommt ihr denn darauf? Ausgerechnet ich? Was für Bilder denn, zum Kuckuck noch mal?"

„Alle Familienfotos von Lena, die sie so lieb hat, sind weg“, klagte Femke. „Und meine zwei, die an der Pinnwand gegenüber hingen, auch.“

„Aber wieso ich?“

Lena öffnete ihre linke Hand. Zum Vorschein kamen ein paar Konfetti-Schnipsel. „Die lagen direkt vor meiner Pinnwand.“

Für einen Moment wusste Sascha nicht, ob sie lachen oder weinen sollte. Dann entschied sie sich spontan dafür, zu lachen.

„Hey, das ist jetzt nicht euer Ernst, oder? Ihr wollt mich

wahrscheinlich auf den Arm nehmen, was? Also, ich meine, ihr könnt doch nicht wirklich glauben, dass überall da, wo Papierschnipsel auftauchen, ich etwas angestellt habe. Noch mal zum Mitschreiben: Ich – war – es – nicht!"

„Du hast nur einen kleinen Fehler gemacht", meinte Celina in einem Ton, der entfernt an einen gelangweilten Detektiv erinnerte. Entschlossen nahm sie einen Zettel aus Lenas rechter Hand und reichte ihn an Sascha weiter. „Du hättest diesen Zettel hier vielleicht nicht schreiben sollen. Der hing an Lenas Pinnwand. Dort, wo vorher die Bilder waren."

„Lösegeld her! Oder du siehst deine Familie nicht wieder!", las Sascha vor.

„Mit ‚du siehst deine Familie nicht wieder' sind hoffentlich nur die Fotos gemeint", schaltete sich Marianne ein. Sascha hatte keine Ahnung, ob ihre Zimmergenossin das jetzt ernst gemeint hatte oder ob das als spaßige Bemerkung gedacht war. Aber wenigstens klang das, was sie sagte, nicht so feindselig wie die übrigen Anschuldigungen, die sich über Sascha ergossen wie eine eiskalte Dusche. „Aber wieso habe ich einen Fehler gemacht? Das ist doch überhaupt nicht meine Schrift." Sascha merkte, wie ihr die kritischen bis hasserfüllten Blicke fast körperlich wehtaten. Am liebsten wäre sie weggerannt und hätte sich versteckt. Glaubten ihre Klassenkameraden denn wirklich, dass sie jemand anderem etwas wegnehmen könnte?

„Nein, das hier nicht", meinte Celina und zeigte auf die Vorderseite des Zettels. „Das ist doch logischerweise eine verstellte Handschrift. Aber schau mal auf die Rückseite."

Sascha drehte den Zettel um. Nun war ihr klar, was Celina meinte. Dieser Zettel war nicht einfach ein x-beliebiger Zettel, sondern er war von einem größeren Stück Papier abgerissen und ganz am Rand stand darauf „… en un jour!“ und daneben in Rot „Bien, Sascha!“ Es war der unterste Teil ihrer Französisch-Hausarbeit, die sie heute Morgen von Madame Boucher korrigiert zurückbekommen hatte.

„Das … das … das muss jemand aus meinem Ordner herausgerissen haben.“

„Klar“, nickte Sophie spöttisch. „*Jemand.*“

Sascha schluckte schwer. Das Allerletzte, was sie jetzt wollte, war, vor den anderen zu weinen. Sie hatte schließlich nichts gemacht! Sie war unschuldig! Und wenn man unschuldig war, dann brauchte man nicht zu weinen. Trotzdem verschwammen die Gesichter der Klassenkameraden vor ihren Augen.

„Ich war es nicht. Ehrlich nicht. Ich hab meinen Ordner heute im Klassenraum vergessen. Diesen Zettel hätte jeder herausreißen können. – Jeder von euch.“

„Jeder von *uns*? Was willst du denn damit andeuten?“, meinte Celina.

„Ja, jeder!“, gab Sascha bissig zurück. „Besonders du!“

Celina quittierte die Bemerkung mit einem überheblichen Lächeln.

„Hattest du nicht beim Abendessen gesagt, du willst deiner Mutter ein richtig wertvolles Geschenk zu Weihnachten machen? Vielleicht brauchst du dafür ja noch ein bisschen Geld“, bohrte Sophie nach.

„Wie lange hast du eigentlich *wirklich* mit deiner Mutter telefoniert, nachdem du aus dem Speisesaal gegangen bist?“, fragte Laura misstrauisch. „Zwei Minuten? Dann hättest du ja noch genug Zeit gehabt, um in das Zimmer von Lena und Femke zu gehen."

Sascha war fassungslos. Sie konnte keinen klaren Gedanken mehr zustande bringen. Doch, einen: *Hilfe!*, betete sie lautlos.

„So, jetzt ist mal kurz Pause, ja?", unterbrach Marianne energisch die heftige Befragung, an der sich bislang nur die Mädchen beteiligt hatten. Die Jungen aus der Klasse hielten sich lieber zurück. Insbesondere Paul. Der sah richtig leidend aus. „Ihr habt ja gehört, dass Sascha sagt, sie war es nicht. Sollte bei uns nicht die Unschuldsvermutung gelten?"

Die irritierten Blicke ihrer Mitschüler ruhten auf Marianne. Erklärend fuhr sie fort: „Die Unschuldsvermutung gebietet, dass derjenige, der einer Straftat bezichtigt wird, so lange als unschuldig anzusehen ist, bis sein Vergehen eindeutig bewiesen ist."

„Straftat?", fragte Sascha entgeistert.

„Hört mal her", meinte Marianne mit einem so resoluten Unterton, dass alle Schüler aufhorchten. „Es gibt jetzt zwei Möglichkeiten: Die erste ist, dass wir zu Frau Hasser gehen und offiziell melden, was hier passiert ist." Marianne schaute in die Runde. Keiner regte sich oder sagte etwas. „Oder wir versuchen, das Problem irgendwie selber in den Griff zu kriegen – wenn es überhaupt ein Problem gibt. Vielleicht ist das ja nur ein Spaß und wir sind alle darauf hereingefallen."

Lena schnaubte geräuschvoll in ein Taschentuch und stopfte es zurück in ihre Hosentasche. „Das ist kein Spaß", sagte sie schließlich.

Marianne schaute sie eindringlich an. „Und … warum

nicht?“ Auch der Rest der Schüler ahnte, dass nun noch etwas kam, wovon sie alle noch nichts wussten.

Geräuschvoll atmete Lena aus. „Ich weiß nicht, wie es bei dir aussieht, Femke, aber meine Bilder könnte ich ja einfach von meiner Familie nachmachen lassen. Die schicken mir neue Fotos und fertig. Aber … Na ja, es geht nicht nur um die Bilder.“

Alle schauten erwartungsvoll.

„Ich hatte unter den Fotos mein ganzes gespartes Taschengeld versteckt.“

„Wie, du hast dein Taschengeld an der Pinnwand gehabt?“, fragte Nils verdutzt nach.

„Ja, versteckt unter den Fotos, damit es niemand findet.“

„Bingo!“, meinte Celina trocken.

„Wie viel war es denn?“, wollte Marianne wissen.

Lenas Unterlippe fing an zu zittern. Erneut zog sie ihr Taschentuch aus der Hose, während sie zwischen einem Schluchzen und einem Schnauber beinahe unverständlich murmelte: „250 Euro.“

Nach einer scheinbar endlosen Schrecksekunde rief Hendryk laut: „*Wie* viel??!“

„Du kannst doch nicht einfach so 250 Euro in deinem Zimmer rumliegen haben“, meinte Sophie völlig perplex.

„Die haben nicht rumgelegen. Und schon gar nicht in irgendeiner Schublade, wo jeder zuerst reingucken würde. Die waren gut versteckt!“

„Ja, bis heute“, ergänzte Celina spöttisch.

„Also, vielleicht sollten wir doch zu Frau Hasser gehen. So viel Geld … Das ist ja wohl eine ganz andere Größenordnung als nur ein paar Fotos. Bist du damit einverstanden, Sascha?", fragte Marianne.

„Aber natürlich bin ich das! Ich war es doch nicht, und das werde ich Frau Hasser auch so sagen."

„Gut. Dann gehe ich morgen früh zu der Rektorin und werde ihr berichten, was passiert ist. Wollt ihr mitkommen, Lena und Femke? Du auch, Sascha?"

Die drei nickten.

„Dann dürfen jetzt alle, die nicht hier wohnen, unser Zimmer verlassen."

Die Schüler schauten sich gegenseitig ratlos an, dann verschwand einer nach dem anderen. Als endlich der Letzte die Tür hinter sich geschlossen hatte, atmete Sascha tief durch. Was war das hier bloß für ein Albtraum?

„Ich glaube, ich sollte schnell ins Klassenzimmer laufen und meinen Französischhefter holen, bevor noch ein neuer Erpresserbrief auftaucht." Sascha versuchte ein wenig zu lächeln, merkte aber noch im gleichen Moment, dass ihr Galgenhumor bei Marianne nicht so wirklich ankam. Mit einem Seufzer drehte sie sich um und verließ das Zimmer.

Noch bevor Sascha den Klassenraum erreicht hatte, sah sie schon jemanden, der neben der Tür stand und wartete. Paul.

„Was machst du denn hier?", fragte sie bedrückt, noch während sie auf ihn zuging.

„Ich lasse diesen Flur auf mich wirken."

Sascha schaute den Jungen müde an. „*Was* machst du?"

„Manno, ich warte auf dich, was denn sonst? Ich hatte mir schon gedacht, dass du herkommen würdest, um nach deinem Hefter zu sehen. Und wenn du nicht gekommen wärst, dann hätte ich deinen Hefter bewacht."

Sascha lächelte ein wenig. „Warst du schon drin?"

„Nee, ich bin logischerweise auch gerade erst hier aufgetaucht."

„Stimmt, ja", murmelte sie und drückte die Türklinke herunter.

Die Tür zu ihrem Klassenraum war unverschlossen. Eigentlich gab es kaum Türen, die in Hohenach zugesperrt waren. Selbst die Zimmer der Schüler waren grundsätzlich offen. Nur die Räume, in denen wirklich wertvolle Sachen lagerten, und private Lehrerwohnungen wie die von Frau Schuster, wurden abgeschlossen. Jeder vertraute grundsätzlich erst einmal jedem. Deswegen war solch ein Vorfall wie ein Diebstahl auch so erschütternd. Das Vertrauen war erschüttert. Besonders schlimm war natürlich, dass dabei auch noch so viel Geld verschwunden war.

Sascha betrat den Klassenraum und schaltete das Licht an. Die Lampen an der Decke erstrahlten in Sekundenschnelle. Und nun, einen Atemzug später, sah sie, was da groß über die ganze Tafel geschrieben stand:

SASCHA
GO
HOME!

Die ganze Zeit hatte sich Sascha so sehr bemüht, nicht zu weinen. Aber nun ging gar nichts mehr. Die Tränen schossen mit solch einer Wucht empor, dass jeder Widerstand zwecklos war. Sascha ließ sich auf den nächstbesten Stuhl fallen, legte das Gesicht in die Hände und weinte bitterlich.

„Sascha …", stammelte Paul hilflos.

„Das ist alles so scheiße, weißt du das?"

„Ja", stimmte er zu, obwohl er nicht so richtig wusste, was mit „alles" eigentlich gemeint war.

„Heute Morgen bewerfen die mich noch mit Konfetti und freuen sich. Und jetzt wollen die mich alle weghaben!" Sie schluchzte erneut auf.

Paul stand neben der Weinenden wie ein Häufchen Elend. Wie, um Himmels willen, tröstete man ein Mädchen? Einen kleinen Schritt kam er näher, blieb dann aber wieder hilflos stehen.

„Das haben die nicht so gemeint. Die wissen doch genau, dass so ein paar blöde Papierschnipsel gar nix beweisen. Und dieser Klassenraum ist doch nie abgeschlossen. Du hast recht, das Papier hätte jeder aus deinem Hefter reißen können. Außerdem glaube ich auch, dass eigentlich alle wissen, dass du das nicht warst." Paul grübelte kurz. „Eigentlich kannst du aufhören zu weinen", meinte er schließlich entschlossen und ging in Richtung Tafel.

„Das kann man nicht einfach befehlen", schniefte Sascha, die noch immer ihr Gesicht in den Händen verbarg.

„Ich wollte es dir ja auch nicht befehlen. Mir ist nur ein Gedanke gekommen. Weißt du, wer das hier hingeschrieben hat? Nicht etwa alle unsere Klassenkameraden, sondern nur ein einziger: nämlich derjenige, der dich in die Pfanne hauen will. Der, der die Fotos und Lenas Geld mitgenommen hat."

„Meinst du?"

„Na klar, ist doch voll logisch!"

Das klang wirklich logisch. Rasch beruhigte sich Sascha. Sie richtete sich wieder auf und nahm die Hände von ihrem tränenüberströmten Gesicht. Als sie in die Richtung schaute, aus der sie Pauls Stimme gehört hatte, musste sie sogar unwillkürlich lächeln. Dieser Typ hatte sich einen Schreiber gekrallt und den gemeinen Satz einfach etwas ergänzt:

SASCHA,
GOD BLESS YOU!
FEEL AT HOME!

„Sascha, Gott segne dich! Fühl dich wie zu Hause!", flüsterte sie leise die Übersetzung vor sich hin. „Du bist einfach der allerallerbeste Kumpel, den man haben kann, weißt du das?"

„Ich schon. Aber dass du da jetzt erst draufkommst …", grinste Paul.

Sascha wischte sich mit dem Ärmel über beide Augen und zog die Nase hoch. „Hast du mal ein Taschentuch oder so?"

„Nee, leider nicht. Aber warte mal!" Paul, der vom Kunstlehrer Herrn Ungrad die ehrenvolle Aufgabe des Materialschrankverwalters zugeteilt bekommen hatte, lief zum Schrank und öffnete ihn. Schnell hatte er zwei Papierhandtücher herausgeholt, mit denen normalerweise die Pinsel abgetrocknet wurden. „Nimmst du auch so was?"

„Klar."

Im Nu hatten beide Papierhandtücher ihren Dienst getan und lagen vollgeschnaubt im Mülleimer. Paul hatte sich einen Stuhl geschnappt und sich gegenüber von Sascha hingesetzt.

„Du glaubst mir wirklich, dass ich es nicht war, oder?"

Paul verschränkte missmutig die Arme. „Jetzt bin ich aber echt beleidigt. Warum fragst du mich das?"

„Weil ich das total unnormal finde, wenn jemand absolut zu mir hält."

Paul runzelte die Stirn. „Unnormal?"

„Na, eben ungewöhnlich, nicht selbstverständlich, irre, bemerkenswert."

„Ja", nickte er und tat so, als würde er die soeben gehörten Worte genau prüfen, „das passt schon besser zu mir. ‚Erstaunlich' hast du noch vergessen. – Ach, nicht etwa, dass ich neugierig bin, aber warum warst du vorhin eigentlich bei Frau Schuster?"

Sascha grinste. „Gut, dass du fragst. Ich war vorhin bei ihr, weil ich jemanden brauchte, der mir ein bisschen mehr über Weihnachten verraten kann. Also, nicht über den Weihnachtsmann und solche Sachen, sondern das *richtige* Weihnachten."

„Du meinst die Sache mit Jesus?"

Sascha nickte.

„Und was hat Frau Schuster gesagt?"

„Dass ich dich fragen soll."

„Mich?" Paul richtete sich vor Erstaunen kerzengerade auf seinem Stuhl auf. „Ja … äh … also … klar kann ich dir ein bisschen erzählen. Aber ich weiß ja nicht, ob ich das … na ja … darf."

„Du darfst nicht nur, du sollst es sogar. Und mach dir mal keine Gedanken wegen meiner Mutter. Sie findet es zwar nicht toll, wenn ich hinter ihrem Rücken jede Info abgreife, die ich über Gott oder Jesus kriegen kann. Aber mal ehrlich: Auch Eltern können sich schließlich irren. Und nur weil sie blöde Erfahrungen mit meinen Großeltern gemacht hat, darf sie mir doch so was Wichtiges nicht verweigern. Beten zum Beispiel ist doch echt eine supergeniale Erfindung."

Paul schoss auf der Sitzfläche seines Stuhls derartig weit nach vorne, dass Sascha ihn für den Bruchteil einer Sekunde schon auf dem Fußboden landen sah. Stattdessen balancierte er seinen Po gerade noch so auf der Stuhlkante und schaute sein Gegenüber an wie ein Marsmännchen. „Du betest?!"

„Findest du das sehr schräg?"

„Nee, nee, gar nicht", stotterte Paul. „Ich finde das eher klasse. Seit wann machst du … äh … betest du denn schon? Und vor allem: Warum hast du mir nie mal was davon gesagt?"

So gut es Sascha möglich war, versuchte sie Paul zu erklären, weshalb sie ihm nichts davon gesagt hatte.

„Das haut mich echt um", meinte er. Und auch wenn er diesen Ausspruch ganz bestimmt nur im übertragenen Sinne gemeint hatte, so führte doch eine unbedachte Gewichtsverlagerung dazu, dass der Stuhl unter Pauls Hintern plötzlich wegrutschte und er mit einem Plumps auf dem Fußboden landete.

Sascha kicherte. „Ja, das sehe ich … Sag mal, unter guten Kumpels dürfte es doch so eine doofe falsche Rücksichtnahme gar nicht geben, oder?"

„Nee", meinte Paul, der einfach auf dem Fußboden sitzen blieb, „eigentlich nicht."

„Gut. Und weil das eigentlich nicht vorkommen darf, versprechen wir uns jetzt, dass wir uns ganz große Mühe geben, niemals wieder falsche Rücksicht auf den anderen zu nehmen, ja?“

Paul kratzte sich am Kopf. „Hm, okay, ich versuche es zumindest. Aber ich bin echt Weltmeister im Den-anderen-nicht-immer-richtig-Verstehen. Nur dass du das weißt.“

„Also, wenn ich ehrlich bin: ich auch.“ Mit diesen Worten setzte sie sich zu ihrem besten Kumpel auf den Boden und schaute ihn mit leicht forderndem Blick an. „So, und nun zu Weihnachten.“

„Was willst du denn alles wissen?“

„Na, zuerst einmal: Warum gibt es Weihnachten? Ja, ich weiß schon, weil Jesus geboren wurde. Aber warum wurde er geboren? Und wer oder was genau war er eigentlich?“

„Hm, wo fange ich an?“, fragte Paul sich selbst. „Am besten mit deiner letzten Frage. Wer oder was war Jesus? Er ist der Sohn von dem Gott, der alles geschaffen hat, was wir sehen können. Und von einem Haufen unsichtbaren Zeugs auch.“

„Unsichtbares Zeugs?“, fragte Sascha verunsichert.

„Die Luft zum Beispiel.“

„Ach so. Klar. Und nachdem Gott fertig war mit dem Erschaffen der Welt, hat er sich als Highlight noch einen Sohn gewünscht?“

„Neeeein, Jesus gab es schon etwas länger als die Welt. Um genau zu sein: Es gab ihn schon immer.“

Sascha stützte ihre Ellenbogen auf die angewinkelten Knie und legte den Kopf in beide Hände. „Was? Jesus gab es schon immer? Aber er wurde doch erst vor zweitausend Jahren geboren."

„Auf jeden Fall ist sein irdischer Körper vor zweitausend Jahren geboren worden. Ich kann dir das jetzt nicht so gut erklären, wie das vielleicht mein Vater oder Frau Schuster können, aber ich stelle mir das immer so vor, dass Jesus schon eine ganze Ewigkeit bei seinem Vater im Himmel verbracht hat. Und nachdem sie diese Aktion mit den Menschen gestartet hatten, haben die beiden irgendwann festgestellt, dass sie von diesen Geschöpfen ständig missverstanden wurden. Mit Adam und Eva fing das ganze Drama an und irgendwann hat es Jesus dann mal gereicht. Vielleicht hat er so was gesagt wie: ‚Papa, ich habe keinen Bock mehr darauf, dass die Menschen noch immer nicht gecheckt haben, was für ein superguter Gott du bist. Ich gehe da jetzt mal persönlich vorbei und sage denen Bescheid.'"

„Und dieses persönliche Bescheidsagen hat er dann als Mensch gemacht."

„So isses."

„Aber das ist doch Quatsch. Wenn ein Gott als Gott spricht, dann hören die Menschen doch viel besser zu."

„Komischerweise nicht. Das ist zumindest damals bei den Israeliten, die Moses aus Ägypten geführt hat, nicht so gut angekommen."

„Ha!", rief Sascha. „Moses, das ist doch der Typ mit dem brennenden Baum … äh … Busch!"

Paul nickte anerkennend. „Und obwohl Gott damals sehr deutlich mit den Menschen gesprochen hat – oder sprechen wollte –, haben die entweder Angst gehabt oder trotzdem Mist gebaut."

„Aber warum sollte das klappen, dass Jesus den Menschen seinen Papa besser erklären kann, wenn er so wird wie sie?“

„Das ist irgendwie so.“ Paul dachte kurz nach. Dann schien ihm etwas eingefallen zu sein. „Was macht deine Mutter, wenn sie dir etwas total Wichtiges sagt, das du unbedingt kapieren musst?“

„Ähh … sie sagt: ‚Sascha, hör mal genau zu.‘“

„Nein, ich meine nicht, was sie *sagt*, sondern was sie macht.“

So richtig klar war es dem Mädchen nicht, worauf diese Frage hinauslief. Tja, was *machte* Luisa dann? Vor Saschas geistigen Augen sah sie ihre Mutter, wie sie ihr das letzte Mal etwas erklärt hatte, das … Ja, natürlich! „Sie beugt sich so ein bisschen runter. Früher, als ich noch kleiner war, hat sie sich sogar richtig vor mich hingehockt. Meintest du das?“

„Genau! Wenn die Erwachsenen wirklich wollen, dass wir sie verstehen, dann werden sie plötzlich so klein wie wir und schauen uns direkt in die Augen.“

„Und dadurch, dass Jesus ein Mensch geworden ist, hat er das auch gemacht?“

„Ja. Er hat sich zu uns heruntergebeugt, damit die Menschen dadurch vielleicht endlich verstehen, wie Gott wirklich ist.“

Sascha versuchte, das Gehörte so gut es ging auf die Reihe zu kriegen. Dass Gott sich so viel Mühe gab, nur damit ein paar Menschen, die für ihn gerade mal staubkorngroß sein konnten, ihn richtig verstehen würden … Das war … faszinierend!

„Und wie war das, als Jesus dann losgezogen ist, um die

Geschenke zu verteilen? Wie alt war er da? Fünf? Acht? Dreizehn?"

„Was für Geschenke?", gab Paul verwirrt zurück.

„Na, die Geschenke, die das Christkind bringt. Diese Aktion muss doch mal von Jesus gestartet worden sein."

Er lachte auf. „Ach so! Nee, das Christkind heißt zwar Christ-Kind. Aber es hat nix mit Jesus als Kind zu tun. Es ist mehr so ein Symbol für Weihnachten. So wie Gevatter Hein, dieser Kapuzenmann mit der Sense über der Schulter, ein Symbol für den Tod ist."

„Was du alles weißt!", staunte Sascha.

„Hat mir alles mein Dad erklärt."

„Und bist du denn jetzt nicht mehr so traurig, dass dein Vater und deine Mutter nicht hier sind?", fragte sie vorsichtig.

„Doch. Aber irgendwie habe ich gerafft, dass ich für ihre komischen Ideen nicht immer Gott die Schuld geben sollte."

Sascha nickte gedankenversunken. Plötzlich jedoch fuhr sie auf. „Wie spät ist es eigentlich?"

„Äh … warte …", Paul drehte sein Handgelenk so, dass er auf seine Armbanduhr sehen konnte, „fünf vor neun!" Nun war auch er aufgesprungen.

„Wir müssen los. Du, Paul, das war ein echt klasse Gespräch, fand ich. Danke, dass du mir so viel erklärt hast. Darf ich dich mit den restlichen achthundertsiebenundzwanzig Milliarden Fragen, die ich noch habe, auch noch löchern?"

„Logo. Wenn ich die nicht alle auf einmal beantworten muss …"

„Und – auch noch mal danke dafür." Sascha zeigte hinüber zur Tafel.

„Jetzt müssen wir aber wirklich los", meinte Paul ein wenig verlegen. „Um 21.00 Uhr sollten wir eigentlich schon in unseren Betten liegen."

Sascha war schon zur Tür gestürmt, als Paul ihr noch zurief: „Moment mal!"

„Ja?"

„Du hast was vergessen." Schnell hatte Paul den Französischhefter unter Saschas Tisch hervorgezogen und drückte ihn in ihre Hand.

Dankbar lächelte Sascha. „‚Erstaunlich'. Wie konnte ich diese Eigenschaft bei der Aufzählung nur vergessen?"

Sie löschte das Licht im Klassenraum und beide liefen eilig los, um noch rechtzeitig in ihre Zimmer zu kommen.

Als Sascha endlich im Bett lag und gerade ihre Nachttischlampe ausgeknipst hatte, hörte sie Mariannes Stimme: „Hast du einen Verdacht, wer den Zettel aus deinem Hefter herausgerissen hat?"

Sascha drehte sich auf die Seite. Auch wenn sie ihre Zimmergenossin in der Dunkelheit nicht sehen konnte, schaute sie doch in ihre Richtung. „Keine Ahnung. Ich weiß nur, dass Celina und Sophie heute Nachmittag noch einmal in unserem Klassenzimmer waren. Ich hab sie nämlich im Vorbeigehen gehört."

„Glaubst du, dass sie es waren?"

Sascha verspürte den Reiz, einfach ‚Ja' zu sagen und die Schuld auf jemand anderen zu schieben. Aber auch wenn

Celina heute echt superfies gewesen war – einen Diebstahl traute Sascha ihr nicht zu. Eigentlich traute sie niemandem so etwas zu.

„Weiß nicht. Glaubst du, es war jemand aus unserer Klasse?"

„Bestimmt. Hm, irgendwie muss es uns doch gelingen, den Täter zu überführen, bevor der hier noch weiter sein absonderliches Spiel mit dir treibt."

„Dann glaubst du mir?"

„Du stellst vielleicht komische Fragen."

„Danke", flüsterte Sascha – zu Marianne und gleichzeitig auch zu demjenigen, dem die staubkorngroßen Menschen offensichtlich nicht egal waren.

7

Was für eine furchtbare Nacht! Sascha hatte das Gefühl, kein Auge zugetan zu haben. Und diesmal lag es nicht an dem Schnarchen, das aus dem Bett gegenüber kam. Oder wenigstens nicht nur.

In Saschas Kopf geisterten immer wieder die Anschuldigungen der Klassenkameraden herum. Aber noch viel mehr quälte sie die Frage: Warum wollte ihr jemand einen Diebstahl in die Schuhe schieben? Hatte sie irgendwen so sehr geärgert, ohne es zu merken? War es wirklich jemand aus ihrer Klasse – und wenn ja, wer?

Ich verstehe das alles nicht. Gott, wenn du doch alles kannst, warum hast du das nicht verhindert? Und wenn du alles weißt, warum gibst du mir nicht wenigstens einen Tipp, wer es war?

Mariannes monotone Sägegeräusche ertönten von der anderen Seite des Zimmers.

Kannst du nicht irgendwas für mich tun?

Für einen Moment klang es so, als würde ein gleichmäßig laufender Motor ins Stocken und Stolpern geraten. Dann folgte ein tiefer Schnaufer von Marianne und das rhythmische Schnarchen endete abrupt.

Es war still.

Denk nicht, ich wäre undankbar, aber das habe ich nicht gemeint.

Sascha veränderte noch einmal ihre Liegeposition und zog die Decke bis zum Kinn hoch. Irgendwann würde sie schon noch einschlafen – hoffentlich!

„250 Euro?“, fragte Frau Hasser fast ebenso erstaunt wie Hendryk gestern. Sie überlegte einen kurzen Moment. „Ihr habt recht, da hört der Spaß auf. Und wenn es so sein sollte, dass Sascha tatsächlich nichts damit zu tun hat …“

Die vier Mädchen holten alle zugleich tief Luft. Ihren Gesichtern sah man an, was sie am liebsten hinausgerufen hätten, wenn Frau Hasser sie nicht sofort mit einer entsprechenden Geste davon abgehalten hätte. Sascha und Marianne standen Lena und Femke gegenüber. Beide Parteien schauten einander vorwurfsvoll an.

„… dann wiegt diese Tat doppelt so schwer. Jemandem etwas zu stehlen ist keine Kleinigkeit. Es zerstört das Vertrauen, das wir alle dringend brauchen, um gut miteinander auszukommen. Aber das dann noch einem anderen anhängen zu wollen, der unschuldig ist, das ist unverzeihlich. Ich werde mich noch mit dem Lehrerkollegium beraten müssen. Aber sollte der Dieb ausfindig gemacht werden können, wird es wohl darauf hinauslaufen, dass er – oder sie – mit einem sofortigen Schulverweis rechnen muss."

Alle vier nickten zustimmend. Dann entließ die Rektorin sie in den Unterricht.

In den ersten beiden Stunden war Deutschunterricht angesagt. Frau Schuster hatte sich jedoch spontan entschlossen, diesen zugunsten der Vorbereitung des Krippenspiels zu nutzen.

„Ich habe mir gedacht, dass wir zunächst einmal die übrigen Rollen verteilen", meinte sie. „Dann gebe ich euch eure Texte, die ihr bitte möglichst schnell auswendig lernt, und dann können wir noch die übrigen organisatorischen Dinge besprechen."

Die Doppelstunde Deutsch verging wie im Flug, und am Ende standen tatsächlich alle Rollen fest, ohne dass es wie gestern zu weiteren Auseinandersetzungen gekommen war. Sascha hatte die Rolle eines der drei Hirten übernommen, und zusammen mit Karl, der den Hirten Nr. 2 spielte, konnte sie schließlich auch Paul überreden, als dritter Schafaufpasser aufzutreten.

Hendryk stand Romi als Josef zur Seite. Femke, Sophie

und Nils würden die drei Weisen aus dem Morgenland darstellen. Viktor und Lena gaben sich zufrieden mit der Rolle des Ehepaares, das Maria und Josef in den Stall schicken sollte, weil ihr Hotel in Bethlehem restlos ausgebucht war. Julia würde der Weihnachtsengel sein, was Leon zu einer recht uncharmanten Bemerkung bezüglich ihrer nicht allzu schlanken Statur veranlasste. Insofern passte es ganz hervorragend, dass eben dieser Leon auch die Rolle des fiesen Königs Herodes zugeteilt bekam.

Dass Celina seine Frau Mariamne (mit ‚m' und ‚n'!) spielen sollte, passte auch irgendwie. Auf jeden Fall hatte sie gleich sehr ausgefallene Ideen in Bezug auf die königlichen Gewänder, die sie dann ja wohl würde tragen dürfen. „Schließlich", wurde sie nicht müde zu betonen, „war Mariamne die schönste Frau der damaligen Zeit. Das hat Frau Schuster mal im Reli-Unterricht erzählt. Und Frau Schuster hat immer recht."

„Gibst du mir das bitte schriftlich?", fragte die Lehrerin.

Ebenfalls passend war auch die Aufgabe, die Marianne (mit Doppel-‚n') übernommen hatte. Sie spielte zwar keine Rolle in dem Stück, aber sie war die Souffleuse. Sie hatte das (Dialog-)Heft in der Hand und sollte dafür sorgen, dass niemand hilf- oder textlos auf der Bühne stand.

Laura hatte sich für eine stumme Rolle entschieden und spielte den Stern von Bethlehem, der den Weisen den Weg nach Bethlehem wies. Nina hingegen, die mit ihrer Zahnspange besser auch eine stumme Rolle übernommen hätte, wollte unbedingt der Engel Gabriel sein, der Maria die Geburt von Jesus verkündigt. Leon hatte das natürlich gleich zum Anlass genommen, darüber zu spekulieren, was die Zuschauer alles verstehen könnten, wenn Nina nuscheln würde: „Siehe, du wirst schwanger werden und einen Sohn gebären."

Zum Ende des Unterrichts hin war die Stimmung ausgelassen und fröhlich. Alle schienen den ersten Krippenspiel-Proben ungeduldig entgegenzusehen. Es war fast so, als hätte der schlimme Albtraum von gestern gar nicht stattgefunden. Nichts deutete mehr auf die Rivalität wegen der Maria-Rolle hin oder auf die schlimmen Anschuldigungen, die Sascha den Schlaf geraubt hatten.

In der kurzen Pause, die den Deutsch- vom Chemieunterricht trennte, kam Karl zu Paul herübergeschlendert. „Na, du alte Socke?" Er knuffte Paul auf die Schulter. „Schön, dass wir dich weichgekriegt haben. Dein Dad wird Augen machen, wenn du ihm sagst, dass du als Pastor auserwählt worden bist."

Paul verdrehte die Augen und stöhnte.

„Wieso Pastor?", fragte Sascha. „Du bist doch nur Hirte. Außerdem muss man doch studieren, um Pastor zu werden, oder?"

„Stimmt", erklärte Paul, „wenn du mit ‚Pastor' den Beruf des evangelischen Pfarrers meinst – dafür muss man studieren. Aber ‚Pastor' ist auch ein lateinisches Wort und bedeutet auf Deutsch einfach ‚Hirte'."

„Aha, verstehe." Sascha überlegte noch einmal kurz. „Oder auch nicht."

„Weil ein Pfarrer ein Hirte für die Gemeindeschafe, also die Menschen in seiner Kirche, sein soll, heißt der Pastor."

„Ach so. Also, dass *du* das mit der Pastor-Bedeutung

weißt, das verstehe ich ja. Aber woher weiß Karl das eigentlich?“

Paul grinste. „Als meine Eltern im September hier waren, hat Karl meinen Dad unvorsichtigerweise mal gefragt, was eigentlich der Unterschied zwischen einem Pastor und einem Pfarrer ist. Der halbstündige Vortrag, den Karl daraufhin genießen durfte, hat ihn, glaube ich, vorsichtig gemacht. Soweit ich das mitgekriegt habe, hat er meinen Dad nicht noch einmal was gefragt.“

Karl lächelte leidvoll und nickte. „Übrigens“, wechselte er plötzlich das Thema, „sag mal, ist eigentlich das geniale iPhone schon angekommen, das deine Oma dir schicken wollte?“

Eilig riss Paul seinen rechten Zeigefinger hoch und hielt ihn vor die Lippen. Dann deutete er mit einem dezenten Kopfnicken zu Sascha hinüber, stand auf und ging mit Karl in die gegenüberliegende Ecke. Was die beiden dann murmelnd besprachen, konnte zwar niemand mehr verstehen, aber an Pauls Kopfschütteln und dem hilflosen Achselzucken war doch recht deutlich sichtbar, dass er noch auf die Sendung von der Oma zu warten schien.

Sascha hingegen saß auf ihrem Platz wie vom Donner gerührt. Was da gerade abgelaufen war, war wohl ziemlich eindeutig. Paul würde ein cooles Gerät zugeschickt bekommen und gab sich alle Mühe, dass Sascha davon nichts erfahren sollte. Warum wohl? Hatte er etwa Angst? Angst, dass sie ihm das Teil klauen würde, wenn sie wüsste, dass er so etwas hatte? O Mann, und sie hatte wirklich geglaubt, dass er auf ihrer Seite war. Dieser Heuchler! Aber das Allerschlimmste war, dass jeder in dem Klassenraum diese Szene mitbekommen hatte! Es war wohl besser, wenn Sascha nachher einfach bei ihrer Mutter anrufen würde. Luisa hatte gesagt, dass sie ihre Tochter jederzeit wieder nach Berlin holen würde. Okay, dann war es jetzt so weit. Hier wollte sie auf keinen Fall noch länger bleiben!

Als Paul sich wieder mit einem Lächeln neben sie setzte, so als wenn nichts gewesen wäre, drehte sie sich einfach eiskalt weg. Der hatte bei ihr endgültig vergeigt!

Nach der Chemiestunde war endlich die ersehnte Mittagspause. Sascha lief als Erste in den Speisesaal, ließ sich einen Teller mit Spaghetti geben und marschierte damit schnurstracks auf ihr Zimmer. Nee, bei den anderen zu sitzen und so zu tun, als wäre alles in Ordnung, das konnte sie nicht. Da aß sie lieber alleine.

Vorsichtig stellte sie den Teller auf ihren Schreibtisch. Dann nahm sie ihr Handy und wählte Luisas Nummer. Es klingelte. Viermal, fünfmal, sechsmal … dann sprang die Mailbox an. *Na super! Warum ist Mama eigentlich immer beschäftigt, wenn ich sie mal brauche?*

„Hi Mum, ruf mich doch bitte ganz, ganz schnell zurück, ja? Hab dich lieb.“ Sie beendete den Anruf und legte ihr Handy neben den Teller.

Und du, Gott? Bist du vielleicht auch gerade beschäftigt? Oder warum hast du keinen Bock, mir zu helfen?

Mit Tränen in den Augen setzte sie sich auf ihren Schreibtischstuhl und stocherte in den Spaghetti herum.

Ein leises Klopfen ertönte. „Sascha?“

So so. Paul stand draußen. Sollte er doch. Sie würde einfach so tun, als wäre sie nicht da.

„Sascha, bist du da?", rief er etwas lauter durch die geschlossene Tür.

Nein!

„Ich muss mit dir reden."

Ich will aber nicht mit dir reden, du Verräter, dachte sie zornig. Dann hörte sie, wie sich Schritte entfernten. Es war ruhig. Offenbar war Paul gegangen. Sascha schob ihren Teller endgültig zur Seite, legte ihren Kopf in die Armbeuge und weinte.

Nur einen Moment später klingelte ihr Handy.

Mama! Endlich! Sascha schaute auf das Display. Unbekannter Teilnehmer. Manchmal unterdrückte ihre Mutter das Senden der Telefonnummer, damit nicht jeder sie zurückrufen konnte, und vergaß dann, das wieder umzustellen.

„Hallo?", meldete sie sich.

„Ich bin's, Paul. Sascha, ich muss mit dir reden."

„Ich will aber nicht mit dir reden."

„Das habe ich vermutet. Pass auf, ich muss dir ganz viel erklären, glaube ich. Aber vielleicht kann das ja noch ein bisschen warten. Komm doch bitte schnell her. Ich möchte gerne, dass du dabei bist, wenn der Dieb in die Falle tappt."

„Der Dieb? In die Falle? Wieso? Wo bist du denn?"

„Das fragst du noch?", gab Paul zurück.

Bei Sascha fielen plötzlich sämtliche Groschen. Schnell wischte sie sich mit ihrem Ärmel die Tränen vom Gesicht und meinte nur: „Ich bin sofort da."

8

Sascha sprang auf und stürzte aus der Tür. Sie wusste tatsächlich, wo Paul auf sie wartete. Sie spürte, wie sich die Aufregung schlagartig in ihr ausbreitete. Es war, als würden tausend kleine Käfer in ihrem Magen Polka tanzen.

Eilig lief Sascha den Flur entlang. Ja, da vorne war er schon!

Ganz in der Nähe von Frau Hassers Büro, schräg gegenüber von der Haupttreppe, gab es eine Nische, in der ein großes Postregal stand. In diesem Regal hatte jeder Schüler und jeder Lehrer ein eigenes Fach, das dazu genutzt wurde, sowohl hausintern Nachrichten auszutauschen als auch die Post, die täglich um die Mittagszeit einging, ihren Empfängern zukommen zu lassen.

Paul lehnte mit dem Oberkörper an der Wand. Wenn er sich nur ein wenig zur Seite neigte, dann konnte er um die Ecke schauen und hatte alles prima im Blick: die große Haupttreppe, die von vier mächtigen Säulen umgeben war, und den breiten Flur, in dessen Nische das Postregal stand.

Schnell huschte sie an Pauls Seite und nickte ihm verschwörerisch zu.

„Du wolltest, dass es alle mitkriegen, was dir deine Oma schickt, oder?“, flüsterte Sascha.

Er nickte.

„Hast du etwa Karl gebeten, dich das extra so laut zu fragen?“

Wieder nickte er.

„O nee, das tut mir so leid. Wie konnte ich nur glauben, dass du …“

„Pssst“, machte Paul. „Ich glaube, ich höre jemanden kommen.“

Paul beugte sich so weit vor, dass er das Regal einigermaßen sehen konnte, ohne selber entdeckt zu werden. Sascha beugte sich ebenfalls vorsichtig nach vorne, aber Paul stand irgendwie im Weg.

„Sei vorsichtig“, flüsterte er. „Nicht, dass du gesehen wirst.“

„Ich kann so schlecht an dir vorbeigucken“, flüsterte sie zurück. „Dein Postfach ist das da rechts unten, nicht wahr?“

„Ja.“

„Da liegt ja ein kleines Päckchen drin. Hast du das als Köder reingelegt?“

„Nein. Ich hab doch gesagt: Ich warte auf ein Geschenk von meiner Oma.“

Immer lauter hallten Schritte durch den breiten Flur. Sascha versuchte sich, so gut es ging, um Paul herumzubiegen, ohne ihm dabei irgendwie zu nahe zu kommen. Dann nahm sie jemanden wahr, der hinter der Ecke auf der anderen Seite auftauchte und schnurstracks auf das Regal zulief.

„Ach, der nur“, meinte Paul leise.

„Wer denn? Ich sehe so gut wie nichts. Du störst. Und die Säulen im Flur auch.“

Aber dann konnte auch sie sehen, wer es war: Herr Ungrad, der Kunstlehrer. Während er vor seinem Fach stand, begann er zu pfeifen und wühlte in einem Haufen Zettel herum, die schon seit Ewigkeiten dort drin lagen, die er aber nie herausnahm. Dann hatte er gefunden, was er gesucht hatte, und zog wieder von dannen.

„Die meisten werden noch beim Essen sein. Ich vermute, dass der Dieb das ausnutzt, um ungesehen in mein Fach hineinschauen zu können."

Sascha nickte. Das klang logisch.

Da – wieder ertönten Schritte. Diesmal kam jemand die Haupttreppe herauf. Diese war im Erdgeschoss noch eine große Freitreppe. Auf halbem Wege in den ersten Stock teilte sie sich jedoch in zwei Treppenläufe, von denen einer in die Richtung führte, wo Sascha und Paul sich versteckt hielten, und einer in die andere Richtung. Wer zum Postregal wollte, wählte den Abzweig in die andere Richtung.

„Wer ist das jetzt?", wisperte Sascha.

Vorsichtig reckte sich Paul noch ein kleines Stück vor. „Das ist … Moment … ach, eine aus der zehnten Klasse, glaube ich."

„Guck mal, die geht auf die rechte Seite."

„Ja, aber sie nimmt nur einen Zettel aus einem Fach, das eine Reihe über meinem ist. Entwarnung."

„O Mann, ich bekomme gleich einen Krampf, wenn ich hier noch weiter so krumm stehe."

„Pass auf", schlug Paul vor, „wir machen das anders. Du bleibst hier stehen und beobachtest weiter das Regal. Ich laufe schnell hintenherum und versuche, alles von der anderen Seite aus im Blick zu haben. Dann stehst du an dieser Ecke und ich da drüben. Ist vielleicht nicht schlecht. Da drüben stören die Säulen auch nicht so. Und vor allem sehe ich dann die Leute von vorne, wenn sie die Treppe heraufkommen."

„Aber sie können dich dann auch eher entdecken."

„Ich pass schon auf."

„Okay. Aber beeil dich."

Paul hob den Daumen und lief so schnell und so leise wie möglich los. Hoffentlich beeilte er sich wirklich. Immerhin musste er drei lange Flure hinunterlaufen, bis er endlich an dem anderen Beobachtungsposten angekommen war.

Sascha drückte sich nun so gegen die Wand, wie es eben noch Paul getan hatte. Vorsichtig linste sie um die Ecke. Dann vernahm sie etwas. Keine Schritte, sondern etwas viel Alarmierenderes. Sie sah jemanden die Haupttreppe hinunterhuschen, ohne dass das geringste Geräusch zu hören war. Wer hatte wohl ein Interesse daran, dass man ihn nicht hörte? Sascha hielt vor Spannung die Luft an. So was Blödes, dass sie die Person nur von hinten sehen konnte. Vielleicht wandte sie sich um, wenn sie oben angekommen war. Jetzt! Nein, Mist. Eine der Säulen stand mal wieder im Weg.

Sascha wurde schwummerig vor Augen. Zum einen, weil sie noch immer die Luft anhielt. Vorsichtig atmete sie wieder durch. Zum anderen aber auch, weil sie so intensiv zu der geheimnisvollen Person hinüberstarrte, wie es nur ging. Nun sah sie schon ein bisschen mehr. Der Unbekannte trug ein Kapuzenshirt und hatte die Kapuze über den Kopf gezogen. Alles, was Sascha bislang wahrnehmen konnte, war die Statur des Beobachteten. Da, jetzt kniete er sich hin, als ob er sich den Schuh zubinden wollte.

Komm, dachte Sascha, *der Trick ist alt. Ich weiß, was du im Schilde führst.*

Dann ging alles rasend schnell. Die Person schaute noch einmal hastig in die Richtung, wo Paul im nächsten Moment Stellung beziehen würde. Dann griff sie zu.

Wie bei einem Raubtier, das bereit ist, sich auf seine Beute zu stürzen, waren alle Muskeln in Saschas Körper gespannt. Sie setzte an, um aus ihrem Versteck zu springen – als sie plötzlich energisch nach hinten gezogen wurde. Völlig überrascht stieß sie einen kurzen Schrei aus und taumelte rückwärts. Was, um Himmels willen, passierte da gerade?

Noch bevor sie ihre Orientierung einigermaßen zurückerlangt hatte, sah sie schon wieder vor ihrem geistigen Auge die mysteriöse Person, wie sie in Pauls Fach gegriffen hatte. Der Dieb! Er durfte nicht entkommen! Noch immer hielten die zwei Hände ihre Oberarme fest. Vor lauter Wut und Verzweiflung kämpfte sie mit aller Kraft, um loszukommen, damit sie wieder um die Ecke blicken konnte.

„Hab ich dich!“, hörte sie Viktors Stimme hinter ihrem Rücken.

Was??! Scheiße! Oh nein, bitte nicht jetzt! Sascha wand sich so heftig, wie es nur ging, aber es gelang ihr einfach nicht, sich loszureißen. „Lass mich los, du Idiot!“, schrie sie auf.

„Damit du Paul beklauen kannst?“, rief er unwirsch.

„Du Armleuchter!“ Sascha legte ihren kompletten Zorn in einen einzigen Fußtritt, der Viktors Schienbein mit voller Wucht traf.

Der Junge schrie laut auf und stieß gleichzeitig Sascha von sich. Dieser Stoß und die ganze Energie, mit der sie versucht hatte, sich zu befreien, bewirkten, dass Sascha wie eine Rakete nach vorne schoss. Nach drei Schritten kam sie ins Stolpern, landete auf dem Bauch und rutschte auf dem frisch gebohnerten Boden noch zwei Meter weiter. Dann rappelte sie sich wieder auf und rannte zur Treppe. Sie schaute nach oben und nach unten – nichts! Kein Kapuzenshirtträger. In dem Moment kam Paul auf Sascha zugelaufen, während Viktor ihr mit schmerzverzerrtem Gesicht hinterherhumpelte.

„Was ist los?", rief Paul, der das Rufen und Schreien gehört haben musste.

„O dieser Schwachkopf!", rief Sascha aufgebracht und zeigte auf Viktor. „Dieser blöde, durchgeknallte, bekloppte Irre! Ich fasse es nicht! Wie kann man nur so bescheuert sein?!"

Während sich die Schimpftirade über Viktor ergoss, wurde der immer langsamer, bis er schließlich in sicherem Abstand von seiner hysterischen Klassenkameradin stehen blieb und ratlos zu Paul schaute.

„Paul, ist dir jemand mit einem Kapuzenshirt auf dem Flur entgegengelaufen?"

„Nein. Wieso fragst du?"

Sascha deutete auf Pauls leeres Postfach.

„Ich habe gesehen, wie jemand das Päckchen herausgenommen hat."

„Wer war es?", fragte Paul aufgeregt.

„Ich weiß es nicht!", schrie Sascha erneut wütend. „Dieser hirnamputierte Blindgänger hat mich genau in dem

Moment, wo ich den Dieb stellen wollte, nach hinten gezogen, sodass ich nichts mehr sehen oder machen konnte. Und natürlich ist der Typ in der Zwischenzeit ganz locker abgehauen."

„Was habe ich? Wer ist abgehauen?", stotterte Viktor verwirrt und rieb sich sein schmerzendes Bein. „Hast du etwa nicht das Fach beobachtet, damit du in einem geeigneten Moment das iPhone hättest abgreifen können?"

„Was??!" Sascha war fassungslos.

„Oh, was für ein Riesenmist", murmelte Paul.

Doch plötzlich sprintete Sascha los. Mit schnellen Schritten lief sie die Haupttreppe hinunter.

„Wo willst du hin?", rief ihr Paul hinterher.

„In den Speisesaal."

„Mann, die hat aber einen Hunger", meinte Viktor und fügte schnell hinzu. „Okay, war 'n Scherz. Ich vermute, ich weiß, was sie jetzt vorhat."

Paul nickte und eilte dem Mädchen hinterher, während Viktor, noch immer humpelnd, folgte.

Als Sascha in den Speisesaal gelaufen kam, traute sie ihren Augen kaum.

„Was ist denn hier los?"

„Hör auf, ich bin stinkesauer", hörte sie Julia, die plötzlich neben ihr stand. „Ziemlich gleich, nachdem der Speisesaal geöffnet hatte, haben sich dieser Thorsten und der andere Typ aus der elften Klasse schon wieder in die Wolle gekriegt und angefangen, sich zu prügeln. Stell dir vor, sogar ein paar Stühle sind durch die Luft geflogen. Herr Ungrad und Herr … äh … Dings, Piepmatz, sind dazwischengegangen und haben die kaum gebändigt gekriegt. Na, jetzt wird bestimmt ein satter Tadel für beide fällig. Wenn du mich fragst, sie haben den auch verdient. Seit über zwanzig Minuten warte ich nun schon darauf, dass es endlich weitergeht mit der Essensausgabe. Ich sterbe vor Hunger!"

Nun hatte auch Paul den Speisesaal erreicht. Sascha drehte sich frustriert zu ihm um.

„Ausgerechnet heute! Wieso ausgerechnet heute? Das gibt's doch nicht!"

Er nickte. „Ich verstehe es auch nicht. Es wäre wohl zu einfach gewesen, jetzt den Mädchentisch unserer Klasse zu scannen und zu sehen: aha, zwei fehlen. Du und die kapuzenshirttragende Unbekannte."

„*Die* Unbekannte?"

Paul nickte.

Einen Augenblick lang schaute Sascha in Richtung des Schülergewusels, ohne dabei wirklich hinzusehen. Dann drehte sie sich zu Paul um und meinte mit entschlossener Stimme: „Gut, Watson, ich glaube es wird Zeit, dass wir die wenigen Fakten, die wir haben, zusammentragen."

„Moment, Moment", meinte Paul, begleitet von einer entsprechenden Handbewegung. „Ich Holmes, du Watson."

„Dann bin ich der Hund. Ich setze mich zu euch und höre mir eure Schlussfolgerung ein bisschen an, ja?"

Paul sah Viktor, der wieder bei ihnen stand, fragend an. „Was für ein Hund?"

„Hatte Sherlock Holmes nicht einen Hund?"

„Nicht dass ich wüsste. Wie is'n das, Sascha, hatte Sherlock Holmes einen Hund?"

Unwillkürlich lief ihr ein kalter Schauer über den Rücken, weil sie an den geheimnisvollen Hund der Baskervilles dachte. Aber der gehörte ja eben nicht diesem englischen Detektiv. „Nee. Aber du kannst trotzdem mitgrübeln. Du hast zumindest ein echt gutes Alibi dafür, dass du nicht der Dieb bist. Ach ja, und eine kleine Erklärung bist du mir wohl auch noch schuldig."

Nachdem sich die Aufregung im Speisesaal wieder gelegt hatte, besorgte sich jeder von den dreien eine Kleinigkeit zu Mittag. Vor lauter Aufregung war keinem nach einem üppigen Essen zumute. Gemeinsam suchten sie sich einen etwas abgelegenen Tisch. Dann war als Erster Viktor dran mit seinem Bericht.

Es stellte sich heraus, dass Paul zwar seinen Freund Karl in die Pläne eingeweiht hatte, wie man den Dieb überführen könnte, aber Viktor außen vor gelassen hatte. Der wiederum hatte aber Karls laute Frage am Ende des Deutschunterrichts sehr gut mitbekommen. So hatte er die spontane Idee, das Postfach von Paul zu bewachen, bis der die kostbare Fracht von seiner Oma erhalten hatte. Als er nun Sascha gesehen hatte, wie sie hinter der Ecke lauerte, hatte er blöderweise prompt die falschen Schlüsse gezogen. Nun war der Dieb weg. Und auch Saschas nähere Beschreibung des Kapuzenshirts brachte die drei nicht sonderlich viel weiter. Der Täter hatte nämlich das Shirt angehabt, das vor knapp fünf Monaten beim großen Schulfest an alle Internatsangehörigen verteilt worden war.

„Sag mal", meinte Viktor, „war denn da wirklich was von deiner Oma für dich im Postfach?"

„Ja. Sie hat mir gestern am Telefon gesagt, dass ihr Päckchen heute eintreffen müsste. Und so war es auch. Bevor ich Sascha angerufen und sie zum Beobachten zu mir gebeten habe, habe ich das gecheckt. Es lag in meinem Fach."

„Du hast sie *angerufen*?"

„Scheibenkleister", stöhnte Sascha, ohne auf den verwirrten Einwurf von Viktor einzugehen. „Wie kriegst du jetzt dein iPhone wieder?"

„iPhone ... äh ... ja, also, das Päckchen war zwar von meiner Oma, aber es war kein iPhone darin."

„Was? Sondern?" Sascha saß plötzlich kerzengerade am Tisch.

„Sondern eine Senfkornbibel. Mit den Spätschriften des Alten Testaments. Classic Edition."

„Wie bitte? Ein Senfkorn und eine Bibel?" Sie saß vor lauter Ratlosigkeit nun noch kerzengerader da als eben schon.

Paul schüttelte den Kopf und lächelte. „Nein, kein Senfkorn und eine Bibel, sondern eine Senfkornbibel. Man nennt sie so, weil sie von der Länge und Breite her nicht so überdimensional groß ist, sondern so handlich ... wie ein iPhone zum Beispiel. Aber auch, weil die Worte darin so viel Power haben wie ein Senfkorn."

„Mensch, Schwein gehabt, dass dir deine Oma nur eine Bibel geschickt hat", atmete Viktor erleichtert auf.

„*Nur*?", fragten Paul und Sascha zeitgleich wie aus einem Munde. Überrascht schauten sie sich an, dann schmunzelten sie schließlich.

Viktor kratzte sich nur ratlos am Kopf. Die zwei waren ihm manchmal ein bisschen suspekt.

„Okay, Holmes", meinte Sascha schließlich, „nun zu

deinen … äh … *Ihren* Vermutungen, der Täter könnte eine Täterin sein. Wie kommen Sie darauf?"

„Weil der erste Diebstahl in einem Mädchenzimmer passiert ist. Wir Jungen haben striktes Mädchenzimmerbetretverbot – es sei denn, wir sind zu mehreren und werden von den Bewohnerinnen zu einem ‚offiziellen' Event eingeladen. Ich würde als Junge niemals etwas in euren Zimmern stehlen. Dass da was nicht stimmt, fällt doch dann schon in dem Moment auf, wo mich jemand sieht, wie ich da reingehe oder rauskomme. Wenn ich in ein Jungenzimmer gehe, kann ich immer noch behaupten, ich wollte einen Kumpel besuchen, auch wenn ich eigentlich was Böses vorhatte."

Sascha nickte. „Das macht Sinn. Und wenn es nun zwei Diebe gibt?"

„Kann sein, glaube ich aber nicht."

„Können wir sonst noch jemanden von unserem Verdacht ausschließen?"

Paul rieb sich bedächtig das Kinn. „Hast du denn gar nichts von dem Täter gesehen?"

„Du meinst: von der Täter*in*? Nein. Ach doch. Ich denke, wir können Julia getrost von der Liste streichen. Wenn ich auch nicht viel gesehen habe, aber Julias Körperfülle … na ja, ihr wisst schon."

Die Jungs nickten.

„Und Romi … nein, die war's auch nicht. Die hätte ich an der Hautfarbe erkannt."

„Aber du hast doch das Gesicht gar nicht gesehen", entgegnete Paul.

„Das Gesicht nicht, aber dafür die Hand, die das Päckchen genommen hat. Und die war weiß."

„Wer bleibt denn jetzt noch als möglicher Täter übrig?“, mischte sich Viktor in die Überlegungen ein. „Es ist doch bestimmt jemand, der Sascha nicht mag, oder?“

Paul rollte nachdenklich mit den Augen. „Davon bin ich gar nicht mehr so überzeugt.“

„Wieso das denn? Die Aktion mit ihrem Französischhefter war doch echt link!“

„Ja, aber diesmal hat die Täterin das Hohenacher-Sommerfest-Kapuzenshirt angehabt.“

„Ja, und?“

„Überleg doch mal. Das hat jeder von uns im Schrank hängen, nur Sascha nicht, weil die vor fünf Monaten noch gar nicht hier war.“

„Aaaaah. Brillant! Und was denkst du nun über die restlichen Mädels außer Romi und Julia?“

„Also“, begann Paul, „Lena und Femke sind bestohlen worden, Marianne … hm, nee, die kommt nicht infrage, oder?“

„Ganz sicher nicht“, meinte Sascha.

„Marianne? Nie im Leben! Ich schließe mich eurem Urteil an“, ergänzte Viktor.

„Na, da bleiben noch Nina, Laura, Celina und Sophie.“ Paul hob seine rechte Hand mit vier ausgestreckten Fingern hoch. „Vier Verdächtige. Aber … können wir eigentlich Marianne wirklich so sicher ausschließen?“

„Paul!“, rief Sascha empört.

„Na, ich meine ja nur … Meine Oma sagt immer: Der Mörder ist immer der Gärtner.“

„Der Gärtner?“ Viktor schaute verstört.

„Der, von dem man das am wenigsten erwartet.“

Sascha winkte ab: „Es geht hier nicht um Mord und Marianne ist auch kein Gärtner. Aber mal 'ne andere Frage, Paul. Willst du den Diebstahl eigentlich Frau Hasser melden?"

Paul stützte den Kopf auf. „Tja, ich weiß nicht. Hätte es irgendeinen Vorteil, wenn ich es ihr nicht erzähle?"

„Du meinst, ob wir daraus eine neue Falle basteln können?", fragte Viktor mit glänzenden Augen.

„Ganz genau. Vorteil an dieser neuen Falle wäre, dass du jetzt Bescheid weißt und uns nicht mehr die Tour vermasseln wirst."

„Manno, war doch nur gut gemeint", schmollte er.

„Das wissen wir. Spätestens jetzt", meinte Sascha aufmunternd. „Und – Entschuldigung für den Fußtritt vorhin."

„Ach, vergiss es. Ich bin hart im Nehmen." Mit diesen Worten sprang Viktor von seinem Stuhl auf, um seinen leeren Teller wegzubringen, zuckte aber doch zusammen und ging mit einem leichten Humpeln davon.

Auch Sascha und Paul wollten soeben vom Tisch aufstehen, als sie Marianne auf sich zukommen sahen.

„Da bist du ja", rief Marianne Sascha zu. „Ich habe dich gesucht."

„Was gibt es denn?"

„Es gibt da zwei Fragen, die ich dir gerne stellen möchte."

„Und welche?"

Marianne stand nun vor Sascha und sah sie mit forschenden Augen an. „Erstens: Auf deinem Schreibtisch steht ein Teller mit Spaghetti. Wie kommt der denn dahin?"

„Oh … äh … den habe ich in der ganzen Aufregung irgendwie völlig vergessen.“ Sascha lächelte entschuldigend. „Ich bringe den gleich weg. Und die zweite Frage?“

„Wie kommt das hier in deinen Papierkorb?“

Marianne holte etwas hinter ihrem Rücken hervor, das sie die ganze Zeit versteckt hatte, ohne dass Sascha oder Paul es bemerkt hatten.

„Was ist das?“, fragte Sascha.

„Das ist Packpapier. Und es spricht alles dafür, dass es zu einem Päckchen gehört hat, das für dich bestimmt war, Paul.“

9

Sascha starrte einen Moment lang auf das zerrissene Packpapier, auf dem in großen Buchstaben Pauls Name und die Anschrift des Internats prangten. Was war das denn? Warum hatte Marianne das bei ihr gefunden?

„Wieso guckst du in meinen Mülleimer?“, fragte Sascha verwirrt.

„Weil er mitten in unserem Zimmer stand, sodass ich beinahe darüber gefallen wäre.“

„Ich hab’s dir doch gesagt“, meinte Paul belehrend, während er sich auf seinem Stuhl zurücklehnte und die

Arme verschränkte. „Sascha, lass den Papierkorb da nicht mitten im Zimmer stehen, habe ich gesagt." Zu Marianne gewandt, ergänzte er: „Sie hat das Papier für mich weggeworfen, nachdem wir das Buch ausgepackt hatten."

„Du warst in unserem Zimmer?", fragte Marianne erschrocken.

„Was? Nein! Ich stand nur an der Tür und habe in euer Zimmer reingeschaut, als Sascha das Papier weggeworfen hat. Ich hatte keinen Bock, das bis in mein Zimmer zu schleppen."

„Dann gehört das also nicht zu dem Päckchen, von dem du heute so unvorsichtig laut in der Pause gesprochen hast?"

Sascha schaute wie beim Tennis immer hin und her zwischen den beiden. Sie verstand gerade nicht besonders viel, ahnte aber, dass Paul soeben eine Rettungsaktion für sie gestartet hatte.

„Nein. In dem Päckchen hier war nur ein Buch drin."

„Diese kleine, leinengebundene Bibel, die auf Saschas Bett liegt?"

„Ja. Ich habe sie ihr für heute ausgeborgt. Das Päckchen mit dem iPhone kommt übrigens gar nicht mit der normalen Post."

Marianne runzelte die Stirn. „Nicht mit der normalen Post? Du meinst per Kurierdienst?"

Angespannt lehnte sich Paul wieder nach vorne und stützte die Unterarme auf dem Tisch auf. „Ähm –", setzte er an, doch Sascha übernahm sofort den Gesprächsfaden.

„Sag mal, Marianne, kann es sein, dass du heute ziemlich neugierig drauf bist?"

„Ich?", fragte sie und zog die Augenbrauen dabei hoch. „Nein. Aber es kann natürlich sein, dass ich ein bisschen mehr die Augen offen halte als andere." Damit drehte sie sich herum und marschierte davon.

„Ich hoffe, ich bin ihr jetzt nicht zu sehr auf die Füße getreten", meinte Sascha kleinlaut.

„Aber vielleicht war es ja doch Marianne. Sie hat das Päckchen genommen und es ausgepackt. Dann, als sie gesehen hat, dass da nur eine Bibel drin war, hat sie die auf dein Bett gelegt und das Papier in deinen Mülleimer gestopft. Schneller lässt sich doch nicht der Verdacht auf dich lenken."

„Ach Paul, hör auf. Frau Hasser hatte recht. Stehlen ist so was von daneben. Nicht nur, dass jemand einem anderen etwas wegnimmt, was nicht ihm gehört. Das ist ja schon finster genug. Aber mindestens genauso schlimm ist es doch, dass wir uns plötzlich gegenseitig misstrauen – egal, ob wir wirklich schuldig sind oder nicht. Weißt du, was mir gerade alles Blödes durch den Kopf geht? Dass Lenas Bilder gar nicht geklaut worden sind, sondern dass sie die nur versteckt hat – zusammen mit Femkes Bildern –, um auch mal im Mittelpunkt zu stehen. Oder dass Femke Schuld hat, weil sie Lena beobachtet hat, wie sie das Geld versteckt hat. Und damit das nicht so auffällt, hat sie ihre eigenen Bilder gleich mit verschwinden lassen. Habe ich Nina gegenüber mal einen dummen Zahnspangenspruch gemacht, der sie so gekränkt hat, dass sie mir jetzt eins auswischen will? Oder war es doch Romi? Habe ich es nur nicht gesehen, dass sie vorhin am Postregal weiße Handschuhe anhatte, um keine Fingerabdrücke zu hinterlassen? War es Sophie? Ist es nicht so, dass sie von ihren Eltern kaum Taschengeld bekommt? Kann Celina mich nicht leiden, weil du – ein Junge! – im Unterricht lieber neben mir sitzt als neben ihr? Oder doch Marianne? Oder doch – *ich*?"

Paul ließ sich gegen die Rückenlehne plumpsen, als hätte er gerade einen Marathonlauf absolviert. „Mir ist ganz schwindlig im Kopf."

„Was machen wir jetzt, Holmes?"

Paul starrte gedankenversunken vor sich hin.

Nachdem er eine Weile unbeweglich dagesessen hatte, winkte Sascha eindringlich vor seinen Augen herum. „Hallo! Erde an Raumschiff – hört ihr mich?"

„Was?", schreckte Paul hoch. „Ja, ja, ich höre dich. Ich dachte nur gerade: Ist doch komisch, dass ich meine Bibel zurückkriege, weil der Dieb sie offensichtlich nicht brauchen kann oder haben will. Wieso bringt der nicht Lenas Bilder zurück, wenn er doch die 250 Euro hat?"

„Vielleicht, weil er damit noch mehr Geld abziehen will? Da gab's doch immerhin dieses Erpresserschreiben, das an Lenas Pinnwand hing."

„Aber wenn Lena sich die Bilder von ihrer Familie nachmachen und zuschicken lassen kann, warum sollte sie dann Geld an einen Dieb zahlen? Außerdem – wo und wie sollte sie das zahlen? Und wie viel? Ein Erpresser müsste sich schon mehr Mühe geben, wenn eine Geldübergabe stattfinden soll."

Sascha ließ sich ebenfalls gegen ihre Rückenlehne plumpsen. „Mir ist jetzt auch ein bisschen schwindelig im Kopf." Unwillkürlich schaute sie zu dem Mädchentisch hinüber, an dem sie sonst immer saß. Natürlich hatte keine ihrer Mitschülerinnen noch das Kapuzenshirt an. Nachdem sich der Tumult in dem Speisesaal gelegt hatte, waren sie nach und nach alle neun wieder dort eingetrudelt. Es war unverkennbar, dass sie über die neue Außenseiterin redeten, die sie seit gestern Abend auf dem Kieker hatten. Immer wieder schauten sie zu Sascha hinüber, mal heimlich, mal sehr deutlich.

Und dabei ist es doch eine von euch!, dachte Sascha wütend. Warum hatte eigentlich ihre Mutter noch nicht zurückgerufen?

Der sanfte, aus einer Folge von drei Tönen bestehende Gong erinnerte die Schüler unerbittlich daran, dass zwar die Mittagspause, aber noch längst nicht ihr Schultag zu Ende war. Eilig sprangen Sascha und Paul auf und liefen in ihren Klassenraum.

Die Englisch- und die Geschichtsstunde rauschten an Sascha nur so vorbei. „Thanksgiving Day“ und „Die Krönung Karls des Großen“ … Diese beiden Begriffe konnten sich in ihrem Gehirn notdürftig einnisten, mehr aber auch nicht. Viel zu sehr war sie mit dem beschäftigt, was da in Hohenach vor sich ging.

Dann konnte Sascha ihr Schulzeug endlich zusammenpacken und gehen, während die anderen noch eine Stunde Religionsunterricht bei Frau Schuster hatten. Normalerweise tat es ihr sehr leid, dass sie auf ausdrücklichen Wunsch ihrer Mutter eben nicht an diesem Fach teilnehmen durfte. Aber heute hätte nicht mal die abenteuerlichste Bibelgeschichte Saschas Aufmerksamkeit erregt. Das war schon ein megaernstes Zeichen …

Apropos „abenteuerlichste Bibelgeschichte" – welche das wohl war? Sie könnte ja Paul heute Abend mal fragen. Ach nein! Sie konnte doch jetzt selber nachlesen. Schließlich lag seit heute Mittag eine Bibel in ihrem Zimmer. Zum Lesen hatte sie zwar gerade auch nicht den rechten Nerv, aber in dieses besondere Buch wollte sie zumindest mal einen kurzen Blick werfen.

Schnell eilte Sascha in ihr Zimmer. Doch kaum hatte sie die Tür geöffnet, wurde ihr klar, dass es noch etwas Dringenderes gab als den kurzen Blick in die fromme Lektüre. Der Teller mit den kalten Spaghetti und der ausgelesene Sherlock-Holmes-Roman schienen beinahe anklagend auf sie zu warten. Gut, diese stumme Anklage hätte sie leicht ignorieren können. Aber auf die hörbare Anklage ihrer Mitbewohnerin war sie doch nicht so scharf.

„Bin gleich wieder da", flüsterte sie in die Richtung des dunkelblauen kleinen Buches, das tatsächlich auf ihrem Bett lag. Dann klemmte sie sich den „Hund der Baskervilles" unter den Arm, nahm den Teller in die Hand und verließ das Zimmer.

Wahrscheinlich wäre es strategisch besser gewesen, erst das verschmähte Mittagessen wegzubringen und anschließend das Buch abzugeben. So schaute Frau Morgenthau, die immer dienstags und donnerstags Bibliotheksdienst hatte, sehr missbilligend, als Sascha mit einem Berg Nudeln die ihr anvertraute Weihestätte der Literatur betrat.

„Das haben wir hier überhaupt nicht gerne", sagte die Hüterin der Bücher in einem Tonfall, der eigentlich etwas ganz anderes ausdrückte, nämlich: *Sofort raus hier mit diesem Schmadderzeug!*

„Ich wollte nur schnell den Roman zurückbringen." Vorsichtig zog Sascha mit der freien Hand das Buch unter ihrem Arm hervor und reichte es Frau Morgenthau. Die nahm es mit spitzen Fingern entgegen und blätterte es durch, indem sie schnell und dennoch höchst vorsichtig die Seiten mit dem Daumen abstreifte. Wahrscheinlich wollte sie sich vergewissern, dass nicht doch eine Nudel in die spannende Lektüre gerutscht war.

Sie seufzte ein wenig herablassend. „Sonst noch was?"

„Nein, nein, ich gehe ja schon."

So schnell es Sascha möglich war, verließ sie die Bibliothek – und konnte in allerletzter Sekunde durch eine impulsive Ausweichbewegung die Katastrophe verhindern. Während sie auf den Flur hinausgestürmt war, wäre sie nämlich beinahe mit einem Jugendlichen zusammengestoßen. Na ja, eigentlich war er schon beinahe ein junger Mann.

„Hoppala", rief er verblüfft, als sie sich samt Teller in einer geschmeidigen Bewegung um ihn herum manövrierte.

„Oh, Entschuldigung, ich hab dich nicht gesehen."

„Hab ich gemerkt."

Sascha schaute den Unbekannten an. Möglichst unauffällig und dennoch mit einer gewissen Neugier. Den hatte sie hier noch gar nicht gesehen. Altersmäßig schätzte sie ihn auf siebzehn oder achtzehn Jahre. Er trug ein blau-weiß kariertes Hemd und eine grüne Latzhose, auf der „Garten- & Landschaftsbau" stand. Bestimmt war er der neue Lehrling von Herrn Petz, dem Obergärtner hier rund um Hohenach. Ihr fiel auf, dass der junge Mann irgendwie sehr gut aussah … und das verwirrte sie, denn normalerweise achtete sie nie auf so etwas. Na ja, fast nie.

„Suchst du jemanden?“, fragte sie, ein wenig nervöser, als ihr lieb war. Meine Güte, hatte der schon breite Schultern. *Ey, komm, mach dich nicht zur Celina*, mahnte sie sich.

Der Jugendliche kratzte sich am Kopf. „Äh ja. Mein Meister hat gesagt, ich soll hier mal was abgeben. Wo kann man denn hier was abgeben?“

„Kommt drauf an, was.“ Hatte sie da eben am Ende des Satzes so einen saublöden Kicherlaut von sich gegeben? Au weia!

„Das hier.“

Sascha starrte wie vom Donner gerührt auf das, was der Typ da soeben aus seiner Hosentasche gezogen hatte. Jegliches dezent aufflackernde Interesse an dem Kerl erlosch im Bruchteil einer Sekunde restlos. Es fehlte nicht viel, und der Teller mit den Nudeln wäre ihr vor purer Fassungslosigkeit aus der Hand gefallen.

„W-w-wo hast du die her?“, stotterte sie.

„Die hat mein Meister eben beim Aufräumen gefunden.“

„Darf ich …?“ Ganz vorsichtig, so als würde sie hochexplosives Dynamit an sich nehmen, nahm Sascha dem Lehrling einen Stapel Fotos aus der Hand. Das oberste Bild zeigte eine strahlende Lena im Kreis von ebenfalls lächelnden Brillenträgern.

„Halt mal.“ Geistesabwesend drückte sie ihrem Gegenüber den Teller in die Hand und schaute den Stapel durch. Einwandfrei, es waren Lenas Bilder. Aufgewühlt sah Sascha hoch. „Ist Herr Petz noch draußen?“

„Ja, er räumt gerade den Geräteschuppen auf.“

Sofort rannte Sascha los.

„He! Dein Teller!", rief ihr der Latzhosenträger hinterher, doch Sascha nahm sein Rufen gar nicht mehr wahr. So schnell sie konnte, hastete sie den Gang entlang, stemmte die schwere Haustür des Internates auf, schlüpfte hinaus und sprang mit einem Satz die paar Stufen der Außentreppe hinunter. Sie bog scharf nach links und lief auf den Geräteschuppen zu. Die Tür stand weit offen und im Inneren des geräumigen Verschlages konnte Sascha die grauen, wuscheligen Haare von Herrn Petz erkennen.

„Herr Petz!", rief sie, während sie scharf abbremste und kurz vor ihm zum Stehen kam. „Herr Petz, sie müssen mir unbedingt helfen! Es ist dringend!"

Eher amüsiert als alarmiert wandte sich der Gärtner dem Mädchen zu. „Hat deine Zimmerpflanze Blattläuse?"

„Nein! Ich habe gerade Ihren Lehrling getroffen. Er hat mir gesagt, dass Sie die Bilder hier in diesem Schuppen gefunden haben."

„Ja, habe ich."

„Wo genau?"

„Da drüben irgendwo." Der Mann machte eine vage Handbewegung in Richtung eines Regals, das an der Rückwand des Schuppens stand.

„Wo *genau*?!", wiederholte Sascha eindringlich.

Herr Petz schnaufte deutlich. Für einen Moment schien er zu überlegen, ob er antworten oder das Mädchen mit dem Hinweis wegschicken sollte, dass er viel zu tun hatte. Dann bewegte er sich schließlich doch die fünf Schritte zum Regal hinüber und zeigte auf eine kleine Aufbewahrungsbox.

„Ich habe eine leere Schachtel für meine Pflanzenklammern und den Pflanzendraht gesucht, die ich bis zum Frühjahr erst mal nicht mehr brauchen werde. Und da habe ich eben dort reingeschaut und die Bilder gesehen. Weißt du, wem die gehören?"

„Ja, meiner Klassenkameradin."

„Ach. Und wie kommen die da hin?"

„Wenn ich das wüsste!", murmelte Sascha leise.

„Hm", entgegnete der Mann.

Für eine Sekunde war Sascha versucht zu erzählen, dass Lena Schlafwandlerin sei und dabei immer Dinge verstecken würde, die sie anschließend selber nicht mehr wiederfand. Aber warum sollte sie so was erzählen, wenn es doch gar nicht stimmte?

„Wenn ich das rausgekriegt habe, erkläre ich es Ihnen."

„Lass mal, ist nicht so wichtig", brummte Herr Petz und wandte sich wieder seiner Aufräumarbeit zu.

Sascha trat aus dem dämmrigen Schuppen in das fahle Licht des Herbstnachmittags hinaus. Ihr Herz raste und ihre Gedanken wirbelten alle durcheinander. Was sollte sie jetzt tun? Natürlich Lena die Bilder zurückgeben, klar. Aber wann? Und wie? Und was würde Lena denken, wenn ausgerechnet Sascha, die sowieso schon als Diebin verdächtigt wurde, ihr die Bilder zurückgab? Machte sie sich dadurch nicht noch verdächtiger? O Mann, sie musste jetzt unbedingt sofort mit Paul reden! Sie schaute auf ihre Armbanduhr. Noch quälend lange fünfundzwanzig Minuten bis zum Unterrichtsende.

Schnell langte sie noch einmal um die Ecke in den Geräteschuppen hinein und angelte sich eine Plastiktüte. Sie schien sauber zu sein. Also steckte sie die Bilder in die

Tüte, wickelte sie zu einem kleinen Päckchen zusammen und schob es unter ihren Pullover. Da konnte der brisante Fund zwar nicht ewig bleiben, aber zumindest für die nächsten fünfundzwanzig Minuten. Und dann musste Paul einfach eine richtig gute Idee haben.

Das plötzliche Klingeln ihres Handys ließ Sascha heftig zusammenzucken. Erst in diesem Moment merkte sie, dass sie förmlich unter Hochspannung stand. Sie angelte das Telefon aus ihrer Hosentasche und schaute auf das Display. Unbekannter Teilnehmer. Was, jetzt schon?

„Paul?“, rief sie verwundert.

„Äh … nein, nicht Paul. Tut mir leid, mein Schatz, ich bin's nur.“

„Oh, hi Mum.“

Na prima. Wozu hatte man eigentlich ein Handy, wenn doch nie derjenige dran war, den man eigentlich gerade brauchte? Eigenartig, noch vor einer Viertelstunde hätte Sascha ihre Mutter ganz herzergreifend gebeten, sie hier abzuholen. Aber dieser Bilder-Fund machte sie total unsicher. Entweder wurde jetzt alles wieder gut oder das endgültige Drama stand kurz bevor. Also entschloss sie sich, Luisa erst einmal nichts von den unschönen Ereignissen der letzten vierundzwanzig Stunden zu sagen.

Als Sascha das Gespräch beendet hatte, fiel ihr auf, dass sie fror. Klar, sie war wie eine Rakete aus dem Gebäude gelaufen, ohne eine Jacke mitzunehmen. Wahrscheinlich war ihr durch die Aufregung auch erst einmal gar nicht kalt gewesen, aber jetzt spürte sie doch, dass es Mitte November draußen einfach viel zu kühl ohne Jacke war. Zitternd drehte sie sich um und ging schnurstracks auf den Eingang zu.

Die zwei älteren Jungen hatte sie schon auf sich zukommen sehen, als sie sich umgedreht hatte. Aber dass die plötzlich auch einen Zahn zulegten, als Sascha in Richtung Hauseingang eilte, war ihr nicht geheuer. Also ging sie ein wenig schneller. Die Jungs ebenso. Der Versuch, mit einem Sprint doch noch schnell die Eingangstür zu erreichen, bevor es ein Zusammentreffen mit den beiden Typen gab, scheiterte. Kurz bevor sie die Stufen der Außentreppe erreichte, bauten sich die zwei vor ihr auf und schnitten ihr den Weg ab.

Vielleicht hätte sie dieses Verhalten irgendwie noch als einen blöden Scherz abtun können, wenn sie nicht einen von ihnen gleich erkannt hätte: Es war Ronnie. Plötzlich sah sie in ihrer Erinnerung wieder die Szene vor sich, wie der unheimliche fremde Mann ihn am Kragen gepackt hatte. Und dennoch war der Junge schließlich mit einem Lächeln und der Körperhaltung eines Siegers aus dieser kurzen, aber heftigen Begegnung hervorgegangen. Sascha merkte, wie ihr ein Schauer über den Rücken lief.

Der andere, etwas größere Junge war dann vermutlich Thorsten. Hatten die Typen sich nicht gerade zweimal heftig miteinander geprügelt? Hm, ja, der größere trug ein nicht besonders dekoratives Pflaster auf der Stirn. „Sophie, komm schnell! Ich hab' gehört, Thorsten blutet", waren Celinas aufgeregte Worte gestern Abend. Doch irgendwie erweckten diese Elftklässler gerade so gar nicht mehr den Anschein, als hätte es jemals eine Meinungsverschiedenheit zwischen ihnen gegeben.

Vorsichtig versuchte Sascha, um die Jungs herumzulaufen. Doch als sie einen Schritt nach links ging, taten die beiden ebenfalls einen Schritt in diese Richtung, sodass sie wieder direkt vor ihr standen. Sie probierte es noch einmal mit einem Schritt nach rechts, doch sie folgten ihr erneut. Sascha zitterte noch mehr. Sie traute sich kaum, die Jungs richtig anzuschauen aus Angst, dass sie das provozieren könnte. Dem Mädchen schien es eine Ewigkeit, dass sie dort einfach nur dastanden. Warum sagten die Typen nichts?

„Habt ihr keinen Unterricht?“, fragte sie mit bebender Stimme. Es war das Erstbeste, was ihr einfiel.

„Wir kommen gerade von der Hasser zurück. Hat etwas länger gedauert.“

„Und jetzt ist uns ein bisschen langweilig“, ergänzte der andere.

Sascha schluckte. Was wollten die bloß von ihr? Ihr war schon klar, dass sie sich möglichst nicht anmerken lassen durfte, welch große Angst sie in diesem Moment hatte. Aber genauso gut hätte sie auch versuchen können, davonzufliegen.

„Mir ist kalt. Ich möchte da rein.“ Sascha zeigte auf die Eingangstür.

„Ich möchte da rein“, äffte der kleinere von beiden – der aber immer noch ein gutes Stück größer war als Sascha – sie ganz fies nach.

„Was wollt ihr von mir?“

„Wir haben gehört, dass du gerne mal was klaust“, meinte Thorsten. „Ich dachte, wir sollten dir ganz deutlich sagen, dass man so was nicht tut.“

Ausgerechnet ihr wollt mir sagen, was man nicht tut?, dachte Sascha und antwortete laut: „Ich hab nichts geklaut.“ *So was Bescheuertes! Hatte Celina etwa ihren Mund nicht halten können?*

„Nein? Echt nicht?“ Ronnie beugte sich so weit vor, dass Sascha sofort einen Schritt zurückging, damit er ihr nicht zu nahe kam. Er stank furchtbar nach Zigarettenrauch und war mit seinen fettigen Haaren auch sonst ziemlich eklig.

„Vorsicht, du machst ihr Angst“, meinte Thorsten mit einem spöttischen Grinsen.

„Na, dann ist ja gut.“ Ronnie lachte und ging einen weiteren Schritt auf sie zu. „Du willst also behaupten, dass du deinen Klassenkameradinnen kein Geld wegnimmst? Und keine Fotos?“

Sascha wurde trotz der Kälte schlagartig heiß! Die Fotos! Ungewollt drückte sie das kleine Paket unter ihrem Pullover noch ein wenig fester gegen ihren Bauch. Wenn sie die jetzt fanden, dann war alles aus. Vorsichtig machte sie einen weiteren Schritt rückwärts.

O mein Gott, bitte … bitte, bitte mach irgendwas! Hilf mir! Es ist dringend, hörst du?

Hektisch warf Sascha einen Blick über ihre Schulter zu dem Geräteschuppen.

Thorsten grinste breit. „Keine Angst. Herr Petz ist nicht mehr in dem Schuppen. Der ist weggegangen, als du telefoniert hast. Du kannst also ruhig alles gestehen, ohne dass uns jemand zuhört.“

„Wir werden das dann auch sofort wieder vergessen, was du uns gleich anvertrauen wirst. Voraussetzung ist natürlich, dass du uns einen guten Grund für unsere Vergesslichkeit lieferst.“ Schon wieder kam dieser schmierige Ronnie näher.

Herr Petz kann doch unmöglich in der kurzen Zeit, in der ich telefoniert habe, weggegangen sein. Das ist bestimmt ein Trick, schoss es durch Saschas Kopf. Schnell drehte sie sich um, rannte los und lief geradewegs in den Geräteschuppen. „Herr Petz!", rief sie voller Angst. Dann blieb sie abrupt stehen. Thorsten hatte recht gehabt. Der Obergärtner war nicht mehr da.

Dafür tauchten die beiden Jungs nur eine Sekunde später in der Tür auf und versperrten ihr nun den Weg nach draußen.

„Na so was, hast du mir etwa nicht geglaubt?"

Sascha starrte die zwei mit schreckgeweiteten Augen an. Was sollte sie nur tun? Alle anderen Schüler und Lehrer hatten mindestens noch zehn oder fünfzehn Minuten Unterricht. Panik stieg in ihr auf, wenn sie daran dachte, was in zehn Minuten alles passieren konnte.

Verzweifelt suchte Sascha nach etwas Klugem, das sie sagen oder tun konnte. Aber ihr Gehirn schien das Denken komplett eingestellt zu haben. Ihr war plötzlich so schlecht. Für den Bruchteil einer Sekunde sah sie die Gesichter von Fischer und Voss vor sich – von den beiden Typen, die vor drei Monaten versucht hatten, sie zu entführen. Das Atmen fiel ihr auf einmal schwer. Es war, als würde ihr jemand langsam die Kehle zudrücken.

„Du könntest uns die Hälfte von den 250 Euro geben, die du gestohlen hast. Dann würden wir dich in Ruhe lassen." Ronnie kratzte sich genüsslich die Kopfhaut, die unter den fettigen Haaren verborgen lag.

„Ja." Sascha nickte wie ferngesteuert. „Die Hälfte, geht klar." Das war *die* Gelegenheit, hier wegzukommen, wenn

sie vorgab, jetzt das Geld zu holen, das sie in Wahrheit natürlich gar nicht besaß.

„Na guck mal, geht doch! Sie hat also doch das Geld. Tja, so einfach ist das mit dem Beichten", meinte Thorsten in einem übertrieben überraschten Tonfall. Dann sagte er knallhart: „Gib uns dein Handy!"

„Was?!"

„Bist du taub? Gib uns dein Handy oder wir verpfeifen dich bei der Hasser. Wenn du uns die ganzen 250 Euro gibst, dann kriegst du es vielleicht sogar wieder zurück."

„Wir können dich natürlich auch auf andere Art und Weise davon überzeugen, dass du das machst, was wir von dir wollen", ergänzte der widerliche Ronnie und fing erneut an, mit langsamen Schritten auf Sascha zuzugehen.

In diesem Moment setzte auch das letzte bisschen Verstand aus, das Sascha noch zur Verfügung gehabt hatte. Ihr war, als ob sie völlig neben sich stand. Plötzlich fing sie an, wie am Spieß zu brüllen. Einen kleinen Augenblick hielt Ronnie in seiner Bewegung inne, dann schoss er nach vorne, um Sascha den Mund zuzuhalten. Instinktiv riss sie beide Arme nach oben, um ihn abzuwehren, sodass das Päckchen, das sie unter ihrem Pullover festgehalten hatte, herunterfiel und mit einem dumpfen Laut auf dem Boden landete.

„Lass sie sofort in Ruhe!"

Die kraftvolle Stimme, die diese Worte drohend ausgerufen hatte, wirkte wie eine Pause-Taste am DVD-Player. Ronnie stoppte abrupt, kurz bevor er die Hand auf Saschas Mund gelegt hatte, Sascha verstummte augenblicklich und Thorsten blieb wie angewurzelt da stehen, wo er war.

„Komm her zu mir, Kleine", sprach die Stimme freundlich.

Saschas Beine zitterten so stark, dass sie Mühe hatte, einigermaßen geradeaus zu laufen. Langsam ging sie auf die Silhouette zu, die außerhalb des Geräteschuppens stand und sie zu sich winkte.

„Du hast eben was verloren", sagte die Stimme.

So schnell wie es Sascha möglich war, bückte sie sich nach dem Päckchen, hob es auf und ging dann an Thorsten vorbei aus der Tür hinaus. Sofort erhielt Thorsten von dem Unbekannten einen kräftigen Stoß, sodass er in den Schuppen hineinstolperte. Die Schuppentür wurde zugeschlagen und mit einem Schlüssel zugesperrt. Thorsten und Ronnie saßen fest.

Sascha hingegen stand da wie angewurzelt, unfähig, etwas zu sagen oder zu tun. Der vermeintlich Unbekannte drehte sich zu ihr herum und lächelte sie an. „Entschuldige, dass ich nicht früher gekommen bin. Aber ich musste eben noch einen Teller mit Nudeln wegbringen."

10

Mit großen Augen starrte Sascha ihren Retter an. Irgendwie wusste sie nicht: Sollte sie jetzt lachen oder weinen oder am besten gleich in Ohnmacht fallen? Und wenn sie Letzteres täte – würde er sie auffangen?

„Du zitterst ja wie das Laub der Populus tremula."

„Der – *was?*", fragte Sascha tonlos.

„Populus tremula. Das heißt ‚Espe'. Habe ich letztens erst in der Berufsschule gelernt. So, und jetzt rein mit dir ins Warme!"

Als wäre sie willenlos, ließ sich Sascha von dem Gärtnerlehrling die Hand auf ihre Schulter legen und die Außentreppe, die ihr eben noch versperrt war, hochgeleiten.

„Gehts?", fragte er, während er die schwere Eingangstür öffnete und das zitternde Mädchen vorsichtig hindurchschob.

Er klingt ein bisschen besorgt. Sascha war noch etwas benommen. Sie spürte, wie ihr die angenehm warme Luft aus dem Gebäude entgegenschlug. Sofort setzte ein leichtes Kribbeln ein, als sich die Wärme in ihrem durchgefrorenen Körper ausbreitete. Oder hatte das Kribbeln vielleicht gar nichts mit der Wärme zu tun?

In der Eingangshalle blieb sie stehen und schaute zurück, ob der für sie noch Namenlose ihr gefolgt war. Tatsächlich, schon stand er neben ihr.

„Kennst du die beiden Typen da draußen?“

„Ja. Die sind aus der elften Klasse und heißen Thorsten und Ronnie.“

„Okay, dann gehst du jetzt sofort zu deiner Rektorin und erzählst ihr, was passiert ist, ja? Ich werde derweil rausgehen und den Schuppen wieder aufschließen. Sonst machen die aus lauter Wut noch irgendwelche Sachen kaputt.“

„Ich … ich weiß nicht“, stammelte Sascha. „Eigentlich ist doch nichts wirklich Schlimmes passiert. Du warst ja rechtzeitig da. Ach ja, danke übrigens, dass du mir so klasse geholfen hast.“

„Wie bitte? Nichts Schlimmes? Hast du deinen eigenen Schrei nicht gehört? Los, zeig mir, wo deine Rektorin zu finden ist. Ich bring dich persönlich hin.“ Während Sascha und ihre Begleitung die große Freitreppe in den ersten Stock hinaufliefen, fuhr er fort: „Das darfst du dir nicht gefallen lassen. Auch nicht ein bisschen. Wenn solche Typen nicht sofort eins auf den Deckel kriegen, dann wird das mit denen immer schlimmer.“

„Aber wenn ich jetzt petze, dann wird es vielleicht erst richtig schlimm.“

„Denkst du allen Ernstes, wenn dich jemand bedroht oder dir bewusst Angst macht und du das meldest, dann ist das petzen?“

Sascha musste daran denken, wie sie Marianne gegenüber ganz entrüstet gesagt hatte, die langsamen Jogger dürften sich die Gemeinheits-Attacken von Thorsten und Ronnie doch nicht gefallen lassen … Komisch, wenn man plötzlich selber betroffen war, sah alles ganz anders aus. Sie zuckte mit den Schultern. „Weiß nicht.“

„Ich schon. Wehr dich! Und wenn du es körperlich nicht kannst, dann such dir sofort einen anderen Weg."

„Weißt du was? Du klingst gar nicht wie ein Gärtnerlehrling."

Er schmunzelte geheimnisvoll und meinte: „War das jetzt ein Kompliment?"

Sascha merkte, wie ihr das Blut in den Kopf schoss. Wahrscheinlich war die Farbe ihres Gesichtes jetzt gerade so unauffällig wie das leuchtende Rot einer Verkehrsampel.

„Verrätst du mir, wie du heißt?"

„Ja klar. Ich bin Leandro, aber du kannst auch einfach Leo sagen."

Leandro? Was für ein ungewöhnlicher Name. Sascha hatte tausend Fragen im Kopf. Allerdings mussten die wohl alle noch ein bisschen warten, denn soeben hatten sie Frau Hassers Bürotür erreicht.

„Ich heiße Sascha."

„Sascha", wiederholte Leandro mit einem Nicken, das so viel bedeutete wie: Habe ich abgespeichert. „Dann mal los, klopf an."

Einen winzigen Moment zögerte sie noch. Sollte sie wirklich? Noch einmal schaute sie den Lehrling an. Sein aufmunternder Blick machte ihr schließlich Mut. Sie atmete tief durch und klopfte an.

„Ja bitte", erklang es von innen.

„Und sag *alles*, hörst du?", raunte Leo dem Mädchen noch einmal zu. Dann wandte er sich um und ging zurück zur Treppe.

Schnell steckte Sascha die zusammengewickelte Tüte mit Lenas Fotos unter ihren Pullover, klemmte sie aber diesmal in ihrem Hosenbund fest. Schließlich drückte sie die Klinke herunter und betrat zögerlich den Raum. Glücklicherweise war die Rektorin allein in ihrem Büro. Mit viel Aufregung trug Sascha vor, wie Thorsten und Ronnie ihr den Weg versperrt, ihr Angst gemacht sowie Geld und das Handy gefordert hatten. Vor lauter Aufregung erzählte sie zwar alles ein bisschen durcheinander, aber Frau Hasser nickte ernst und interessiert. Sie schien trotzdem zu verstehen, was passiert war.

Sag alles, hörst du? Leandros Worte klangen noch immer in Sascha nach. Sollte sie das wirklich tun: alles sagen? Vorsichtig und möglichst unauffällig tastete sie nach Lenas Bilder. Sollte sie die auch erwähnen oder der Rektorin die Fotos sogar gleich geben? Sascha wusste nicht warum, aber sie hatte das eindringliche Gefühl, sie müsste erst Paul fragen, was sie damit machen sollte. Also ließ sie diesen Teil bei ihrer Schilderung aus.

Als Sascha geendet hatte, seufzte Frau Hasser tief.

„Es tut mir leid, ich wollte Sie mit diesem Kleinkram nicht nerven. Aber der Lehrling von Herrn Petz hat mich überredet, zu Ihnen zu gehen."

„Das hat er genau richtig gemacht. Es war gut und wichtig, dass du mir das erzählt hast. Thorsten und Ronald waren vorhin bei mir. Du hast sicher die Prügelei im Speisesaal mitbekommen. Nun, das war leider längst noch nicht alles, was sich die zwei in letzter Zeit geleistet haben. Deswegen habe ich ihnen nicht nur kräftig die Leviten gelesen, ich musste ihnen auch mitteilen, dass sie unsere Einrichtung verlassen müssen. Sie haben schon so viel Schaden in verschiedenster Form angerichtet, dass es nicht mehr anders geht. Allerdings wollte ich ihnen noch so etwas wie eine goldene Brücke bauen. Sie hatten die Erlaubnis, bis zum Ende des Schulhalbjahres hierzubleiben und dann von sich aus zu gehen, damit eine neue Schule sie nicht gleich als einen Problemfall erkennen würde. Aber anstatt diese Chance zu nutzen, scheinen sie jetzt endgültig hier die Sau rauszulassen. Oh, entschuldige den Ausdruck. Aber ich bin einfach unendlich enttäuscht. Nun werde ich darauf bestehen müssen, dass sie gleich morgen früh Hohenach verlassen."

„Dann müssen sie gehen, weil ich Ihnen das eben erzählt habe?"

„Nein, Sascha. Sie müssen deswegen gehen, weil sie sich unmöglich verhalten haben. Wie gesagt: Es war genau richtig, dass du hergekommen bist. Wenn du das nicht getan hättest, wer weiß, wem die beiden das Leben noch schwergemacht hätten. Und beim nächsten Mal wäre vielleicht kein Retter aufgetaucht, der Schlimmeres verhindert hätte."

Sascha wusste, dass Frau Hasser recht hatte, aber dieses blöde Ich-hab-sie-verpfiffen-und-was-mache-ich-wenn-die-das-rauskriegen-Gefühl machte ihr Angst.

„Werden Sie Thorsten und Ronnie sagen, dass ich hier war?"

„Nein. Ich werde ihnen zwar sagen müssen, was der Grund für ihren sofortigen Rauswurf ist, aber wer mir diese Information gegeben hat, werde ich ihnen nicht verraten."

Sascha schluckte trocken. „Sie werden es bestimmt rauskriegen. Und dann bin ich dran."

Frau Hasser legte mitfühlend ihre Hand auf Saschas Oberarm. „Ich verstehe deine Befürchtungen. Aber meinst du, du hättest Ruhe vor ihnen, wenn du jetzt nicht hier gewesen wärst? Nein. Ich kenne solche Fälle. Je länger ein Opfer zögert, sich zu wehren oder darüber zu reden, desto schlimmer wird es. Glaub mir."

Sascha nickte. Aber das war mehr eine äußere Geste, als dass sie der Rektorin wirklich geglaubt hätte. Angst ließ sich nicht immer so einfach wegreden.

„Sind Thorsten und Ronald jetzt noch in dem Geräteschuppen eingesperrt?"

„Ich glaube nicht. Der Lehrling von Herrn Petz wollte sie wieder rauslassen, damit sie nicht im Schuppen randalieren."

„Gut. Ich werde mich sofort um alles Weitere kümmern. Und dir noch einmal vielen Dank für deinen Mut, zu mir zu kommen."

Sascha zuckte unschlüssig mit den Schultern. Mit einem leicht flauen Gefühl im Magen verließ sie Frau Hassers Büro. Als sie wieder auf dem Flur stand, schaute sie nach links und rechts, dann lief sie die Treppe hinunter und schaute sich in der Eingangshalle um. Nichts. Sie eilte zu einem Fenster, das direkt zum Parkplatz hinausging. Schade. Das Gärtnerauto war schon weg. Herr Petz und sein Lehrling hatten Feierabend.

Leicht wehmütig blieb sie am Fenster stehen und schaute die von Straßenlaternen beleuchtete Auffahrt zum Internat entlang. Im Stillen hatte sie gehofft, Leandro noch einmal kurz zu sehen. Schließlich konnte man sich bei so einer Rettungsaktion ja nie genug bedanken.

„Bedanken“ war wohl das Stichwort gewesen. Es war, als hätte sich plötzlich eine Monsterflut von schlechtem Gewissen über sie ergossen. *O nee, das gibt's ja wohl nicht! Mann, ist mir das peinlich. Hey, Gott, hast du überhaupt noch den Nerv, mir zuzuhören? Ich bin, glaube ich, irgendwie leicht daneben, was? Ich habe mich ja noch gar nicht bei dir bedankt! Entschuldige bitte, tut mir echt voll leid. Denn Leo ist doch bestimmt nicht rein zufällig an dem Schuppen vorbeigekommen, als ich Hilfe brauchte, oder? Der ist übrigens voll nett, wollte ich dir nur noch mal so sagen. Und gut sieht der auch ein bisschen aus. Äh, ach so, ja, jetzt aber: danke, Gott. Danke, danke, danke!*

Gedankenverloren befühlte Sascha das kleine Päckchen mit den Bildern unter ihrem Pullover. Dann drehte sie sich um und begab sich auf die Suche nach … äh … ach ja, Paul. Genau. Irgendwie fühlte sie sich etwas durch den Wind.

Zuerst lief Sascha in den dritten Stock, in dem sich Pauls Zimmer befand. Doch auf ihr heftiges Klopfen hin öffnete lediglich sein Zimmergenosse Viktor. Paul war ausgeflogen.

„Er hat nicht gesagt, wo er hinwollte. Aber ich glaube beinahe, er sucht dich. Ach übrigens, guck mal.“ Umständlich krempelte Viktor sein Hosenbein hoch und zum Vorschein kam ein ordentlicher blauer Fleck am Schienbein.

„Ja, Mann! Ich hab dich doch nicht mit Absicht getreten. Also, schon mit Absicht, aber du weißt ja schließlich, warum, oder?“

„Ja, schon. Aber so heftig hätte es vielleicht auch nicht sein müssen. Na ja, ich wollte dir die Verletzung zumindest mal gezeigt haben.“

„Verletzung!? Du Weichei!“, meinte Sascha lachend und auch Viktor musste schließlich gegen seinen Willen mitlachen.

„Nanu? Was passieren denn hier für schräge Dinge, wenn ich mal kurz nicht da bin?“, erklang plötzlich Pauls Stimme. Soeben war er um die Ecke gekommen und schaute nun skeptisch mit hochgezogenen Augenbrauen, wie sein Mitbewohner Sascha das entblößte Bein präsentierte. Sofort fing Viktor an, das Hosenbein hektisch herunterzuziehen.

„Ich habe … äh, also … Sascha hat dich eben gesucht.“

Paul und Sascha grinsten sich an. Viktor sah einfach drollig aus, wie er so leicht verlegen dastand. Er zog sich daraufhin schmollend ins Zimmer zurück.

„Paul, komm. Es gibt so unendlich viel, das ich dir sofort erzählen muss“, meinte Sascha mit gedämpfter Stimme.

„Wieso? Was ist denn passiert?“

„Wir müssen unbedingt ein ruhiges Eckchen finden. Ich kann dir das alles nicht hier sagen.“

Er schaute Sascha mit großen Augen an. „Du machst mich total neugierig, weißt du das? Gib mir einen Tipp. Worum gehts?“

„Verbrechen“, antwortete Sascha ungeduldig.

„Was? Echt?“

„Los, komm endlich!“

Beide liefen los. Sie mussten sich gar nicht mehr absprechen, sie wussten schon, welcher Anlaufpunkt ihr erster sein würde: „ihr“ Aufenthaltsraum im zweiten Stock. Doch leider war der ausgerechnet heute Abend mal nicht frei. Nils, Hendryk und Leon saßen vor dem kleinen Fernsehapparat und verfolgten gespannt etwas, das nach Science-Fiction aussah.

„Stargate“, flüsterte Paul.

Sascha nickte bestätigend. „Wohin gehen wir jetzt?“

„Lass es uns einfach eine Treppe tiefer probieren.“

Schon sausten die zwei wieder los.

Als sie schließlich an die Tür des Aufenthaltsraumes im ersten Stock traten, durchzuckte es Sascha wie ein Stromstoß. In dem Raum waren Thorsten und Ronnie. Lang ausgestreckt lümmelten sie sich halb sitzend, halb liegend auf einem Sofa. Vor ihnen auf dem Tisch: eine halb volle Flasche, die eine verräterische Form aufwies und mit durchsichtigem Inhalt gefüllt war. Das konnte nur Wodka sein.

Blitzartig huschte Sascha zur Seite und versuchte, auch Paul schnellstmöglich aus dem Blickfeld zu ziehen. Doch zu spät. Paul war auf der Türschwelle stehen geblieben und hatte bereits unglaublich ungeschickt auf sich aufmerksam gemacht.

„Trinkt ihr etwa Wodka? Das ist doch verboten.“

„Auweia!“, Thorsten sah Ronnie an und imitierte in sehr übertriebener Weise einen erschreckten Tonfall. „Wir machen hier etwas Verbotenes!“

„Bist du wahnsinnig? Komm sofort weg da!“, zischte Sascha Paul leise zu.

„Weißt du was?“, tönte Thorsten, „ich glaube, der kleine Schisser hier ist nur neidisch. Der würde bestimmt auch gerne einen heben. Hol ihn doch mal hierher. ’Ne halbe Flasche haben wir ja noch für ihn.“

Sofort brachen die beiden Elftklässler in schallendes Gelächter aus.

Paul warf einen erschrockenen Blick zu Sascha hinüber. Offensichtlich hatte er begriffen, was sie gemeint hatte.

„Los, Milchbubi, komm her und mach uns noch ein bisschen Freude zum Abschied." Ronnies Stimme klang, als hätte er sich soeben mühsam vom Sofa erhoben. Doch schon hatte Paul sich abgewandt und war mit Sascha zusammen den Flur heruntergerannt. Noch bevor sie um die erstbeste Ecke biegen konnten, hörte Sascha den Fiesling noch brüllen: „Diese kleine Ratte schon wieder! Wir kriegen dich! Hörst du? Das ist ein Versprechen!"

So schnell sie konnten, liefen Sascha und Paul die Freitreppe hinunter und rannten beinahe Herrn Ungrad über den Haufen.

„Herr Ungrad", japste Sascha, „bitte gehen Sie doch mal in den Aufenthaltsraum eine Treppe höher. Thorsten und Ronnie betrinken sich gerade, glaub ich. Die haben uns bedroht."

Der Zeichenlehrer schaute verwirrt. „Wer hat was? Also, eigentlich habe ich gerade gar keine Zeit."

„Dann gehe ich eben zu Frau Hasser", meinte Sascha aufgewühlt. Doch oben auf dem Treppenabsatz stand plötzlich Ronnie und streckte ihr den Mittelfinger entgegen. Dann wandte er sich um und verschwand wieder.

„Scheiße", murmelte sie.

„Nein, nein, nicht nötig, ich kann ja mal nachsehen", meinte der Lehrer mit deutlich mehr Elan als eben noch und stieg die Treppen hoch.

Paul starrte Sascha an, die käseweiß vor ihm stand. „Ich glaube, wir brauchen tatsächlich *super*dringend einen ungestörten Ort zum Reden. Wie wäre es wieder mit dem Klassenzimmer?“

Sie nickte.

„Was für zwei furchtbare Typen“, meinte Paul ganz entgeistert, als er die Klassenzimmertür hinter sich zu- und das Licht anmachte. „Sind das nicht die beiden aus der elften Klasse? Okay, aber erst mal bist du dran. Schieß los.“

Kraftlos ließ Sascha sich auf einen Stuhl plumpsen. „Paul, magst du mir eine Frage beantworten?“

„Klaro. Was willst du denn wissen?“

„Nur eins: Warum immer ich?“

Paul schaute sie besorgt an. „O weh, das klingt nicht gut. Was ist denn passiert?“

Vorsichtig zog Sascha das Päckchen unter ihrem Pullover hervor und reichte es Paul. „Guck mal da rein.“

Er wickelte vorsichtig die Tüte auf und griff hinein. Was er dann dort herauszog, ließ ihm alle Gesichtszüge entgleiten.

„Sascha … ich … äh … warum … was ist das?“

„Lenas Fotos. Und nein, ich habe sie nicht schon seit ihrem Verschwinden mit mir herumgetragen. Le- … also, der Lehrling von Herrn Petz hat sie mir vorhin gegeben. Unser Gärtner hat sie beim Aufräumen im Geräteschuppen in einer Box gefunden. Ich hatte gerade noch Zeit, die Bilder in die Tüte zu tun und zu verstecken, als Thorsten und Ronnie plötzlich vor mir standen und mich abziehen wollten.“

„Thorsten und Ronnie? Die beiden ekligen Typen von eben? Was wollten die?“ Paul lehnte sich hochgradig gespannt gegen die Kante des Schülertisches, der neben Sascha stand. Weit nach vorne gebeugt starrte er sie fassungslos an. „Was ist dann passiert? Ist alles okay mit dir?“

„Moment! Eine Frage nach der anderen. Genau, Thorsten und Ronnie sind die beiden Typen, die dich eben abfüllen wollten. Die sind echt superaggressiv und gemein. Frau Hasser hat gesagt, dass die morgen früh hier rausfliegen.“

„Ach ja, jetzt weiß ich wieder! Die haben sich doch auch im Speisesaal geprügelt. Komisch, dass die jetzt wieder unter einer Decke stecken. Und haben sie dir was getan?“

„Nee, glücklicherweise nicht. Der Lehrling von Herrn Petz hat mir gerade noch rechtzeitig geholfen.“

Paul stieß sich wieder von der Tischkante ab und lief langsam auf und ab. „Erst gibt er ausgerechnet dir die Fotos und dann rettet der dich vor zwei fiesen Typen. Interessanter Typ. Den musste mir mal zeigen.“ Paul grinste. „Ich wollte schon immer mal einen Engel in Menschengestalt sehen.“

„Komm, jetzt übertreib nicht“, sagte Sascha laut und dachte leise: *Engel in Menschengestalt … ja, das passt irgendwie.* „Was machen wir denn jetzt mit den Bildern?“, fuhr sie fort. „Geben wir die einfach Lena?“

Paul verschränkte die Arme und schaute nachdenklich an die Zimmerdecke. Einen Moment lang blieb er so stehen, dann ließ er seine Arme plötzlich schlaff nach unten hängen und runzelte die Stirn. „Irgendetwas stört mich. Ich weiß nur nicht, was. Lass mich weiterdenken.“ Er verschränkte wieder die Arme und setzte sein Auf-und-ab-Laufen fort.

„Kannst du auch laut denken?"

Sofort schoss Paul herum. „Ha! Ich habe eine Idee!"

Sascha setzte sich aufrecht hin. „Okay, lass hören."

„Romi und die Handschuhe!"

„Bahnhof?", entgegnete sie völlig verwirrt.

„Du hattest heute Mittag bei deinen Theorien darüber, wer alles als Täter infrage käme, erwähnt, dass Romi Handschuhe getragen haben könnte, um beim Klauen keine Fingerabdrücke zu hinterlassen."

„Das war doch nur so dahergesagt."

Paul kam jetzt so richtig in Fahrt. „Ja, aber Fingerabdrücke sind doch das Stichwort. Pass auf! Wenn wir durchsickern lassen könnten, dass es einen Verdacht gibt, wo die Bilder sind, und behaupten würden, sobald man die Bilder gefunden hat, dann könnte man aufgrund der Fingerabdrücke rauskriegen, wer der Täter ist – was meinst du, würde der Täter machen?"

Sascha zuckte mit den Schultern. „Was weiß ich? Vielleicht würde er sie vernichten?"

„Genau! Und um sie zu vernichten, was muss er da tun?"

„Die Bilder holen?"

„Bingo!"

Plötzlich war Sascha hellwach. „Du meinst, wir sollten …"

„… dem Täter eine Falle stellen!"

11

Fieberhaft lieferten sich Sascha und Paul ein Ideen-Pingpong, wie sie dem Dieb eine Falle stellen könnten. Schließlich entspann sich der folgende Plan: Paul würde noch einmal durch lautes Reden bekannt werden lassen, dass die Schulleitung angeblich einen Detektiv beauftragt hätte. Dieser sollte die Fotos aufspüren und dann die darauf zu findenden Fingerabdrücke auswerten.

Da sich Sascha und Paul relativ sicher waren, dass der Dieb eine Diebin war, wurde als beste Möglichkeit das morgige Mittagessen auserkoren. Paul könnte diese Geschichte zum Beispiel Viktor erzählen, während sie im Speisesaal „ganz zufällig" neben dem Mädchentisch standen. Da Sascha die letzten Mahlzeiten schon nicht mehr mit ihren Klassenkameradinnen zusammen gegessen hatte, fiel es sicherlich nicht besonders auf, wenn sie auch morgen wieder an diesem Tisch fehlte. Sie würde nämlich die Bilder wieder an ihren ursprünglichen Fundort zurücklegen und sich anschließend zwischen dem Gerümpel im Schuppen verstecken.

Derweil müssten die Mädchen durch Paul zu hören bekommen, dass dieser Detektiv spätestens in einer Stunde mit seiner Arbeit beginnen würde und schon jetzt angekündigt hätte, dass er zuerst in Abstellkammern, Geräteschuppen und Kellerräumen suchen würde. Dabei war das

Wort „Geräteschuppen“ natürlich sehr wichtig. Es sollte zwar nicht zu sehr betont werden, aber doch so deutlich sein, dass bei der Diebin alle Alarmglocken klingelten. Dann musste Sascha in ihrem Versteck nur noch darauf warten, dass jemand aus ihrer Klasse auftauchte. Wenn diejenige dann in die besagte Box greifen würde, um sich die Bilder zu holen, bevor sie der vermeintliche Detektiv fand, war der große Augenblick gekommen. In dem Moment würde Sascha ihr Versteck verlassen und die Diebin stellen.

„Was ist, wenn diejenige nicht kommt? Entweder, weil sie sich keine Angst machen lässt oder weil der Langfinger vielleicht doch gar kein Mädchen ist?“

Paul zuckte mit den Schultern. „Das wäre dann eindeutig ein Fall von ‚dumm gelaufen'. Aber was Besseres fällt mir nicht ein.“

„Na ja … um ehrlich zu sein, mir auch nicht. Dann müssen wir wohl abwarten, was die Mittagspause bringt. – Weißt du was? Mir ist vor Aufregung schon ein bisschen flau im Magen.“

„Nicht weitersagen: mir auch.“

Für das Abendessen suchten sich Sascha und Paul einen Extra-Tisch aus, der möglichst weit weg stand von ihren Klassenkameraden. An diesem Tisch saßen sie mit Viktor zusammen, um ihn in ihre Pläne einzuweihen. Immerhin konnten sie sich bei ihm durch seine Sascha-Überfall-Aktion sicher sein, dass er mit dem Diebstahl nichts zu tun hatte. Und außerdem war es wohl gut, wenn er Bescheid wusste, warum Paul ihm am nächsten Tag so laut und deutlich diese Detektivgeschichte erzählen würde.

„Hammer-Aktion!“, schmatzte Viktor mit vollem Mund. „Ich bin dabei. Darf ich mich auch irgendwo in oder hinter dem Schuppen verstecken?“

„Das ist ja ganz lieb von dir gemeint“, antwortete Sascha, während sie Paul fasziniert dabei beobachtete, wie er die Kapern aus seiner Königsberger-Klopse-Soße heraussortierte und zu einem turmähnlichen Haufen am Tellerrand stapelte, „aber ich denke, es würde den Täter nur warnen, wenn er dich oder Paul in der Nähe des Schuppens entdecken sollte. Nee, vielleicht fragst du morgen Mittag einfach nur noch mal möglichst laut und erstaunt nach, ob du Paul wirklich richtig verstanden hättest, dass da gleich ein Detektiv kommt, der blablabla … Na, du weißt schon. Das ist echt schon eine super Hilfe.“

„Okay!“, strahlte Viktor. Die Sache begann ihm Spaß zu machen.

Sascha löste ihren faszinierten Blick von dem Kapernberg und schaufelte ein Stück Kartoffel auf ihre Gabel. Gerade in dem Moment, als sie diese in den Mund stecken wollte, wurde sie von hinten so heftig angerempelt, dass die Kartoffel von der Gabel fiel, mit einem Platsch in der Soße auf Saschas Teller landete und auf dem ganzen Tisch Soßenspritzer hinterließ.

„Sorry“, grinste Ronnie Sascha von oben herab an.

Es war nur ein ultrakurzer Moment, in dem Sascha den Impuls hatte, aufzustehen und Ronnie vor versammelter Mannschaft voll eine zu schmieren. Natürlich tat sie es nicht, sie war ja nicht verrückt! Das Echo, das darauf folgen würde, hätte sie nie und nimmer vertragen. Aber die Vorstellung, so mutig und stark zu sein, dass sie sich traute, ihm eine reinzuhauen, die hatte was! Doch statt mal so richtig eins auf den Deckel zu kriegen, grinste dieser Widerling selbstzufrieden vor sich hin. Gerade wollte er zu einem weiteren blöden Spruch ansetzen, als urplötzlich Herr Vogel neben ihm stand.

„Mensch, Ronnie", plauderte er in einem kumpelhaften Ton los und legte seinen durchtrainierten Sportlehrerarm fest um die Schultern des Jugendlichen. „Du hättest uns doch auch anders zu verstehen geben können, dass du dein letztes Abendessen gerne an unserem Lehrertisch zu dir nehmen möchtest." Damit führte er Ronnie so bestimmt fort, dass jeglicher Widerstand zwecklos war.

Sascha schaute den beiden hinterher, als sie plötzlich Pauls Stimme vernahm: „Scheibenkleister, mein Turm ist umgekippt." Und tatsächlich: Die von Paul gestapelten soßenverschmierten Kapern lagen nun zur Hälfte am Tellerrand verteilt und zur Hälfte auf der Tischplatte. Mit einem scherzhaften Kopfschütteln nahm Sascha aus dem Papierserviettenhalter zwei Servietten heraus. Eine reichte sie Paul mit einem leichten Schmunzeln.

„Hier, eine für dich und eine für mich."

Glücklicherweise war für die Zeit nach dem Abendessen eine erste Krippenspielprobe von Frau Schuster angesetzt worden. Jede kleinste Aktivität, die Sascha von dem großen Ereignis morgen Mittag ablenkte oder die Zeit schnell vergehen ließ, war ihr hochwillkommen.

In einer ersten „Trockenübung" sollten alle Beteiligten ihren Text laut vom Blatt ablesen, ohne dabei schon zu spielen.

„Bevor wir starten, hat irgendjemand noch eine Frage zu seinem Text oder zu der Weihnachtsgeschichte, die wir hier spielen?“, fragte Frau Schuster.

„Ja, ich“, meldete sich Sophie. „Von welchem Land bin ich denn eine heilige Königin?“

„Sag mal, geht's noch?“, pflaumte Leon zurück. „Du bist weder Königin noch heilig, klar?“

Der hat fast den gleichen Namen wie Leo, aber der ist längst nicht so nett. Ach ja …, dachte Sascha ein wenig verträumt.

„Und ob! Ich bin eine von den drei heiligen Königen“, maulte Sophie zurück und deutete mit dem Zeigefinger auf sich selbst.

„Es gibt gar keine heiligen drei Könige. Und außerdem: Kannst du nicht lesen? Bei deiner Rolle steht: 1. Weiser aus dem Morgenland – nicht *König*! Und schon gar nicht *Königin*!!“

„Also, iiiich *bin* eine Königin“, stichelte die König-Herodes-Gattin-Darstellerin Celina.

„Moment mal“, mischte sich Frau Schuster ein. „Leon hat nicht ganz unrecht. Wir wissen tatsächlich nicht, wer und wie viele da genau zu der Krippe gekommen sind, um Jesus anzubeten. Im Griechischen, in dem die zweite Hälfte der Bibel geschrieben worden ist, steht sogar etwas von Magiern aus dem Morgenland.“

„Oh, Harry Potter?“ Nils erntete mit seinem nicht ganz ernst gemeinten Zwischenruf einige Lacher, die er sichtlich genoss.

„Nein“, entgegnete die Lehrerin, „solche Magier sind hier nicht gemeint. Es werden wohl Männer gewesen sein, die sich mit Medizin und Naturerscheinungen sehr gut auskannten. Deswegen fiel ihnen auch der Stern von Bethlehem gleich auf, als er am Himmel erschienen war."

Lena meldete sich wie im Unterricht und fragte gleichzeitig: „Ich habe noch eine andere Frage. Wie heißt denn das Herbergsehepaar, das für die schwangere Maria keinen Platz mehr hatte? Steht das in der Bibel?"

„Nein."

„Schade."

Viktor knuffte Lena vorsichtig in die Seite: „Dann denken wir uns eben einfach zwei Namen aus. Also, ich als Herbergswirt will Josef heißen."

„Das geht nicht", rief Romi engagiert. „So heißt schon der Papa von Jesus."

„Ich will ja nicht klugscheißen", meinte Leon, „aber Josef ist ja wohl nicht der *Vater* von Jesus; höchstens sein Adoptivvater. Sehen Sie, Frau Schuster, ich habe genau aufgepasst."

„Stimmt das wirklich, was hier drinsteht?", fragte Romi und zeigte auf den Krippenspieltext. „Wollte Josef seine Maria wegen dem Baby echt in die Wüste schicken?"

Frau Schuster nickte. „Ja, das steht tatsächlich so in der Bibel drin. Josef war mit Maria verlobt, und dass die nun ein Kind erwartete, das nicht von ihm war, war für ihn nicht so toll."

Sascha wurde plötzlich hellwach. So genau hatte sie den Krippenspieltext noch gar nicht gelesen. Den ganzen Tag war sie mit dieser Diebstahlsache beschäftigt gewesen, sodass sie bisher nur dazu gekommen war, in aller Eile ihren Hirten-Part durchzulesen.

„Dann ist Maria schwanger geworden, obwohl sie nicht verheiratet war? Und das auch noch nicht einmal von dem Mann, den sie heiraten sollte?“ Sascha sah Frau Schuster erwartungsvoll an.

Die Lehrerin erwiderte den intensiven Blick. Offensichtlich wusste sie sofort, warum ihrer Schülerin diese Frage so unglaublich wichtig war. „Ja, genau. Das war für die damalige Welt ein Skandal. – Und so etwas ist leider für sehr religiöse Menschen auch heute noch unverzeihlich. Ich würde sagen, Jesus hatte großes Glück, dass Josef ein Mann war, der letztendlich auf Gott gehört hat und nicht blind den religiösen Regeln gefolgt ist.“

„Und die Eltern von Maria? Was haben die dazu gesagt? Haben sie ihre Tochter … verstoßen?“

„Keine Ahnung. Das steht nicht in der Bibel. Um genau zu sein: Über Marias Eltern steht überhaupt nichts in der Bibel.“

Zwar schaute Sascha ihre Lehrerin noch immer interessiert an, aber gedanklich war sie schon bei jemand ganz anderem. *He, Jesus, kann das sein, dass du deine Großeltern auch nie kennengelernt hast? Haben deine Spielkameraden, als du klein warst, auch manchmal so komisch reagiert, weil du ohne Oma und Opa Weihnachten … also äh, deinen Geburtstag gefeiert hast? Haben manche Erwachsenen dich schief angeschaut? Haben sie dir auch schon einmal einen so entsetzlichen Namen gegeben wie … Bastard?*

„Also, im Großen und Ganzen kann man durchaus behaupten, dass Jesus hier auf der Erde zu den Menschen gehört hat, die es nicht immer besonders leicht gehabt haben … sogar schon vor seiner Geburt“, fuhr Frau Schuster fort.

Sascha nickte.

Jesus, Paul hat mir gestern gesagt, dadurch, dass du auf dieser Erde gelebt hast, hast du dich zu uns heruntergebeugt. Hm … du hast dich aber ganz schön tief heruntergebeugt, oder? Weißt du was? Ich glaube so langsam, du verstehst mich vielleicht sogar wirklich.

„Ich bin mir sicher, Jesus versteht uns mit unseren Problemen viel, viel besser, als wir manchmal glauben“, meinte Frau Schuster.

„Ja, so was Ähnliches habe ich auch gerade gedacht“, antwortete Sascha mit einem kleinen Lächeln.

Der restliche Abend ging rasend schnell vorbei. Bis um halb neun abends wurde geprobt, und dann war es für die Schüler auch schon Zeit, sich in die Zimmer und schließlich in ihre Betten zurückzuziehen.

Als Sascha ihr Zimmer betrat, fiel ihr Blick als Erstes auf die Bibel, die noch immer an der Stelle lag, wo sie der Dieb hingelegt hatte. Dieses Senfkorndingens hatte sie in dem ganzen Durcheinander des Tages völlig vergessen. Umso mehr freute sie sich darauf, dass sie noch ein paar Minuten darin lesen konnte, bevor das Licht gelöscht werden musste.

In Windeseile hatte sie sich gewaschen, lag nun eingemummelt in ihrem Bett und schlug das Buch auf. Allerdings konnte sie sich nicht so richtig auf das konzentrieren, was sie da gerade von der Erschaffung der Erde las. Immer wieder war sie mit ihren Gedanken bei ihrer Falle, die morgen zuschnappen sollte. Nachdem sie die ersten Sätze schon zum vierten Mal las, ohne dass von ihnen irgendwas hängengeblieben war, klappte sie die Bibel zu. Nee, heute hatte das keinen Zweck mehr. Dann löschte sie ihre Nachttischlampe und rollte sich auf die Seite. Marianne hatte bereits eine Minute vorher das Licht ausgeknipst und lag schon ganz ruhig da.

Nun war es dunkel in dem Zimmer. Dunkel und leise. Doch in Saschas Kopf tobten die Gedanken, als würde dort gerade ein riesiger Rummel stattfinden. O Mann, das mit dem Einschlafen würde mal wieder eine echte Heraus forderung werden. Ob Marianne schon schlief?

„Marianne? Schläfst du schon?"

„Hmmm", kam die Antwort aus dem Bett gegenüber.

Natürlich ahnte Sascha, dass es gerade völlig sinnlos war, jetzt noch ein Gespräch mit ihrer Zimmergenossin anzufangen, aber irgendwie hatte sie das riesengroße Bedürfnis, noch ein wenig zu reden. Musste ja nichts Tiefschürfendes sein. Hauptsache, sie hatte ein paar Minuten Ablenkung von ihrem Gedankenchaos.

„Wusstest du, dass das Christkind zwar Christ-Kind heißt, aber nix mit Jesus als Kind zu tun hat?"

„Hmmm."

„Es ist mehr so ein Symbol für Weihnachten."

„Hmmm."

„Weißt du, je mehr ich über Jesus höre, desto mehr begeistert er mich. Hast du auch schon mal was von Jesus gehört, was du total wichtig für dich findest?"

„Hmmm."

„Und was war das?"

„Selig sind die Friedfertigen", nuschelte Marianne und drehte Sascha ihren Rücken zu.

„Okay, okay", flüsterte sie, „ich hab verstanden."

12

Piiiiiieps. – Piiiiiieps. – Piiiiiieps.

Irgendetwas war da. Irgendetwas versuchte sich leise aber penetrant in Saschas Bewusstsein zu schieben und sie aufzuwecken. Aber was? Und wieso? Aufwecken … das funktionierte doch schon seit Wochen anders. Auf die brutale Art.

Piiiiiieps.

Sie ergab sich dem hartnäckigen Störenfried und akzeptierte, dass sie jetzt so gut wie wach war. Schnaufend drehte sie sich um, sodass sie nun mit dem Rücken zur Wand dalag. Im Zeitlupentempo öffnete sie erst ein Auge, dann das andere.

Piiiiiieps.

Ganz allmählich ortete Sascha, wo das Geräusch herkam. Der Akku von ihrem Handy war leer und verlangte dringend Stromnachschub. Na super, und das mitten in der Nacht – oder wie spät es auch immer war. Zumindest war es noch stockdunkel. Mühsam angelte sie sich ihr Telefon vom Nachttisch, indem sie möglichst nicht mehr bewegte als nur einen Arm. Dann schaute sie auf das Display. Oh, es war ja doch nicht mehr mitten in der Nacht, sondern schon 5.58 Uhr.

Piiiiiieps.

Maaaaaann, ist ja gut! Im Handumdrehen hatte sie das Handy per Ausschalter zum Schweigen gebracht. Zwei Minuten blieben ihr noch, bis Mariannes Herzinfarktinstrument klingelte. Die zwei Minuten würde sie eingekuschelt genießen und vielleicht sogar ein klitzekleines bisschen eindösen. Doch diese hübsche Idee mit dem Eindösen wurde durch einen einzigen Gedanken zunichtegemacht: Heute Mittag war es so weit! Wenn alles gut ging, würde sie dann wissen, wer der Dieb von Hohenach war. Und sie selber, Sascha, würde ihn stellen! Wie sollte sie die Zeit bis dahin nur rumkriegen? Welchen Unterricht hatte sie eigentlich heute Vormittag? Eine Doppelstunde Mathe – nach Chemie das zweitschlimmste Fach, das es für sie gab – und eine Doppelstunde Englisch. Englisch war okay, aber Mathe? Gruselig!

Der ohren- und nervenschädigende Dauerton von gegenüber läutete im wahrsten Sinne den Tag ein. Während Marianne tastend das Aus-Hebelchen herunterdrückte, fragte sich Sascha, ob sie nicht Marianne in ihre Pläne einweihen sollte. Gestern, kurz vor dem Einschlafen, hatte Sascha noch das Bedürfnis gehabt, nur so mit ihrer Zimmergenossin ein bisschen zu quatschen. Aber jetzt, wo die Mittagspause nur noch ein paar Stunden entfernt war, schien es ihr, als würde sie platzen, wenn sie nicht mit Marianne über diese Fang-den-Dieb-Aktion reden könnte. Vielleicht hatte Marianne ja auch eine gute Idee in Bezug auf den Plan. Schließlich war sie ganz schön klug.

„Marianne?"

„Hmmm."

„Bist du schon wach?"

„Hmmm."

Alles klar, Marianne war noch nicht auf Betriebstemperatur. Sascha musste einfach noch einen kleinen Augenblick warten, bevor sie weitersprechen konnte. Langsam krabbelte sie aus ihrem warmen Bett und suchte in der Nachttischschublade nach dem Ladegerät für das Handy. Dann stöpselte sie das Telefon in die Steckdose ein. Als sie sich umwandte und den rotbraunen, verwuschelten Haarschopf betrachtete, der unter der Bettdecke hervorlugte, kamen doch wieder leise Zweifel. Was, wenn das absolut Undenkbare doch wahr sein sollte und Marianne die Fotos und das Geld genommen hatte? Wie dämlich, wenn ausgerechnet sie jetzt von Sascha in das Vorhaben eingeweiht würde!

Ach, du Arme, ich tu dir bestimmt total unrecht mit meinen Verdächtigungen.

„Guten Morgen, junger Tag!", rief plötzlich eine energiegeladene Stimme. Marianne sprang aus dem Bett, reckte sich genüsslich, setzte sich schwungvoll in Richtung Bad in Bewegung – und prallte mit ihrer noch etwas trägen Mitbewohnerin zusammen.

„Upps, entschuldige. Ich habe gedacht, du liegst noch im Bett. Was machst du denn da?"

„Ich lade mein Handy auf."

„Frühstück für's Handy. Prima."

Während sich Marianne mit einem Lächeln an der Halbumgerannten vorbeischieben wollte, tippte Sascha ihr kurz auf die Schulter. „Du?“

„Ja?“

„Glaubst du immer noch, dass ich nichts geklaut habe?“

„Natürlich. Wieso fragst du mich das?“

„Du hast gestern so komisch nach dem Packpapier von Pauls Päckchen gefragt.“

„Ich war nur ein wenig interessiert an dem, was hier so vor sich geht. Mach dir keine Gedanken. Du warst es nicht, da bin ich mir ganz sicher.“

„Echt? Du bist dir *wirklich* sicher?“

„Ja.“

„Cool.“ Erst in dem Moment, als er runterfiel, hatte Sascha wirklich bemerkt, was für ein riesengroßer Stein da auf ihrem Herzen gelegen hatte. Marianne war ihr gar nicht böse. Sie vertraute ihr noch immer. Was für ein tolles Gefühl!

„Weißt du, Paul und ich haben uns – “ Sascha hielt abrupt inne. Nein, nein, nein. Lieber nichts sagen. Das war zwar quälend, aber letztendlich sicherer.

Marianne legte den Kopf etwas schief. „Was habt ihr?“

„Äh, wir haben … ähm … äääh …“

„Schon gut. Du musst mir das nicht sagen. Man merkt doch sowieso, dass da was läuft zwischen euch.“

Im nächsten Augenblick war Marianne mit einem fröhlichen Grinsen im Bad verschwunden.

„Nein!! Das habe ich gar nicht gemeint!“

„Nein? Sondern?“, klang es dumpf durch die geschlossene Tür.

„Sondern … was anderes eben“, murmelte Sascha so leise, dass es garantiert nicht im Badezimmer zu hören war.

„Ach komm, sooo schlimm ist das doch auch wieder nicht. Aber wenn du willst, behalte ich es für mich.“

„Danke“, antwortete Sascha leicht verstört und ließ sich wieder in ihr Bett plumpsen. O wie peinlich! Wie doof! Wie völlig daneben! Wo genau konnte man eigentlich sein Fettnapf-Abo kündigen?

„*Was* denkt sie?“ Paul schaute Sascha mit einem verwirrtbeunruhigten Blick an. Auf dem Weg zum Speisesaal hatte sie ihn abgefangen und von ihrem Gespräch mit Marianne erzählt.

„Ich wusste einfach nicht mehr, wie ich den Satz zu Ende bringen sollte, ohne nicht doch noch unseren Plan zu verraten. Sie hat auch versprochen, es niemandem zu sagen.“

„Ich weiß nicht, ob mich das sehr beruhigt, wenn sie mich das nächste Mal so wissend angrinst.“

Sascha ließ frustriert ihre Schultern hängen. „Na ja, wenn du das so schrecklich findest, was sich Marianne da zusammengereimt hat …“

„Schrecklich? Nee. Doch. Also, nein, nicht wirklich. Aber wie wäre es denn, wenn du dich mit ihr beim Frühstück an einen Extra-Tisch setzt und das Missverständnis aufklärst? Meinetwegen könntest du auch noch ’ne Runde von irgendwem anderen schwärmen, damit sie dir das voll abnimmt.“

„’ne Runde von irgendwem anderen schwärmen?“

„Ja. Sag ihr doch, du findest irgendwen anderen toll. Zum Beispiel … äh, wie hieß doch gleich der Typ, der dich gestern gerettet hat? Ja, das ist eine super Idee. Du schwärmst ihr von deinem Retter vor. Wie mutig der ist und wie nett und wie gut aussehend und wie stark, und dass du gerne mal mit ihm ins Kino gehen würdest … und, na, so was alles eben."

Sascha schwieg. Dafür betrachtete Paul mit zunehmendem Interesse ihr Gesicht.

„Sascha?"

„Ja?"

„Nur, falls du das selber nicht merkst: Du wirst gerade ganz rot."

„Ich … äh …"

„Anderer Plan. Du setzt dich beim Frühstück mit *mir* an einen Extra-Tisch. Ich glaube, du hast da was echt Spannendes zu berichten."

„Nein!" Sascha schüttelte heftig den Kopf. „Es gibt nichts Spannendes und nichts, was ich berichten könnte."

Paul schmunzelte. „So, so."

Es war fast ein kleines Wunder, aber es geschah trotzdem: Die Doppelstunde Mathe ging vorbei! Der wohltönende Gong war für Sascha eine Erlösung – und steigerte zugleich ihre Aufregung.

Nach einer kurzen Pause ging es mit Englisch weiter. Eigentlich mochte Sascha den Unterricht, sodass sie ihn normalerweise nicht als quälend empfunden hätte. Aber heute war nichts normal. Doch als sie zwischendurch einen Blick aus dem Fenster warf, erstarrte sie plötzlich.

„Paul", flüsterte sie ihrem Nachbarn erschrocken zu.

„Was?"

„Schau mal aus dem Fenster. Was ist das denn?"

Wenn man aus dem Klassenzimmer blickte, konnte man eine kleine Bank sehen, die auf einer Wiese stand. Und auf genau dieser Bank saß Ronnie!

„Ich denke Ronnie und Thorsten sollten heute Morgen schon von Hohenach weggefahren worden sein."

„Sascha! Please stop your conversation with Paul and pay attention to this lesson", mahnte Mrs Peterson, während nun auch Celina den Jungen entdeckt hatte und ihm aus dem Fenster winkte.

„Sorry", murmelte Sascha und zwang sich, wenigstens ein, zwei Minuten verstreichen zu lassen, bevor sie Paul erneut fragen würde, was da los war. Sie musste unbedingt wissen, wann genau diese beiden grässlichen Typen abfuhren, und dass sie auch ganz sicher weg waren, bevor sie sich nachher in dem Geräteschuppen versteckte. Auf keinen Fall wollte sie den beiden noch mal begegnen … Schon allein bei der Vorstellung wurde ihr ganz anders.

Sie starrte wie gebannt aus dem Fenster. Ronnie hatte auf Celinas Winken nicht reagiert, was wahrscheinlich daran lag, dass er telefonierte. Natürlich konnte sie kein Wort verstehen von dem, was er sagte, aber seine Körpersprache war schon unangenehm genug. Erst warf er den Kopf in den Nacken und lachte, als ob er sich über seinen Gesprächspartner lustig machte. Dann zuckte er spöttisch mit den Schultern und hatte einen Du-kannst-mich-mal-Ausdruck auf seinem Gesicht. Derweil spielten seine Finger gelangweilt mit etwas, das Sascha als den Zettel wiederzuerkennen glaubte, den Ronnie von diesem fremden Mann bekommen hatte. Schließlich nickte er und schaute so auf seine Armbanduhr, als hätte er sich gerade verabredet.

Plötzlich spürte sie einen kleinen Knuff an ihrem Arm. Paul hatte unauffällig einen Zettel herübergeschoben, auf dem stand: „O Mist! Und nun?“

Sascha spürte, wie ihr Herz heftig klopfte. Auf die Rückseite des Zettels schrieb sie: Wenn sie nicht bis zur Mittagspause SICHER weg sind, lass uns die Aktion vergessen. Oder willst *du* dich verstecken?

Paul las die Frage und zeigte verwundert mit dem Finger auf sich.

Sie nickte bestätigend.

Er schüttelte den Kopf.

„Sascha and Paul, please repeat my last sentence!“

Mrs Peterson sah die beiden sehr streng und zugleich erwartungsvoll an. Doch bevor Sascha oder Paul beichten konnten, dass sie den letzten Satz der Lehrerin leider nicht mitbekommen hatten, wurde es auf einmal draußen auf dem Flur unruhig. Sascha konnte gerade noch sehen, wie Ronnie von der Bank aufstand und weglief. Celina schaute ebenfalls hinaus und verrenkte neugierig ihren Kopf. Schließlich musste sie doch wissen, was sich jetzt da tat!

Die Englischlehrerin schaute verwirrt hin und her: mal zur Tür, hinter der die Unruhe zu hören war, und mal zum Fenster, aus dem Celina so intensiv hinausschaute.

„What's happening here?“

Sophie meldete sich. „Ich glaube, Thorsten und Ronnie werden gerade vom Schulbus abgeholt und zum Bahnhof gefahren. Celina und ich würden gerne noch mal kurz rausgehen und wenigstens Thorsten Tschüss sagen. Geht das?“

Celina war in Erwartung einer Zustimmung bereits aufgestanden, sodass Mrs Peterson schließlich seufzend meinte: „All right. But make sure that you are back in five minutes!“ Sie hielt die gespreizten Finger ihrer rechten Hand in die Luft. Blitzschnell stürmten die zwei aus der Klassenzimmertür hinaus, gefolgt von ein paar anderen Neugierigen, die den Abtransport der beiden Krawallburschen live miterleben wollten.

Mit von der Partie war natürlich auch Sascha. Als sie schließlich die Eingangstür erreichte, sah sie gerade noch, wie der Kleinbus sich in Bewegung setzte. Celina hatte es geschafft, bis zum Fahrzeug zu laufen und durch das Seitenfenster einen Abschiedsgruß zu winken. Nun kam sie langsam wieder zu der kleinen Gruppe von Neugierigen zurückgeschlendert. Dafür, dass sie Thorsten extra verabschieden wollte, wirkte sie absolut gelassen.

„Waren das eben wirklich Thorsten und Ronnie?“, fragte Hendryk, der gerade an der Tür angekommen war.

„Nein“, gab Celina schnippisch zurück. „Das waren Ernie und Bert.“

„Ach, und hast du Ernie oder Bert noch einmal zuwinken wollen?“, stichelte Leon.

„Weder noch. Ich habe dem Quietscheentchen Tschüss gesagt.“ Mit einem Lächeln drehte sich Celina so schwungvoll um, dass ihre langen schwarzen Haare die Bewegung effektvoll unterstrichen.

„Ich habe das Gefühl, dass Celina nicht gerade traurig ist, dass dieser Thorsten hier wegmusste“, raunte Sascha Marianne zu, die plötzlich neben ihr an der Tür stand.

„Celina? Traurig? Wegen eines *Jungen*??“

Sascha lächelte ihrer Zimmergenossin zu. Marianne hatte den Nagel auf den Kopf getroffen.

Zwölf Uhr mittags. High Noon. Genauso fühlte sich Sascha, als der Pausengong ertönte: wie ein Sheriff, der zum Pistolenduell antrat.

„Mir ist ein bisschen schlecht“, flüsterte sie Paul zu.

„Ich bin in deiner Nähe“, flüsterte er zurück.

„Aber pass auf, dass dich keiner sieht.“

„Geht klar, Watson.“

Sascha lächelte Paul zu. Dann stand sic auf und verließ möglichst unauffällig und dennoch zügig als Erste das Klassenzimmer. Als sie draußen war, rannte sie so schnell es ging die Treppenstufen hinauf, stürzte in ihr Zimmer und griff sich ihre warme Outdoor-Jacke. Ganz kurz befühlte sie das Innenfutter. Ja, da waren die Bilder von Lena. Sascha hatte sie gestern in der Innentasche ihrer Jacke verstaut, nachdem sie mit Paul den Plan ausgetüftelt hatte und Marianne noch beim Nachmittagssport war.

Hastig eilte sie wieder nach unten. Immerhin musste sie so geschwind unten im Versteck sein, dass sie garantiert vor der Diebin an Ort und Stelle war.

Ihr Atem ging deutlich schneller als normal, während sie die Eingangstür aufdrückte und hinausstürmte. Flink sprang sie die Treppe hinunter und flitzte hinüber zum Geräteschuppen.

Die Tür des Schuppens stand sperrangelweit offen. Vorsichtig linste Sascha um die Ecke und sah: Leo! Wenn ihr Herz nicht sowieso schon durch die ganze Aufregung heftig geklopft hätte, dann hätte es das spätestens jetzt getan.

Am liebsten wäre sie hineingegangen und hätte mit ihm geplaudert – aber dafür war jetzt gerade der völlig falsche Moment. Schnell huschte sie hinter die offene Schuppentür, damit er sie nicht entdeckte. Wann kam Leo endlich aus dem Schuppen, sodass sie dort drinnen in Stellung gehen konnte? Viel Zeit hatte sie nicht mehr! Nervös schaute sie sich nach allen Seiten um. Paul hatte seine Geschichte bestimmt schon am Mittagstisch erzählt. War die Diebin bereits auf dem Weg hierher?

Der Gärtnerlehrling pfiff eine beschwingte Melodie und schleifte irgendwelche Gegenstände über den Boden. Wahrscheinlich räumt er den Schuppen um.

O nee, bitte nicht! Nichts umräumen – und schon gar nicht das Regal mit der Box! Sascha musste doch schnellstmöglich die Bilder dorthin zurücklegen. *Geh raus. Bitte, lieber Leo, geh raus aus dem Schuppen. Ich muss da rein. Es ist dringend! – Sag mal, Gott, kannst du Leo nicht die Idee eingeben, dass er jetzt Hunger hat und Mittag essen möchte?*

Jetzt pfiff er einen aktuellen Song, den Saschas Mutter vor Kurzem auch ganz laut im Radio gehört und dazu mitgesungen hatte.

Bitte, bitte, bitte, geh!

„Leaaaandroooo!", ertönte von relativ weit weg die Stimme von Herrn Petz. „Kommst du mal schnell her?"

Die Geräusche im Schuppen hörten schlagartig auf. „Komme", erklang Leandros freundliche Stimme, dann eilte der junge Mann davon.

Sascha atmete erleichtert aus. *Danke!*

Schnell huschte sie in den Schuppen. Das Regal stand glücklicherweise noch dort, wo es hingehörte. Offensichtlich hatte Leo nur die Säcke mit der Blumenerde in eine andere Ecke geräumt. Aber das war okay. Sie waren so hoch gestapelt, dass Sascha sich gut dahinter verstecken konnte und das Regal im Blick behielt.

Mit ein paar Handgriffen hatte Sascha den Deckel der Box geöffnet, den jetzigen Inhalt – Blumendraht und Klein-

kram – in eine Ecke gekippt und die Fotos aus ihrer Jackentasche gefischt. Aber irgendwie bekam sie die Bilder so blöd zu fassen, dass ihr die Hälfte des Stapels aus den Fingern glitt und zu Boden segelte.

Scheiße! Saschas Mund formte das Wort lautlos. Hektisch ging sie in die Hocke und schob ungeschickt die Bilder zusammen. Doch abrupt hielt sie inne. Waren das Schritte, die sie da hörte?

„Los, beeil dich", hörte sie von draußen eine leise Stimme.

So schnell es ihre zittrigen Hände zuließen, raffte Sascha alle Fotos zusammen, stopfte sie in die Box, sprang auf, warf die Box wieder zurück ins Regal und hechtete in ihr Versteck.

Genau in dem Moment, als Sascha hinter den Säcken verschwunden war, tauchte ein Kopf in der Tür auf und schaute in den Schuppen.

„Die Luft ist rein. Komm."

„Ich glaube, ich bleibe lieber draußen und schiebe Wache."

„Wenn du meinst …"

Sascha nickte. Sie hatte es geahnt. Von Anfang an hatte sie es geahnt, dass es wenigstens eine von beiden sein müsste. Aber dass sie die Sache tatsächlich gemeinsam durchgezogen hatten, erstaunte sie doch ein wenig. Celina ging langsam auf das Regal zu.

„Beeil dich, ja?", flüsterte Sophie ängstlich von draußen.

„Ach, halt doch den Schnabel, du alberne Gans", murmelte Celina so leise, dass wohl nur Sascha ihre Antwort gehört hatte.

Nun stand sie vor dem Regal. Vorsichtshalber sah sie sich noch einmal in dem Schuppen um, dann griff sie zu – und nahm eine Jacke in die Hand, die an dem Pfosten des Regals gehangen hatte. Sascha war sofort hellwach. Sie kannte diese Jacke, sie gehörte Leo.

„So, Schnucki, schaun wir doch mal, was passiert", murmelte Celina weiter, während sie ihre Hand in die fremde Jackentasche steckte. Dann nahm sie die Hand wieder heraus und hängte die Jacke zurück an ihren alten Platz. Sascha beugte sich so weit vor, wie es nur irgend möglich war. Sie wollte wissen, ob Celina etwas in der Hand hielt, und wenn ja, was es war. Allerdings musste sie auch aufpassen, dass sie nicht entdeckt wurde.

Vorsichtig trat Celina wieder den Rückweg an.

Was war das jetzt? War Celina gar nicht in den Schuppen gekommen, um die Fotos von Lena zu holen? Aber warum war sie dann hier? Um Leo zu bestehlen? Merkwürdig. Auf wen würde Sascha jetzt noch warten müssen, wenn Celina und Sophie gar nichts mit den Bildern zu tun hatten?

„Achtung! Sie kommt direkt hier rüber!", rief Sophie auf einmal und trat eilig in den Schuppen.

„Los, verstecken!", befahl Celina und zog Sophie mit sich. Gemeinsam verschwanden sie hinter ein paar alten Regalbrettern, die mit einem so großen Abstand an der Wand lehnten, dass die beiden Mädchen sich dahinterquetschen konnten.

Wie irre ist das denn hier?, ging es Sascha durch den Kopf. Immerhin waren jetzt drei Mädchen in diesem Schuppen versteckt. Hoffentlich ruinierten Celina und Sophie nicht ihren klugen Plan. Wenn die zwei bloß nicht die Diebin verscheuchten, bevor alles klar war!

Ein paar Schritte von draußen waren zu hören. An der Schuppentür machten sie halt. *Sie*, die Sophie warnend angekündigt hatte, war da!

„Hallo?“, ertönte eine vertraute Stimme.

O nein, bitte nicht.

„Hallo, ist hier jemand?“

13

Sascha traute ihren Ohren nicht. *Bitte nicht du!* Ganz vorsichtig schaute sie um die Ecke und erblickte Marianne, die in der Tür stand und sich aufmerksam im Schuppen umsah.

„Sascha?“

Schnell duckte sich Sascha ganz tief herunter und gab keinen Mucks von sich. Hatte Marianne sie entdeckt? Oder wollte sie einfach nur austesten, ob Sascha hier war?

Wieder waren ein paar Schritte zu hören.

Sascha wagte nicht, erneut aufzusehen. Alles, was sie jetzt noch halbwegs im Blick hatte, war das Regal. Voller Spannung starrte sie auf die Box. Jeden Moment konnte es passieren, dass sich Mariannes Hand nach ihr ausstreckte.

Doch stattdessen hörte sie plötzlich ein Rascheln und Ächzen, das eindeutig von Celina und Sophie kam. Diese blöden Trampel! Konnten die nicht leise sein? Mist, die verdarben doch alles!

„Die Luft ist rein", flüsterte Celina, „wir können gehen."

„Ist sie weg?", fragte Sophie kaum hörbar.

„Ja!" Celina hatte dieses Wort derart laut ausgesprochen, dass Sascha heftig zusammenzuckte. Doch auch Sophie schien sich so sehr erschrocken zu haben, dass sie beinahe die ganzen Bretter neben sich umgestoßen hätte.

Lachend verließ Celina den Schuppen, gefolgt von ihrer Freundin – oder was auch immer Sophie für sie war.

Sascha atmete ein paar Mal tief durch. Drei Mädchen waren hier gewesen, und alle drei waren wieder verschwunden, ohne auch nur ansatzweise nach der Box gegriffen zu haben. War das hier eigentlich so üblich, dass ihre Klassenkameradinnen den Schuppen öfter mal aufsuchten?

Okay, Celina und Sophie waren hier wegen Leos Jacke. Was hatte Celina nur aus der Tasche herausgenommen? Und wie kam sie überhaupt dazu?! Und Marianne? Aus welchem Grund war sie hier gewesen?

Wie spät war es eigentlich? Mal schauen, was das Handydisplay anzeigte. Sascha griff in ihre Hosentasche und erschrak. Wo war ihr Handy? Doch dann fiel es ihr wieder ein: an der Steckdose. Sie hatte vorhin, als sie die Jacke geholt hatte, ganz vergessen, das Teil vom Ladegerät zu nehmen und einzustecken. Na toll. Aber wenigstens hatte sie ihre Armbanduhr um. Also, fast eine halbe Stunde war sie jetzt hier in dem Schuppen. Sollte sie noch länger warten?

Ächzend erhob sich Sascha. Während sie weiter nachdachte, was sie jetzt tun würde, musste sie wenigstens einmal ganz kurz ihre Beine ausstrecken. Eine Weile stand sie unschlüssig zwischen den Säcken mit Blumenerde und der Schuppenwand. Schon wollte sie den Rückweg antreten, doch plötzlich spitzte sie die Ohren. Waren dort draußen nicht schon wieder Schritte zu hören? Diesmal waren sie so vorsichtig und leise gewesen, dass man sie kaum wahrnehmen konnte.

Hastig ging Sascha wieder in Deckung. Gerade rechtzeitig, denn im nächsten Moment tauchte eine Gestalt in der Tür auf. Sie trug eine dicke Jacke, einen Schal, den sie bis über die Nase nach oben gezogen hatte, und eine Wollmütze auf dem Kopf, unter der nicht eine Haarsträhne hervorlugte. Alles klar, das war jetzt der Ernstfall!

Wer bist du? Zieh doch den Schal runter, damit ich dich erkennen kann, sprach Sascha in Gedanken die Unbekannte an. Doch den Gefallen, sich zu erkennen zu geben, tat sie ihr nicht. Vor dem Regal blieb sie stehen und sah noch einmal zur Tür hin. Ja, genauso hatte sie sich verhalten, als sie gestern vor dem Postregal hockte, um das Päckchen für Paul an sich zu nehmen. Dann hob sie ihren Arm und ergriff zielgerichtet die Box mit den Fotos. Sascha jagte ein eiskalter Schauer über den Rücken. *Ich hab dich!* Die Unbekannte öffnete den Deckel der Box und langte hinein.

Das war der Moment! Sascha schoss hoch und rief so laut und furchtlos wie möglich: „Du sitzt in der Falle! Los, zeig dich!“

Eine kurze Schrecksekunde verging. Weit aufgerissene Augen starrten Sascha entsetzt an. Dann ließ die Unbekannte die Fotos samt Behälter zu Boden fallen, drehte sich geschwind um und rannte aus dem Schuppen.

„Kacke!“, murmelte Sascha halblaut, als sie hinterherlaufen wollte, doch zuerst über die verpackte Blumenerde klettern musste. Zu allem Überfluss blieb sie auch noch mit ihrer Schuhspitze an einem eingerissenen Plastiksack hängen. Glücklicherweise fing sie sich sofort wieder und rannte so schnell sie konnte ins Freie.

Da vorne lief die vermummte Gestalt! Sascha gab alles. Die Unbekannte durfte nicht entkommen. Sascha musste einfach dringend wissen, wer sie war, sonst war alles vergebens gewesen.

„Bleib stehen! Ich kriege dich sowieso“, rief Sascha, so laut sie konnte. Hoffentlich verfolgte sie nicht gerade die durchtrainierte Marianne – da hätte sie keine Chance.

„Paul!“ Hatte Paul nicht gesagt, dass er zu ihrem Schutz in der Nähe des Schuppens bleiben würde?

„Hier! Ich folge euch!“, hörte Sascha seine Stimme aus einer offenbar etwas größeren Distanz. Aber gut, er war da und er kam hinterher. Das war alles, was sie im Moment wissen musste. Ohne sich noch einmal umzudrehen jagte sie der Flüchtenden weiter hinterher. Die wiederum schien Pauls Ruf ebenfalls vernommen zu haben und schlug einen Haken. Anstatt um das Internat herumzurennen, lief sie nun die Auffahrt hinunter, die vom Internat auf die in einiger Entfernung gelegene Bundesstraße führte. Dieser gut ausgebaute Weg verlief in einer leichten Kurve durch den Wald, sodass Sascha auf keinen Fall langsamer werden durfte, um das Mädchen nicht aus den Augen zu verlieren.

Es dauerte nicht lange, und Sascha wurde von fiesen

Seitenstichen geplagt, die sie jedes Mal beim Laufen bekam. So gut es ging, presste sie ihre Hand auf die schmerzende Stelle und versuchte, den Abstand nicht größer werden zu lassen. Aber auch die Vermummte vor ihr schien leichte Konditionsschwierigkeiten zu haben. Hektisch schaute sie sich um und registrierte offenbar sofort, dass Sascha allmählich näher kam. Aus lauter Verzweiflung schien ihr nur noch ein Ausweg einzufallen. Sie bog scharf nach rechts, schlug sich durch ein Gebüsch und rannte in den Wald.

„Bist du bescheuert?", brüllte Sascha, so laut sie konnte. „Nicht in den Wald!"

Abrupt blieb Sascha stehen. Schwer atmend schaute sie der Flüchtenden hinterher, wie sie mit jedem Schritt tiefer in das Gelände hineinlief, in dem sich Tiere herumtrieben, denen Sascha trotz Mariannes Fürsprache nicht wirklich gern über den Weg laufen wollte. *Was soll ich nur tun?*

„Bleib stehen!!" Hastig schaute sie über die Schulter. Wo blieb Paul? *Oh, diese dumme Nuss!*

Sascha war sich in diesem Moment selber nicht ganz klar, ob sie mit der dummen Nuss sich selbst, Paul oder die andere meinte. Gleichwohl nahm sie Anlauf, sprang, so gut es ging, ebenfalls durch das Gebüsch und nahm die Verfolgung wieder auf. Hieß es nicht in den offiziellen Verhaltensregeln, dass die Schüler den Wald nicht alleine betreten sollten? Na bitte, und dass genau das passierte, dafür sorgte sie jetzt. Aber noch viel, viel wichtiger als alle Vorschriften der Lehrer war im Moment, dass sie die da vorne nicht entwischen lassen durfte.

„Au! Aaaaah, Shit!“ Paul hatte sich noch einigermaßen abfangen können, sodass er wenigstens nicht hingefallen war. Trotzdem war der stechende Schmerz einfach superheftig. Gerade eben hatte er hinter der Hausecke gestanden und von dort aus gesehen, wie irgendjemand aus dem Schuppen lief und von Sascha verfolgt wurde. Sofort war er hellwach gewesen und hatte ihr zugerufen, dass er hinter ihr herlaufen würde. Aber nach nur ein paar Schritten war er auf diese Baumwurzel getreten und umgeknickt. Der nächste Versuch mit dem Fuß wieder aufzutreten, endete mit diesem unschönen Fluch.

Auf einem Bein stehend und das andere so angewinkelt, dass es entlastet war, schaute Paul auf. Die Flüchtende und ihre Verfolgerin waren für ihn schon fast außer Sichtweite.

„Sascha! He, Saaaaascha!“

Keine Reaktion. Dann waren die zwei auch schon hinter einer Biegung verschwunden.

„Na, super!“, murrte er.

Noch einmal versuchte er, einen vorsichtigen Schritt zu machen, aber schon während er seinen Fuß aufsetzte, gab er auf. Eine Mischung aus Zorn und Frust brodelte in ihm. Ausgerechnet jetzt musste das passieren! Erwartungsvoll blickte er noch einmal zu der Auffahrt hinüber. Wenn doch nur Sascha auftauchen würde – natürlich mit der Übeltäterin am Schlafittchen! Aber so sehr er auch angestrengt schaute, nichts regte sich.

Mit einem Seufzer beugte er sich zu seinem Fuß hinunter und schob die Socke über den Knöchel. Irgendwie war das Gelenk angeschwollen und ein dezenter Blaustich war auch zu erkennen.

„Kann ich dir helfen?", fragte eine freundliche Stimme.

„Was?" Paul schaute überrascht auf. „Na ja, ich habe mir den Knöchel verstaucht, glaube ich."

„Der sieht ja gar nicht gut aus."

„Halb so wild. – Ähm, du bist der neue Lehrling von Herrn Petz, stimmt's?"

„Ja, ich heiße Leandro."

„Ich bin Paul." Mit einem Blick, der ein wenig herausfordernd sein sollte, sah er den Gärtnerlehrling an. „Saschas Freund." Natürlich hätte er auch sagen können, er sei Saschas Kumpel. Oder ihr Klassenkamerad. Er hätte Saschas Namen auch gar nicht erwähnen müssen. Aber er wollte ihn erwähnen. Warum? Darüber würde er sich vielleicht später noch Gedanken machen. Oder auch nicht.

„Hi Paul. Ich glaube, ich bring dich erst mal in euer Erste-Hilfe-Zimmer."

„Nee, nee, geht schon. Ich bleibe hier. Ich muss noch was erledigen."

„Das sieht aber nicht so aus, als könntest du noch groß etwas erledigen mit dem Fuß."

Natürlich hatte Leandro recht. Und genau das war gerade Pauls Problem. Während Sascha auf Verfolgungsjagd war, konnte er nun nichts weiter tun, als hier herumzustehen und zu warten – und innig zu hoffen, dass sie nicht auf die dumme Idee kam, in den Wald hineinzulaufen.

„Kennst du dich auch ein bisschen mit Tieren aus?", fragte Paul unvermittelt.

„Meinst du Schädlinge und Insekten?"

„Nein. Ich meine Wölfe."

Leandro schaute den Jungen überrascht an. „Wölfe?"

„Ja. Weißt du, ob sie tagsüber schlafen?"

„Soweit ich weiß, sind Wölfe eher tagaktiv. Warum fragst du?"

Paul zögerte. Doch dann nahm er sein Handy und wählte Saschas Nummer. Es tutete, aber sie ging nicht ran. Hm, und nun? In ihm kämpften gerade zwei Seelen. Die eine wollte unbedingt, dass jemand Sascha hinterherlief, um aufzupassen, dass ihr nichts passierte. Natürlich nicht *nur* wegen der Wölfe. Schließlich konnte im Wald ja alles Mögliche passieren. Andererseits musste der Aufpasser aber nicht schon wieder dieser Schönling sein ... bei dem man sich nur fragen konnte, warum der Gärtner lernte und nicht Kinoheld. Aber wen sollte er denn jetzt sonst fragen?

Schließlich gab sich Paul einen Ruck: „Sascha ist dort entlanggelaufen. Ich weiß ja nicht, ob du schon davon gehört hast, dass es hier im Wald Wölfe geben soll. Ich meine ... es wäre vielleicht nicht so toll, wenn sie so einem wilden Tier begegnen würde." Bei dem Stichwort „wildes Tier" schoss Paul der Gedanke durch den Kopf, dass ja auch gar nicht klar war, wen Sascha da gerade verfolgte und wie die Verfolgte reagieren würde. „Meinst du, wir beide könnten mal nach ihr sehen?"

„Ich mach das schon. Aber erst bringe ich dich rein, damit sich jemand deinen Knöchel anschaut. Kannst du gehen oder soll ich dich tragen?"

„Tragen?!" Paul traute seinen Ohren nicht. Und wenn er auf allen Vieren krabbelte – er würde sich bestimmt nicht tragen lassen.

„Dann stütz dich wenigstens auf meiner Schulter auf."

Mit einiger Überwindung legte Paul schließlich seine Hand auf die für seinen Geschmack viel zu breite Schulter von diesem Kerl. Gemeinsam schlugen die beiden den Weg zum Internat ein.

Hm, ob er sich nicht doch ein wenig mehr von Leandro helfen lassen sollte? Das Herumhumpeln dauerte Paul entschieden zu lange!

Siedend heiß fiel es der Sekretärin von Frau Hasser wieder ein! Sie sollte ihrer Chefin ausrichten, dass sie diesen Herrn Schubert zurückrufen sollte. Das hatte sie ganz vergessen. Nun war er schon wieder am Telefon und verlangte dieses Mal die Handynummer der Rektorin.

Mit dem Hinweis, dass Frau Hasser sich ungerne bei ihrer Mittagspause stören ließ, gab sie aufgrund ihres schlechten Gewissens die Nummer schließlich weiter. Nur eine Minute später klingelte im Speisesaal am Lehrertisch das Mobiltelefon.

„Hasser."

„Frau Hasser, hier ist Schubert, Schulbustransfer Service GmbH. Ich rufe Sie an wegen dieser beiden … ähm … jungen Kerle, die ich zum Bahnhof fahren sollte."

„Was ist mit ihnen?"

„Sie sind weg."

„Sie meinen, sie haben den Zug nach Hause bestiegen?"

„Nein, Frau Hasser, deswegen hätte ich Sie nicht angerufen. Ich meine, sie sind weggelaufen."

„Weggelaufen?" Am Tisch der Rektorin wurde es schlagartig ruhig. Die anwesenden Lehrer gaben sich keinerlei Mühe zu verbergen, dass sie dem Telefonat lauschten. Oder zumindest dem, was sie aus Frau Hassers Kommentaren entnehmen konnten.

„Ja. Es war so: Als ich vorhin losgefahren bin, schien auf den ersten paar Hundert Metern noch alles okay zu sein. Na ja, mal abgesehen davon, dass sie sofort Bierdosen aus ihren Taschen zogen und „Abschied feiern" wollten. Aber auf einmal meinten die beiden, ich solle jetzt anhalten, sie wollten hier aussteigen. Natürlich habe ich das nicht getan. Ich konnte die doch nicht einfach mitten auf der Strecke rauslassen. Als die Kerle merkten, dass ich ihrem Befehl – wirklich, die haben es vorgetragen wie einen Befehl – nicht nachkommen wollte, haben sie angefangen, wie zwei Wildgewordene zu randalieren. Sie haben gebrüllt, dass ich sofort anhalten soll und dass sie die Fensterscheiben eintreten würden, wenn ich nicht stehen bliebe. Das haben sie dann auch tatsächlich versucht. Da hat es mir gereicht. Ich habe ihnen gesagt, ich würde die Polizei anrufen. Das hat sie aber nur noch wütender gemacht. Also habe ich doch angehalten und die Tür geöffnet. Ich hatte Angst, sie würden mir den Bus zerlegen. Spätestens nachdem eine offene Bierdose nach vorne geflogen kam und gegen die Windschutzscheibe knallte, da wusste ich, dass es viel zu gefährlich gewesen wäre, einfach weiterzufahren."

„Und nachdem Sie angehalten und die Türen geöffnet hatten, haben die beiden den Bus verlassen?"

„Ja."

„Auf welcher Höhe war das? Schon in der Stadt?"

„Nein, wir waren noch auf der B 303."

Frau Hasser schaute auf ihre Uhr und rechnete kurz

nach. „Das war dann ungefähr vor einer Viertelstunde, zwanzig Minuten, ist das richtig?"

„Ja, so in etwa."

„Warum haben Sie mich nicht gleich angerufen?"

„Ich *habe* gleich angerufen. Ihre Sekretärin hatte auch versprochen, dass Sie sofort zurückrufen würden. Natürlich haben Sie viel zu tun, und wahrscheinlich hätte ich auch gleich sagen sollen, dass es sich bei meinem Anruf um etwas Dringendes handelt. Aber nun habe ich einfach noch einmal angerufen und mir gleich Ihre Handynummer geben lassen."

„Das war absolut richtig so", entgegnete die Rektorin. Mit ihrer Sekretärin sollte sie nachher noch ein ernstes Wörtchen reden, aber erst einmal gab es wichtigere Fragen zu klären. „Wo sind die zwei hingelaufen?"

„In den Wald. In Richtung Internat, würde ich sagen."

„Würden Sie sagen – oder wissen Sie das genau?"

„Ich weiß es genau. Ich habe gehört, wie der eine zu dem anderen gesagt hat, zuerst würden sie das Wichtige erledigen. Das Sahnehäubchen für diesen Tag aber wäre, wenn sie hier beim Internat die Rechnung begleichen könnten, die noch offen ist."

„Das Wichtige? Was haben sie damit gemeint?"

„Keine Ahnung."

„Und Sie haben nicht zufällig gehört, *mit wem* sie diese Rechnung offenhaben?"

Der Busfahrer schluckte. „Doch, das habe ich."

14

Die Vermummte war erstaunlich zäh. Immer wieder, wenn Sascha das Gefühl hatte, dass sie die Flüchtende gleich eingeholt hatte, beschleunigte diese ihr Tempo noch einmal für einen kurzen Moment. So wurde der Abstand wieder größer. Drei-, viermal ging das so.

Mittlerweile waren die beiden Mädchen schon sehr tief in den Wald hineingelaufen, wobei Saschas innere Stimme sie aus irgendeinem rätselhaften Grund unaufhörlich mahnte: *Kehr um!* Aber sie tat es nicht. Dass sie immer wieder bis auf eine Armlänge an die Flüchtende herankam, trieb sie weiter. Sie *musste* einfach wissen, wer die wirkliche Schuldige war. Und dann sollte es jeder in Hohenach erfahren: Sascha Mai war keine Diebin!

Die Seitenstiche waren schon fast quälend geworden. Die kühle, feuchte Herbstluft, die Sascha begierig einzog, schmerzte in ihrer Lunge wie winzig kleine Nadelstiche. Das Geräusch ihres eigenen Ein- und Ausatmens schien ihr dröhnend laut zu sein. Es vermischte sich mit dem eintönigen Rascheln der welken Herbstblätter, über die sie lief, zu einem Klang, der ihr immer unerträglicher wurde.

Ich kann nicht mehr! Dieser Satz wurde beinahe übermächtig in ihren Gedanken. Ihr war klar: Wenn sie die andere jetzt nicht erwischen würde, dann musste sie aufgeben.

Sascha mobilisierte ihre allerletzten Kraftreserven und setzte noch einmal zu einem Sprint an. Und tatsächlich holte sie jetzt drastisch auf. Während sie noch einmal alles gab, schienen bei der anderen die Kräfte zu schwinden. Gleich – gleich war sie an der Unbekannten dran. Sie streckte die Hand aus. Nur noch ein paar Zentimeter, dann konnte sie die Kapuze der Flüchtenden packen. Dann war alles klar.

Sascha spürte den kalten glatten Stoff an ihren Fingerkuppen. *Yes!*, jubelte sie innerlich. Doch dann geschah das völlig Unerwartete. Die Verfolgte blieb plötzlich wie angewurzelt stehen und Sascha prallte ihr mit voller Wucht in den Rücken. Gemeinsam stürzten beide zu Boden.

Noch bevor Sascha halbwegs begriff, was da gerade passiert war, spürte sie schon, wie ihr die Unbekannte eine Hand auf den Mund presste. Saschas erster Impuls war, die Hand von ihrem Mund zu zerren. Vom Laufen war sie noch so atemlos, dass sie das Gefühl hatte, ersticken zu müssen, wenn sie nicht genug Sauerstoff bekam. Blitzschnell hatte sie bereits das Handgelenk umfasst, als sie registrierte, dass die andere sich geduckt auf dem Boden hielt und angestrengt auf etwas starrte. Vorsichtig nahm Sascha die Hand weg, drehte ihren Kopf zur Seite und erstarrte.

Da war er wieder – der fremde Mann! Er stand ungefähr zwanzig Meter von ihnen entfernt auf einer Waldlichtung. Normalerweise hätte sein Anblick nicht unbedingt dazu führen müssen, dass ihre Verfolgungsjagd so abrupt endete. Aber es gab da eine Kleinigkeit, die sie sehr irritierte, und zwar so sehr, dass sie jetzt ruhig liegen blieben: Der Mann hielt eine Pistole in der Hand! Gerade hatte er sie noch so betrachtet, als würde er ihre Funktionsfähigkeit

prüfen. Nun schaute er erschrocken auf, steckte die Schusswaffe eilig weg und reckte den Hals. Vermutlich hatte er das Rascheln der Blätter und den dumpfen Plumps beim Hinfallen gehört. Aber hatte er die Mädchen auch gesehen?

Glücklicherweise lagen sie in einer kleinen Senke direkt hinter einem Strauch, der hoffentlich noch genügend Blätter trug, um sie einigermaßen verbergen zu können. Dennoch duckten sie sich so tief, dass sie den Typen gerade noch im Blick behielten. Zaghaft ging er ein, zwei Schritte in ihre Richtung.

„Hallo?", rief er.

Ein Eichelhäher flog aufgeschreckt aus einer Baumkrone und schrie laut und krächzend auf, während ein Eichhörnchen über die Lichtung huschte und sich einen Baumstamm hochflüchtete. Der Mann zuckte leicht mit den Schultern und wandte sich wieder ab. Offenbar schrieb er die verdächtigen Geräusche und Bewegungen den Waldbewohnern zu. Unruhig sah er sich um und schaute auf seine Armbanduhr.

Ein Mann mit einer Pistole im Wald, der nervös auf etwas zu warten schien – Sascha hatte ein ganz mieses Gefühl. Zwar gab es auch Polizisten in Zivil, die mit einer Waffe durch die Gegend liefen, aber das hier war garantiert keiner. Da konnte sie sich auf ihr Bauchgefühl verlassen. Ob sie versuchen sollte, geräuschlos aufzustehen und den Rückweg anzutreten, falls er ihnen mal ganz den Rücken zuwandte? Aber was war mit dem Mädchen, das neben ihr lag? Würde es die Situation nutzen, um Sascha zu entkommen und unerkannt zu bleiben?

Sascha betrachtete die vermummte Gestalt neben sich. Sie sah auch weiterhin nur deren Augen, aber eine vage Ahnung hatte sie bereits. So unauffällig wie möglich hob sie ihre Hand, um den Schal von dem Gesicht zu ziehen – doch das Klingeln eines Handys ließ sie abrupt innehalten. Instinktiv duckte sie sich wieder und schaute zu dem Mann hinüber. Der zog sein Mobiltelefon aus der Hosentasche und meldete sich.

Leider sprach er so leise, dass Sascha nichts verstand, obwohl sie sich wirklich alle Mühe gab. Hochkonzentriert versuchte sie, die ganzen Nebengeräusche auszublenden und das entfernte Gemurmel zu verstehen. Aber es funktionierte nicht. Dennoch konnte sie zumindest an seinen Gesten erkennen, dass es kein besonders angenehmes Gespräch war. Am Ende steckte der Mann das Telefon eilig wieder ein, befühlte noch einmal die Konturen der gut verborgenen Pistole und ging zügigen Schrittes davon. Genau in die Richtung, in der das Internat lag.

Er war noch nicht ganz außer Sichtweite, als Sascha neben sich ein Geräusch hörte. Das Mädchen neben ihr war aufgesprungen und lief erneut los. So ein Mist, die wollte sich natürlich verdrücken! Sofort stand auch Sascha wieder auf den Beinen und nahm die Verfolgung auf.

Dass die andere nicht in die Richtung laufen würde, in der der unheimliche Mann verschwunden war, war ja nur logisch. Aber der Kurs, den die Unbekannte nun einschlug, war überraschend. Hatte sie wirklich das vor, wonach es aussah?

„Wo genau ist denn euer Erste-Hilfe-Raum?“, wollte Leandro wissen.

„Gleich hier vorne. Am besten ist, ich humpele jetzt alleine weiter und du gehst schon mal zu Frau Hasser und sagst ihr Bescheid, dass ich da drinnen bin. Die wird sich dann um alles kümmern. Äh, weißt du, wer Frau Hasser ist und wie sie aussieht?“

„Ja klar. Sie macht doch immer die Arbeitsverträge mit meinem Chef.“

„Dann entschuldige, dass ich gefragt habe“, gab Paul genervt zurück. Eigentlich hatte der Typ eben nichts Falsches gesagt, aber die ganze Situation war einfach total ätzend. Warum nur war Paul so blöd umgeknickt? Und warum konnte ihm Leandro eigentlich nicht damit helfen, dass er ihm seine Knöchelverstauchung abnahm und Paul dafür wieder rauslaufen konnte zu Sascha? Irgendwie hatte er das Gefühl, dass sie gerade ein wenig Hilfe ganz gut gebrauchen könnte. Und sie retten – das konnte er doch prima! Bestimmt besser als jeder andere.

In einem etwas versöhnlicheren Ton fuhr Paul fort: „Und wirst du dann auch gleich mal schauen, ob du Sascha irgendwo in der Nähe des Internats finden kannst?"

„Versprochen. Ich eile jetzt los zu deiner Rektorin und dann sause ich direkt weiter und suche Sascha. Ehrlich gesagt glaube ich zwar nicht, dass die Wölfe eine ernsthafte Gefahr sind – falls sie nicht sowieso schon längst weitergewandert sind –, aber trotzdem höre ich erst dann auf, nach ihr zu suchen, wenn ich sie gefunden habe. Abgemacht?" Leandro hielt Paul seine Hand hin, damit er sie abklatschen konnte.

„Abgemacht", brummte Paul, allerdings ignorierte er Leandros Hand und drehte sich in die Richtung, in der der Erste-Hilfe-Raum lag. Der Lehrling spurtete die Freitreppe hinauf zum Büro von Frau Hasser, wobei er immer zwei Stufen auf einmal nahm.

Als Paul den Flur entlanghumpelte, bekam er plötzlich ein schlechtes Gewissen. Er hatte Leandro nicht gerade supernett behandelt, weil er diesen Gärtnerlehrling nicht besonders mochte. Eigenartig, dass man manchmal beknackte Sachen machte, obwohl man in derselben Sekunde genau wusste, dass sie beknackt waren.

Sei froh, dass Gott nicht so launisch und so blöd zu dir ist wie du zu anderen, kam es ihm in den Sinn. Paul seufzte. Dann fiel ihm ein: Man konnte auch beten, während man irgendwo entlanghumpelte.

Hey, Gott. Ich weiß, ich bin doof. Ich hätte zu Leandro netter sein müssen. Ich weiß ja, dass du ihn magst, so wie du mich und alle anderen Menschen auch magst. Und mir ist auch klar, dass du es nicht witzig findest, wenn ich zu jeman-

dem, den du magst, nicht freundlich bin. Keine Ahnung, warum ich so mies drauf bin. Vielleicht, weil ich verletzt bin und nicht auf Sascha aufpassen kann. Leandro hat gesagt, er wird stattdessen nach ihr schauen. Ausgerechnet er … Äh, nein, nein, ich beschwere mich nicht. Ist ja toll, dass er geht. Aber bitte, pass ein bisschen auf, damit auch wirklich alles gut geht.

Paul hatte den Erste-Hilfe-Raum erreicht. Er drückte die Klinke hinunter und betrat das Zimmer. Ohne, dass er die Tür wieder hinter sich zumachte, setzte er sich auf eine mit weißem Papier ausgelegte Untersuchungsliege, die an einer Wand stand.

Er hatte noch keine Minute gesessen, als jemand vorbeikam und am Türpfosten stehen blieb. Leandro winkte kurz herein. „Die Sekretärin weiß Bescheid. Frau Hasser kommt gleich zu dir. Ich bin jetzt weg und fange deine Freundin für dich ein."

Noch bevor Paul irgendetwas sagen oder reagieren konnte, war der Lehrling schon wieder verschwunden. Ich fange *deine* Freundin *für dich* ein, hatte er gesagt. Paul lächelte ein wenig verlegen.

„Paul!"

Paul zuckte zusammen. Er hatte gar nicht gemerkt, dass er vor sich hin geträumt hatte. Erst als Frau Hasser plötzlich an der Tür erschienen war und seinen Namen gerufen hatte, wurde ihm bewusst, dass er gedanklich ganz woanders gewesen war.

„Oh, entschuldige, ich wollte dich nicht erschrecken. Meine Sekretärin hat mich eben angerufen und mir Bescheid gesagt, dass du einen verletzten Fuß hast."

„Ach, ich bin einfach nur ganz idiotisch umgeknickt."

Die Rektorin kam näher.

„Ich werde gleich einen Termin für dich bei Doktor Eberberg ausmachen. Sobald Herr Schubert mit seinem Bus wieder hier ist, soll er dich in die Stadt fahren. Es sieht zwar nur nach einer Verstauchung aus, aber es könnte ja auch etwas Schlimmeres sein. Übrigens: Weißt du rein zufällig, wo der Lehrling von unserem Gärtner gerade steckt?"

„Wer?" Pauls Ohren funktionierten sehr gut. Er hatte schon verstanden, nach wem Frau Hasser gefragt hatte. Aber er wusste nicht, was er antworten sollte. Wieso suchte sie Leandro? Und was sollte Paul sagen? Dass der Lehrling gerade losgelaufen war, um zu schauen, ob Sascha vielleicht rein zufällig bei der Verfolgungsjagd, die sie sich mit einer unbekannten Diebin geliefert hat, in den Wald geraten ist und dort möglicherweise Hilfe braucht? Das klang irgendwie ein bisschen zu abgefahren, entschied er spontan.

„Wieso suchen Sie ihn?", parierte Paul mit einer Gegenfrage, nachdem Frau Hasser ihren Satz wiederholt hatte.

„Ich muss ihm etwas sagen, was vielleicht wichtig sein könnte. Na gut. Paul, du wartest bitte hier. Ich schicke gleich jemanden zu dir, damit du nicht alleine bist, bis Herr Schubert kommt. Ich werde in der Zwischenzeit Herrn Petz suchen. Vielleicht kann der mir weiterhelfen."

„Ich glaube, ich muss nicht zum Doktor. Das ist gar nicht so schlimm."

Frau Hasser deutete auf Pauls Fuß, der mittlerweile einen satten Schwarz-Blau-Lila-Farbton aufwies. „Es sieht aber schlimm aus. Keine Widerrede."

Paul seufzte, während Frau Hasser das Zimmer verließ. Hm, hätte er vielleicht doch sagen sollen, wo Leandro steckte? Ja, möglicherweise. Aber genützt hätte ihr das doch auch nichts. Wenn der Kerl gerade da draußen durch die Gegend flitzte, konnte sie ihm auch nicht sagen, was sie so wichtig fand. Da konnte Herr Petz sicherlich besser weiterhelfen. Der hatte bestimmt die Handynummer von seinem Lehrling.

Die Handynummer! O Mann, so was Dummes! Warum war er nicht auf die Idee gekommen, mit Leandro die Nummern auszutauschen? Nun konnte ihn der Typ gar nicht anrufen, falls es etwas Wichtiges mitzuteilen gab. Oder falls er seinen Rat brauchte. Oder was auch immer.

„Hallo Paulchen!", riss ihn erneut eine Stimme aus seinen Gedanken. „Ich habe mich freiwillig zum Patienten-Aufpassdienst gemeldet. Jetzt bist du platt, was?"

„Ja", stöhnte er. „Total."

„Darf ich mal deine Verletzung sehen?"

„Nee, lass mal."

„Darf ich mich wenigstens zu dir auf die Liege setzen?"

„Nein. Lieber nicht. Ich bin hochgradig ansteckend."

„Weißt du was? Ich finde, du hast einen super Humor. Der gefällt mir irre gut." Schwungvoll setzte sich Celina mit einem strahlenden Lächeln neben Paul und rutschte noch ein Stück näher an ihn heran.

Sascha konnte es kaum fassen. Die andere lief geradewegs auf einen Hochsitz für Jäger zu, der am anderen Ende der Lichtung stand. Dieses Gebilde hatte entfernte Ähnlichkeit mit einem ganz kleinen Häuschen. Allerdings waren die vier Wände dieses „Häuschens“ nur halbhoch und reichten gerade mal bis über den Bauch und es stand auf Stelzen. Auf *hohen* Stelzen! Sollte das Mädchen tatsächlich vorhaben, die Leiter hochzuklettern, die zu diesem Jagdsitz hinaufführte, dann würde sie unweigerlich in einer Sackgasse landen, aus der sie nicht wieder herauskäme – zumindest nicht unerkannt. Dafür würde Sascha schon sorgen.

Mit klopfendem Herzen sah Sascha, wie die Verfolgte auf die hölzerne Leiter zurannte.

Warum tut sie das?, fragte sich Sascha.

Doch schon in diesem Augenblick hatte das Mädchen die Leiter erreicht. Einen winzigen Moment zögerte es, dann ergriff es eilig die Sprossen und kletterte nach oben.

Sascha erreichte die Leiter nur ein paar Augenblicke später und schaltete erst einmal einen Gang herunter. Super, jetzt war die Falle zugeschnappt. Nun konnte sie das Hinterherklettern ein wenig gemütlicher angehen – dachte sie zumindest. Doch gerade als Sascha die erste Sprosse erklommen hatte, sah sie, wie die andere angestrengt an etwas zog und zerrte.

Schlagartig ging Sascha ein Licht auf. Eine Tür! Es musste so etwas wie eine Tür geben, die die Unbekannte zu schließen versuchte, um ihre Verfolgerin auszusperren. So schnell, wie es ihr irgend möglich war, hastete sie knarzende Stiege hinauf. Sie musste auf jeden Fall dort oben angelangt sein, bevor ihr direkt vor der Nase eine Tür zugeschlagen oder ähnliche Hindernisse in den Weg gelegt werden konnten. Sascha hob den Kopf und starrte angestrengt auf ihr Ziel. Noch drei Sprossen, noch zwei, noch eine … Mit einem kleinen Triumphschrei sprang sie von der letzten Sprosse direkt durch den Einstieg auf die Plattform des Hochsitzes.

Kraftlos und erschöpft ließ die andere die Tür los, die sie eben noch mit aller Kraft zu schließen versucht hatte. Viel zu spät erst hatte sie bemerkt, dass ein faustgroßer, keilförmiger Stein so unter die Türkante geschoben worden war, dass diese dadurch blockiert wurde. Schwer atmend ließ sie sich in einer Ecke auf den Boden sinken.

Behutsam setzte sich Sascha neben das Mädchen. „Du solltest den Schal von deinem Mund abnehmen, dann kriegst du besser Luft.“

Die Vermummte schaute Sascha an. Ihr schien durchaus klar zu sein, dass Sascha nicht in erster Linie darum besorgt war, dass sie besser Luft bekam. Nun war es wohl so weit. Zeit, sich zu erkennen zu geben.

15

Langsam griff die Vermummte nach ihrer Mütze. Während sie sie abnahm, sah Sascha, wie die langen blonden Haare dem Mädchen über die Schultern fielen. Dann zog sie ebenso bedächtig den Schal von ihrem Gesicht.

Sascha sah in das Gesicht ihrer Klassenkameradin und

nickte. „Ich habe geahnt, dass du es warst. Willst du auch wissen, warum?“

„Weiß nicht … Doch, ja.“

„Vorgestern sind von *zwei* Mädchen Bilder gestohlen worden, aber ich habe in dem Schuppen nur die Bilder von Lena gefunden. Wieso? Wahrscheinlich, weil dir deine Bilder zu wertvoll waren, um sie einfach in dem unbewachten, feuchten Geräteschuppen zu verstecken, stimmt's?“

Femke blickte zu Boden.

„Warum hast du das gemacht?“

„Das geht dich nichts an.“

Bis zu diesem Moment war Sascha noch so geschafft gewesen von der Verfolgungsjagd und der Furcht, die sie beim Anblick dieses geheimnisvollen Fremden verspürt hatte, dass sie ganz ruhig gewesen war. Aber jetzt, hier auf dem sicheren Hochsitz, schienen alle Dämme zu brechen. Eine unbändige Mischung aus Zorn, Enttäuschung und Empörung machte sich in Sascha breit.

„Was??! Sag mal, hast du sie noch alle?! Wen geht das wohl mehr an als mich, wenn du Fotos und Geld klaust und alles dafür tust, dass jeder denkt, ich wäre der Dieb? Und diese Aktion, Pauls Päckchen zu stehlen und den für dich wertlosen Kram schließlich auf meinem Bett abzuladen – das ist ja wohl der Gipfel! Was bist du eigentlich für ein hinterlistiges Biest? Hat es dir nicht gereicht, Lenas Bilder und ihr Geld zu nehmen? Musstest du unbedingt mich auch noch fertigmachen, indem du den Verdacht auf mich lenkst? Hast du eigentlich nur mal einen winzigen Moment daran gedacht, wie scheiße das ist, wenn einen keiner mehr mag, obwohl man unschuldig ist?“

„Halt die Klappe!“, schrie Femke voller Verzweiflung zurück.

Sascha verstummte erschrocken. Der heftige Ausbruch kam so plötzlich, dass er ihr jeglichen Wind aus den Segeln nahm. Einen kurzen Moment lang sprach keins der beiden Mädchen ein Wort. Dann begann Femke, mit leiser Stimme zu reden.

„Doch, ich weiß, wie scheiße das ist, wenn einen keiner mehr mag. Das kannst du mir glauben. Ich habe Lenas glückliche Familiengeschichten nicht mehr ertragen. Und ich habe auch ihre Bilder nicht mehr ertragen. Deswegen habe ich sie von der Pinnwand abgemacht. Ich wollte sie nicht stehlen, ich wollte sie nur nicht mehr jeden Tag sehen müssen.“

„Hättest du mit Lena nicht darüber reden können?“

„Ich habe es versucht. Aber sie hat nur gesagt, sie nimmt sie nicht ab. Ich hätte meine Familienbilder schließlich auch an meiner Pinnwand.“

„Da hat sie recht.“

„Hat sie nicht! Das ist nicht das Gleiche!“, schluchzte Femke, bedeckte mit ihren Händen das Gesicht und weinte.

Sascha fühlte sich völlig hilflos. Normalerweise hätte sie einer weinenden Klassenkameradin den Arm um die Schultern gelegt und versucht, sie zu trösten. Aber in diesem Fall war das alles anders. Hier ging es nicht nur darum, dass es etwas oder jemanden gab, der Femke offensichtlich verletzt hatte. Immerhin hatte auch sie Sascha unrecht getan.

„Das mit Lenas Bildern kann ich ja vielleicht noch

verstehen. Aber auch noch ihr Geld wegzunehmen, das ist doch richtig echter Diebstahl! Warum hast du das gemacht? Und was war mit Pauls Päckchen? Und warum sollte ausgerechnet *ich* der Buhmann für all das sein?“

Es dauerte eine Weile, bis Femke sich wieder beruhigt hatte und ihr Atem einigermaßen gleichmäßig klang. Dann zog sie die Nase hoch und fuhr zaghaft fort:

„Meine Eltern sind geschieden. Seit zwei Jahren schon. Ich habe das niemandem erzählt, weil ich mir ganz sicher war, dass sie wieder zusammenkommen werden. In diesen zwei Jahren habe ich mir total viel Mühe gegeben, die beste Tochter aller Zeiten zu sein. Ich dachte, wenn ich ganz lieb bin, bekommen sie noch mal Lust darauf, dass wir wieder alle eine Familie sein können. Dann hat mein Vater eine neue Frau kennengelernt und meine Mutter ein paar Wochen später einen neuen Mann. Nicht so schlimm, dachte ich mir, die verjage ich schon irgendwie. Dann hat mir mein Vater erzählt, dass seine neue Freundin ein Kind bekommt. Aber ich war mir ganz sicher, das würde nicht schlimm sein. Ich meine, es gibt doch genug Männer, die ihre Freundin trotz eines Kindes verlassen …“

Nur mit allergrößter Mühe konnte sich Sascha verkneifen, einen Kommentar zu dem abzugeben, was sie hier gerade hörte. O ja, wer wusste das besser als sie, dass es Männer gab, die ihre Freundin trotz eines Kindes verließen? Saschas Vater war ja auch so ein Mistkerl!

„Ich habe mir so was von den Kopf zerbrochen, was ich noch alles tun könnte, um meine Eltern wieder zusammenzubringen. Irgendwie hatte ich das Gefühl, wenn sie sich nur noch einmal sehen würden, dann würden sie sich wieder an die schönen Zeiten erinnern. Und dann gibt es bestimmt noch eine Chance, dass sie sich wieder lieb haben. Und welche Zeit ist für so was besser geeignet als die Weihnachtszeit? Deswegen war mein Plan: Wenn ich bei unserem Krippenspiel die Hauptrolle, also die Maria, spiele, dann wären sie quasi *verpflichtet* zu kommen. Und dann würde ich schon einen Weg finden, dass alles wieder gut wird.

Frau Schuster hätte ich auf jeden Fall rumgekriegt, mir die Hauptrolle zu geben. Aber nein, dann kamst du und musstest ja unbedingt vorschlagen, dass wir die Rolle aus losen sollten. Und prompt hat Romy die gekriegt. Ich war so sauer auf dich! Schließlich hatte ich vorgestern kurz vor dem Abendessen auch noch diesen Anruf. Mein Vater hat Bescheid gesagt, dass er wahrscheinlich nicht zu unserem Krippenspiel kommt. Aber auf jeden Fall werde ich dieses Jahr nicht bei ihm Weihnachten feiern können, weil seine Freundin dieses blöde Kind kriegt und sie als Familie Ruhe brauchen! Sie! Als Familie!“

Sascha schluckte. Ihr fiel wieder ein, wie sie am Sonntag beim Abendessen Femke gefragt hatte, ob sie Geschwister hätte. Femke hatte für einen ganz kurzen Moment gezögert, bevor sie Nein gesagt hatte. Also *noch* hatte sie tatsächlich keine Geschwister. Aber ganz bald würde sie ein Stiefgeschwisterchen haben, über das sie sich wohl nicht besonders freuen würde.

„Ich habe sofort meine Mutter angerufen. Ich wollte mich bei ihr auskotzen. Doch noch bevor ich loslegen kann, erzählt sie mir freudestrahlend, dass ihr Freund ihr einen Heiratsantrag gemacht hat. Die heiraten! Einfach so, ohne dass jemand mal fragt, ob ich das will oder nicht! Aber ich bin ihnen jetzt wohl egal.

Mein Vater braucht mich nicht mehr. Er hat jetzt ein neues Kind. Und meine Mutter ist so ätzend verknallt, dass mir schlecht wird, wenn ich ihr zuhöre. So, und jetzt stell dir vor, wie toll ich Lena und ihre zuckersüßen Familienstorys finde."

„Okay, verstehe."

„Kurz bevor ich das Gespräch mit meiner Mutter beendet hatte, kamst du vorbei und hast mich so angegrinst, dass ich dir am liebsten eine reingehauen hätte. Du warst in dem Moment für mich nicht nur die, die meinen Versöhnungsplan kaputt gemacht hat. Du warst auch die, über die sich alle in der Klasse gefreut haben, weil du noch länger im Internat bleibst. Und ich? Über mich freut sich niemand. Keiner will mich haben. Noch nicht mal meine Eltern!"

Sascha war sprachlos. Der Moment, den sie so sehr genossen hatte, hatte so viel Neid und Frust bei einem anderen Menschen ausgelöst. Irgendwie war das alles nicht fair.

Femke wischte sich mit dem Ende ihres Schals eine Träne aus dem Gesicht. „Ganz wütend bin ich in unseren Klassenraum gerannt. Da war zum Glück keiner und so konnte ich in Ruhe zwei Sachen machen: mich ausheulen und mich umschauen, was ich für meinen Plan, den ich plötzlich hatte, gebrauchen könnte."

„Das Konfetti und den Zettel aus meinem Ordner."

„Genau. Auf diese Weise konnte ich meine blöden Fotos von der Pinnwand abnehmen und Lenas gleich mit und …"

„… und dafür sorgen, dass mich keiner mehr mag. Na super. Aber Lenas Geld …“

„Das Geld? Ich wusste nicht, dass es unter den Bildern versteckt war. Aber als ich es entdeckt hatte, habe ich es behalten. Als Schmerzensgeld dafür, dass sie mich mit ihren tollen Familiengeschichten gequält hat. Außerdem bekommt sie das Geld doch von ihren Eltern wieder ersetzt.“

„Wie bitte? Findest du nicht auch, dass das eine ziemlich dämliche Begründung ist? Es ist nicht dein Geld. Du hättest es niemals nehmen dürfen – egal aus welchem Grund.“

Femke schlug beschämt die Augen nieder und schwieg. Dennoch war ihr deutlich anzusehen, dass sie in ihrem Inneren mit sich rang. Nach einer Weile sagte sie: „Ich habe es noch da. Ich gebe es dir, damit du es Lena wiedergeben kannst.“

„Ausgerechnet ich soll es ihr wiedergeben? Wo sowieso schon alle denken, ich hätte das Geld geklaut? O nein, da musst du jetzt alleine durch. Außerdem hat Lena eine Entschuldigung von dir absolut verdient“, meinte Sascha und fügte in Gedanken hinzu: *Und ich hätte auch eine verdient!*

„Du hast übrigens nicht recht gehabt.“

Sascha zog fragend die Augenbrauen in die Höhe. „Was? Womit habe ich nicht recht gehabt?“

„Du hattest vorhin vermutet, dass du meine Bilder nicht in dem Geräteschuppen gefunden hast, weil sie mir zu wertvoll waren, um sie dort zusammen mit Lenas Fotos zu verstecken. Ich habe meine Bilder gar nicht versteckt. Ich habe sie verbrannt. Im Fahrradschuppen.“

„Wie bitte??! Warum das denn? Auch das von deinem Hund? Wieso?"

„Ja, auch das von meinem Hund. Ich hatte plötzlich das Gefühl, wenn ich sein Bild verbrenne, dann kriege ich das vielleicht auch langsam mal auf die Reihe, dass er schon seit eineinhalb Jahren tot ist. Und aus demselben Grund habe ich gleich noch das Foto mit abgefackelt, wo meine Eltern Arm in Arm und lächelnd drauf sind."

Femkes Stimme klang so finster, dass Sascha ein eiskalter Schauer über den Rücken lief. Überhaupt war das alles hier supergruselig. Da hatte dieses Mädchen, das so wunderhübsch aussah, dass sie von fast jedem anderen Mädchen beneidet wurde, doch tatsächlich das Gefühl, dass sie keiner haben wollte. Offenbar hatte sie über die Trennung ihrer Eltern und den Schmerz, der damit verbunden war, noch nie mit jemandem geredet. Stattdessen hatte sie so getan, als würde sie in einer heilen Welt leben, die es gar nicht mehr gab. Ihr Hund war tot und die Ehe ihrer Eltern auch.

„Was war das für eine Aktion mit Pauls Päckchen?"

Femke zuckte mit den Schultern. „Ich brauchte ein Handy. Mein Vater hat gesagt, ich kriege erst zu Weihnachten eins von ihm. Ich wollte mir Pauls iPhone nur so lange ausborgen, bis ich mein neues Handy bekomme."

„Weißt du, wie ausborgen geht? Man fragt den anderen um Erlaubnis, ob man sich etwas nehmen darf."

„Ja, Miss Neunmalklug, ist schon okay. Ich habe das Päckchen ja nicht behalten. Paul hat seine Bibel zurückbekommen. Ist doch alles gut."

„So? Meinst du? Glaubst du, Frau Hasser sieht das genauso, wenn wir ihr das alles erzählen?"

Erneut fing Femke an zu weinen. Aber dieses Mal klang es wirklich verzweifelt.

O Gott, was soll ich nur tun? Irgendwie tut mir Femke leid. Aber trotzdem bin ich immer noch böse auf sie. Sie hat so viel Mist gebaut. Wenn ich sie jetzt tröste, dann denkt sie vielleicht, das war alles gar nicht so schlimm und es ist schon alles wieder gut.

Sascha war gerade fertig mit ihrem stillen Gebet, als ihr ein Gedanke in den Sinn kam, der sie beinahe umhaute. Es war fast ein bisschen unheimlich. Ihr kam eine Art Antwort in den Sinn, die sie sich garantiert nicht selber ausgedacht hatte. Und darüber hinaus fühlte sich diese Antwort sogar richtig an. War es sehr unbescheiden, daran zu glauben, dass Gott manchmal die eigenen Gedanken als eine Art Nachrichtenübermittlungsdienst benutzen könnte?

Sascha, ich möchte nicht, dass du sie erziehst. Ich möchte, dass du sie lieb hast.

Sascha schluckte. Es kostete sie ganz schön Überwindung, aber dann legte sie Femke zaghaft den Arm um die Schultern.

„Es tut mir so leid, Sascha", schluchzte sie. „Ich hätte das alles nicht machen dürfen. Ich hätte auch dich nicht so in die Pfanne hauen dürfen. Aber ich dachte, das ist alles so egal. Mich mag ja doch keiner. Also kann ich mich auch an allen dafür rächen, dass sie mich nicht mögen."

„Aber das stimmt doch gar nicht. Soweit wie ich das bisher mitbekommen habe, bist du immer zu unglaublich vielen Geburtstagen eingeladen worden. Sogar von Mädchen, die gar nicht in unserer Klasse sind. Garantiert würden die dich nie zu ihrem Geburtstag einladen, wenn sie dich nicht mögen würden. Und dass jeder Junge, der dich sieht, von dir schwärmt, muss ich dir ja wohl nicht sagen."

„Das ist aber auch nicht immer lustig, sag ich dir."

„Also, ich würde diese Art von Bewunderung gerne mal ausprobieren."

Femke deutete ein Kopfschütteln an und schniefte. „Du kommst wohl auch nie an einem Spiegel vorbei, was?" Dann lächelte sie ein winziges bisschen.

In diesem Moment registrierte Sascha etwas sehr Angenehmes: Es fiel ihr zunehmend leichter, Femke zu verzeihen, den Arm auf ihren Schultern liegen zu lassen und ihr freundliche Worte zu sagen.

„Tust du mir einen riesengroßen Gefallen?"

„Welchen?"

„Wenn du das nächste Mal das Gefühl hast, dass dich keiner mag und dass nur bei dir immer alles supermistig läuft, dann komm zu mir, ja? Ich sage dir gerne, dass ich dich mag, weil es stimmt. Und ich kann dir auch noch ganz viel von dem erzählen, was bei mir voll daneben ist. Ich weiß nicht, ob es dich beruhigt, aber ich kann von Eltern, die nicht zusammenleben, auch ein Lied singen."

Nochmals wischte sich Femke mit ihrem Schalende über das tränennasse Gesicht. „Stimmt, ja. Ich kann mich dunkel daran erinnern, dass du damals, als du ganz neu im Internat warst, uns davon erzählt hast. Aber bei dir habe ich nie den Eindruck gehabt, dass das ein Problem für dich ist."

„Den Eindruck hatte ich bis eben bei dir auch nicht."

Das erste Mal lächelte Femke wieder richtig. „Wahrscheinlich sollte man über manche Sachen lieber reden, als dass man sich seine eigenen Gedanken macht, die dann doch falsch sind."

„O ja. Hab ich auch gerade erst gelernt", entgegnete Sascha und dachte an dieses dämliche Missverständnis zwischen ihr und Paul. Plötzlich durchzuckte sie siedendheiß ein Gedanke. Schnell schaute sie auf die Armbanduhr. „Mist, die Mittagspause ist vorbei. Wir müssen zusehen, dass wir hier wegkommen."

Flink war Sascha aufgestanden und an den Ausstieg des Hochsitzes getreten, als sie noch einmal zögerte. „Dieser Typ, der da vorhin im Wald telefoniert hat … kanntest du den?"

„Nein. Aber ich habe ihn schon einmal gesehen, wie er um unser Internat herumgeschlichen ist. Das war irgendwie so eine ganz unheimliche Aktion. Deswegen bin ich vorhin stehen geblieben. Ich wollte nicht, dass der uns sieht."

Sascha nickte und dachte an die Pistole. „Der ist ausgerechnet in die Richtung verschwunden, in die wir jetzt auch gehen müssten. Wollen wir es trotzdem wagen?"

„Na ja, ich denke, wir können hier auch nicht ewig sitzen bleiben", gab Femke zu bedenken und stand ebenfalls auf. „Irgendwann müssen wir zurück ins Internat. Ist wahrscheinlich das Beste, wenn wir das so schnell wie möglich hinter uns bringen. Oder willst du lieber warten, bis es dunkel ist?"

Sascha schüttelte den Kopf mit einem Blick, der deutliches Unbehagen signalisierte.

„Ich auch nicht. Dann also los. Wir müssen eben einfach nur vorsichtig sein."

So richtig mutig klingst du aber auch nicht, hatte Sascha

soeben noch gedacht, als sie plötzlich ein undefinierbares Geräusch hörte. War hier irgendwer in der Nähe? Reflexartig duckte sie sich und sah fragend zu Femke hinüber. Mit einem Mal erklang von unten ein lang gezogenes Aufheulen. Femkes Gesicht wurde plötzlich schneeweiß. Sie ging ebenfalls in Deckung.

Sascha spürte, wie ihr Puls hochschnellte. „Was ist das denn? War das einer der Wölfe?“

Femke schüttelte den Kopf. „Schlimmer. Viel, viel schlimmer.“

„Sei ruhig“, mahnte eine Stimme von unten.

„Sei kein Schisser!“, hörten die Mädchen die Erwiderung. „Die Viecher sind längst abgehauen. Außerdem würden die sich sowieso nicht an mich rantrauen, das sag ich dir aber. Die spüren nämlich sofort, wenn ihnen jemand überlegen ist!“

„O nein“, flüsterte Sascha. „Bitte sag mir, dass das nicht wahr ist. Sind das etwa Ronnie und Thorsten?“

Femke nickte verstört.

„Aber das kann nicht sein! Wir haben doch selber gesehen, wie sie zum Bahnhof gefahren worden sind.“

„Vielleicht haben sie dem Busfahrer ja was angetan“, flüsterte Femke erschrocken.

„Ich meine doch nicht, dass du wegen der Wölfe ruhig sein sollst“, erklärte Thorsten, „sondern wegen dem Typen. Vielleicht ist er ja noch hier in der Nähe. Oder er ist schon wieder zurück.“

„Nie im Leben ist der noch hier oder schon wieder zurück! Wir haben so viel Zeit, wie wir wollen, um die Feinheiten klarzumachen. Der Kerl dackelt jetzt erst einmal zum Internat, weil ich ihm gesagt habe, dass ich mich doch lieber dort mit ihm treffen will. Da wird er leider eine Weile vergeblich auf mich warten müssen. Dann rufe ich ihn noch einmal an und erkläre ihm, es sei etwas dazwischen gekommen, er solle wieder zum Hochsitz zurückkommen."

„Hoffen wir mal, dass der nicht ungeduldig wird oder gar wütend, weil du ihn hin- und herschickst."

„Dann soll er seine verdammte Wut an der Hasser auslassen. Wenn diese Tussi uns nicht mit ihrer Nachhauseschick-Aktion dazwischengekommen wäre, dann hätten wir das Treffen hier ja auch in Ruhe vorbereiten können. Der Kerl soll froh sein, dass wir uns überhaupt mit ihm treffen."

„Hm, du willst doch schließlich auch was von ihm."

„Oooooo ja!"

„Und … ich kriege auch ein bisschen was davon ab?" Thorstens Stimme klang *sehr* vorsichtig fragend.

„Versprochen ist versprochen."

„Prima. Bist 'n echter Kumpel! Und wie ziehen wir das jetzt durch?"

„Pass auf, du gehst da nach oben und schaust, ob alles im grünen Bereich und an Ort und Stelle ist. Wenn ja, rufe ich ihn an, und sobald er kommt, verhandle ich mit ihm."

Sascha schluckte. Ihr war rasend schlecht. „Da nach oben" – damit konnte nur der Hochsitz gemeint sein.

„Je nachdem wie die Sache läuft, greifst du sie dir entweder und kommst mit ihr wieder nach unten oder aber –"

„– ich bleibe oben?"

„Blödmann, du kommst auf jeden Fall runter. Falls er

meint, Schwierigkeiten machen zu müssen, soll er wissen – nein, *spüren* –, dass wir zu zweit sind."

„Wen meint der mit ‚sie'?", flüsterte Sascha verstört zu Femke.

„Alles klar. – He, Ronnie, schau mal. Da vorne! Siehst du das, was ich sehe?"

„Ey Alter, das gibt's doch gar nicht. Na, das nenne ich Glück auf der ganzen Linie. Da nimmt uns dieser Hohlkopf doch glatt ein gutes Stück Weg ab und kommt direkt in unsere Arme gelaufen. Hierher, wo wir uns nun echt keine Sorgen machen müssen, dass uns einer beobachtet, wie wir ihm die Fresse polieren!"

„Möchtest du das gern alleine übernehmen? Dann könnte ich mich schon mal nach oben verziehen und schaue euch vom Logenplatz aus zu."

Ronnies selbstgefälliger Stimme hörte man an, dass er grinste, während er theatralisch ausrief: „Oh ja, was für ein Spaß! Das Publikum wird gebeten, die Plätze einzunehmen!"

Sascha spürte, wie Panik in ihr aufstieg. Erneut flüsterte sie ihrer Klassenkameradin zu: „Wir müssen unbedingt Hilfe holen. Gib mir mal schnell dein Handy. Ich habe meins zu Hause vergessen."

„Ich habe kein Handy."

„Was?" Sascha traute ihren Ohren nicht. Das konnte doch nicht wahr sein! „Hast du deins auch vergessen?"

„Nein, nicht vergessen. Ich habe es nicht mehr. Die haben es jetzt." Mit zitterndem Arm zeigte sie in die Richtung, aus der die Stimmen gekommen waren. „Sascha, bitte mach was. Ich hab solche Angst!"

16

„Soll ich dir mal was ganz, ganz, ganz Umwerfendes erzählen?"

Sofort nachdem Paul ein Stück zur Seite gerutscht war, rutschte Celina ihm hinterher und klebte somit wieder an ihm dran. Noch dreimal konnten sie dieses Spielchen wiederholen, dann hätten sie das Ende der Untersuchungsliege erreicht.

„Wie wäre es, wenn du mir was zu trinken holst?", wich er Celinas Frage aus. Er hatte wirklich gar keine Lust auf ihre Geschichten. Und vielleicht konnte er dieses nervige Mädchen ja auf diese Weise für einen Moment loswerden. „Ich glaube, ich verdurste gleich. Mir ist auch schon ein bisschen schwindlig."

„Als ich auf dem Weg zu dir war, hat mich die dicke Julia abgefangen." Aha. Celina konnte offensichtlich Fragen genauso gut ignorieren wie er. „Stell dir vor: Sie hat mir erzählt, dass sie vorhin im Speisesaal am Lehrertisch vorbeigegangen ist und mitbekommen hat, wie Frau Hasser telefoniert hat. Thorsten und Ronnie sollen weg sein."

„Wurde ja auch Zeit", grummelte Paul, während er möglichst unauffällig erneut von dieser Plaudertasche abrückte.

„Nein, nicht so ‚weg', wie du denkst. Die sind unterwegs aus dem Bus getürmt, der sie zum Bahnhof bringen sollte. Jetzt sind sie auf dem Weg zurück nach Hohenach. Ich glaube, Thorsten hat das nicht auf die Reihe gekriegt, dass er sich nicht mehr richtig von mir verabschieden konnte. Na ja, weißt du, ich hatte ihm einen Abschiedskuss versprochen. Also, dafür würde bestimmt jeder Junge Randale machen und zu mir zurückwollen. Hast du eigentlich schon mal ein Mädchen geküsst?"

Pauls Gesicht wurde aschfahl. „Was?!", stieß er entsetzt hervor.

„Oh, da habe ich wohl einen wunden Punkt bei dir getroffen, was? Und ich hätte fast meine Hand dafür ins Feuer gelegt, dass du und Sascha schon mal … na ja, was nicht ist, kann ja noch werden. Vielleicht auch mit jemand anderem als Sascha." Sie zwinkerte ihm kokett zu.

Sascha! Paul war schlecht. Wenn die beiden Rowdys den Bus unterwegs verlassen hatten, dann konnten sie nur auf zwei Wegen wieder zum Internat gelangen: Entweder gingen sie die Landstraße entlang, auf der sie jeder sehen und womöglich wieder auflesen konnte, oder sie nahmen die Abkürzung durch den Wald. Sie würden Sascha somit direkt über den Weg laufen, wenn sie nicht schon wieder gemeinsam mit Leandro zurück war. Leandro! Frau Hasser hatte vorhin so merkwürdig aufgeregt nach ihm gefragt. Warum? Hatte die Rektorin mitbekommen, dass der Lehrling im Wald nach Sascha suchte? War vielleicht auch er in Gefahr? Was genau hatte man Frau Hasser wohl am Telefon erzählt? In Pauls Fantasie tobten plötzlich die schlimmsten Schreckensszenarien. Ganz aufgewühlt sprang er von der Untersuchungsliege und stöhnte auf. Sein Fuß! So ein Riesenmist!

„Ja, ist ja schon gut. Bleib hier, ich hole dir etwas zu trinken.“ Genervt rutsche Celina von der Liege.

Paul beachtete sie gar nicht weiter und humpelte los. So schnell er irgendwie konnte, lief er auf den Flur und weiter zur Eingangstür des Internates. Einen kurzen Moment lang hatte die Nervensäge ihm noch ratlos hinterhergesehen. Dann hatte sie mit den Schultern gezuckt und war weggegangen.

Als er die Tür erreicht hatte, zog er sie auf und schaute hinaus. Er sah weder Frau Hasser noch Herrn Petz. Hatte sie den Gärtner schon gefunden? Hatte der überhaupt die Handynummer seines Lehrlings? Noch einmal wählte Paul Saschas Nummer.

„Hallo Paul?“

Vor Schreck wäre dem Jungen beinahe das Telefon aus der Hand gefallen. Nicht, weil sich jemand gemeldet hatte, sondern weil es jemand anderes als Sascha war.

„Bist du das, Marianne?“

„Wo ist Sascha?“, riefen beide gleichzeitig aus.

„Du suchst Sascha auch? Warum bist du an ihrem Telefon?“

„Sie hat es hier im Zimmer liegen lassen. Und als ich eben deinen Namen im Display gesehen habe, bin ich einfach rangegangen. Sascha war heute nicht beim Mittagessen und egal, wo ich gesucht habe, ich habe sie bislang nicht finden können. Langsam mache ich mir richtig Sorgen. Ich hatte gehofft, wenigstens du wüsstest, wo sie ist.“

„Eben nicht!“, rief Paul verzweifelt. „Also, zumindest weiß ich es nicht genau. Hör mal, Marianne: Ich brauche jetzt jemanden, der mir hilft. Am besten damit, dass er für mich das Nachdenken übernimmt. Bitte komm sofort runter zum Eingang. Bring Saschas Telefon vorsichtshalber gleich mit. Beeil dich, ja?"

„Bin schon so gut wie da."

Ich habe auch Angst, schoss es Sascha durch den Kopf. Dennoch bewirkte Femkes Appell etwas. Er gab Sascha das eindringliche Gefühl, jetzt unbedingt stark sein zu müssen. Sie schaute noch einmal zu Femke, die sich so tief in eine der Ecken des Hochstandes gedrückt hatte, wie es ihr nur irgend möglich war. Sie war kreidebleich im Gesicht und sah nicht so aus, als würde sie noch irgendetwas zu ihrer Rettung beitragen können.

Sascha zitterte am ganzen Körper. Schnell legte sie sich auf den Bauch und robbte vor bis zum Einstieg in den Hochsitz. Vorsichtig schaute sie hinunter und sah den personifizierten Albtraum in Form von Ronnie und Thorsten dort unten an der Leiter stehen. Thorsten hatte schon eine Hand auf eine Sprosse gelegt.

Schnell ließ Sascha ihren Blick an den Seitenholmen der Leiter entlanggleiten. Wie waren diese am Hochstand befestigt? Falls sie die Leiter wegstoßen – oder noch besser: heraufziehen – könnte, dann wären sie vorerst in Sicherheit. Und so lange konnte es ja auch nicht mehr dauern, bis Hilfe kam. Wo blieb Paul nur?

Sascha wagte es nicht, die Hand nach dem oberen Ende der Leiter auszustrecken, um an ihr zu rütteln. Doch auch ohne diesen Versuch konnte sie erkennen, dass die Leiter fest mit der Plattform verbunden war. Aber wie sonst konnte sie diese Ungeheuer daran hindern, hier hochzukommen?

Plötzlich stutzte sie. Was hatte Ronnie eben gesagt? „Wir müssen uns hier echt keine Sorgen machen, dass uns einer beobachtet, wie wir ihm die Fresse polieren …" War Paul ihr etwa doch gefolgt? Sascha brauchte die Umgebung nicht lange absuchen, bis sie *ihn* entdeckte: Leandro!

O nein! Vor ihrem geistige Augen sah sie die Szene, wie Leo die beiden fiesen Typen eingesperrt hatte. Ganz sicher machten die zwei ihn dafür verantwortlich, dass Frau Hasser von ihren Untaten erfahren hatte und sie jetzt von der Schule geflogen waren. Jetzt würden sie sich dafür rächen, und zwar ohne Rücksicht auf Verluste. Denn zu verlieren hatten die beiden wohl nichts mehr.

Als hätte Ronnie ihre Gedanken gelesen, bückte er sich und hob einen Knüppel auf, der ein paar Schritte entfernt von ihm auf dem Waldboden lag. „Absolut ideal! Damit mache ich mir wenigstens nicht die Hände schmutzig an dieser Niete."

„Okay, dann verziehe ich mich schon mal nach oben." Damit schwang sich Thorsten auf die Leiter.

Sofort schob sich Sascha zurück von der Kante und setzte sich wieder neben die vor Angst völlig erstarrte Femke. Eine Sprosse der Leiter quietschte unter dem Gewicht des Jungen.

Saschas Atem ging stoßweise. Thorsten kam tatsächlich zu ihnen hochgeklettert. Erneut quietschte eine Sprosse. Was würde geschehen, wenn er oben angekommen war? Würde er sie schlagen oder gar hinunterwerfen? Und auch Leandro begab sich gerade in allerhöchste Gefahr, ohne es zu ahnen! Sie konnten ihn nicht einmal warnen, denn sie hatten beide kein Handy dabei. Jeden Moment würde

Thorsten oben sein … Sascha wollte nur noch eins: aus Leibeskräften schreien. Aber das winzige bisschen Verstand, das noch funktionierte, befahl ihr, ruhig zu sein. Stattdessen rückte sie näher an ihre Klassenkameradin heran und legte den Arm um sie. Femke rührte sich noch immer nicht. Es war, als wäre sie hypnotisiert.

Wie im Zeitlupentempo sah Sascha Thorstens braunen Haarschopf an der Einstiegsluke auftauchen. Nur noch eine Sprosse, dann würde er sie entdecken.

„Was macht ihr denn hier?“

Der Haarschopf drehte sich herum zu demjenigen, der da soeben laut gerufen hatte. Es war Leandro! Doch seine Stimme klang längst nicht ganz so fest und siegessicher, wie Sascha es sich gewünscht hätte. Vielleicht hatte er den Knüppel in Ronnies Hand gesehen. Aber warum war er dann nicht weggelaufen? Auf der anderen Seite war Sascha unendlich dankbar, dass Leo hier war. Wenn er sie doch noch einmal so mutig retten könnte, wie er es neulich getan hatte!

Dann klingelte unten auf einmal ein Handy.

Sascha hielt die Luft an. War das jetzt Ronnies Telefon oder das von Leandro? Wenn es Leos Handy war, dann konnte er Hilfe rufen!

„Hör mal, Alter, der Typ hat ein Handy, das noch nicht uns gehört. – Hey, solange es klingelt, lässt du das schön in deiner Tasche, klar?! Wehe, du gehst dran! Wenn es aufgehört hat, darfst du mir dein Gerät übrigens gerne schenken – wenn du weißt, was ich meine.“

Leo, bitte, geh dran, hol Hilfe! Bitte versuch es nicht alleine. Die sind zu fies für dich!, flehte Sascha innerlich.

Wenn sie doch nur herunterschauen könnte. Aber solange Thorsten dort auf der Leiter stand, war das absolut nicht möglich. Im Gegenteil, sie wagte ja kaum zu atmen, damit sie sich und Femke nicht verriet.

„Hallo, Schwachkopf! Hast du keine Ohren? Nimm deine Hand aus der Jackentasche!!“

Dann waren ein heftiges Rascheln und ein dumpfer Schlag zu hören. Leandro schrie kurz auf, sein Handy klingelte weiter, doch jetzt klang es lauter. Offenbar hatte Leo es aus der Tasche gezogen, woraufhin Ronnie es ihm aus

der Hand geschlagen hatte. Und nun klingelte es irgendwo außerhalb der Jackentasche weiter.

„Los, zieh ihm gleich noch mal eins über, damit er sich das merkt!", rief Thorsten von oben.

„Da kannst du Gift drauf nehmen. Komm runter und hau ihm auch eine rein!", rief Ronnie.

„Sofort", entgegnete sein Kumpel. Dann quietschte die nächste Sprosse der Leiter.

Von unten hörte man einen Schmerzenslaut. Hatte Ronnie wieder auf sein Opfer eingeschlagen?

Sascha starrte verzweifelt hinüber zu dem Haarschopf. Doch der bewegte sich nicht etwa nach unten, sondern ganz langsam sah sie, wie Thorstens Stirn auftauchte, dann seine Augenbrauen und schließlich – seine Augen! Er hatte sie entdeckt! Sein komplettes Gesicht ragte nun über die Plattform des Hochsitzes.

„Los, steh wieder auf, du Weichei!", ertönte Ronnies hasserfüllte Stimme von unten. Das Klingeln des Handys erstarb.

„Oh, wen haben wir denn hier?", murmelte Thorsten kaum hörbar und grinste die Mädchen an.

„Ich ahne nichts Gutes." Frau Hasser ließ ihr Handy sinken.

„Ist sein Gerät denn eingeschaltet?", fragte der Gärtner.

„Ja, ein Freizeichen ist zu hören, aber er geht nicht ran."

„Ach, das muss doch gar nichts heißen. Vielleicht ist er gerade mal für kleine Jungs und wollte nicht unbedingt ans Telefon gehen, wenn er … na ja, Sie wissen schon."

Frau Hasser nickte.

„Frau Hasser!“, hörte die Rektorin plötzlich jemand ihren Namen aufgeregt rufen. Sie wandte sich um.

„Marianne. Was gibt es denn? Ist etwas passiert?“ Sie schaute auf ihre Armbanduhr. Der Unterricht hatte schon angefangen. Dass die pflichtbewusste Marianne jetzt hier draußen war und auf sie zugerannt kam, beunruhigte die Rektorin. In einiger Entfernung sah sie nun auch Paul, der unbeholfen hinter seiner Mitschülerin hergehumpelt kam.

„Paul!“, rief Frau Hasser streng. „Du kannst doch mit deinem Fuß nicht durch die Gegend turnen! Setz dich hin!“ Wenn sie eben schon nichts Gutes geahnt hatte, so verstärkte sich dieses Gefühl gerade um ein Vielfaches. Kurz vor der Rektorin bremste Marianne ab.

„Frau Hasser, haben Sie den Lehrling schon angerufen?“

„Ich habe es versucht, aber er geht nicht ran. Wieso fragst du?“

„Wir, Paul und ich, gehen davon aus, dass Leandro sich gerade in dem Waldstück da vorne aufhält. Er hatte vorhin angeboten, sich mal nach Sascha umzuschauen. Paul meint, dass sie aus einem guten Grund dort reingelaufen sein könnte, und der Lehrling wollte an Pauls Stelle einfach mal vorsichtshalber auf die Suche nach ihr gehen. Doch nun hat Paul von Celina gehört, dass Ronnie und Thorsten eigenmächtig ihren Bustransfer zum Bahnhof beendet haben und abgehauen sind. Wir haben nun große Sorge, dass Sascha und Leandro den beiden verhaltensauffälligen Typen über den Weg laufen könnten.“

„Was soll das heißen? Sascha ist in den Wald gelaufen? Aus *gutem* Grund?“

„Ja. Das muss Ihnen Paul irgendwann erklären. Aber

wenn es ganz blöd gelaufen ist, dann ist dort außerdem noch eine Klassenkameradin von uns."

„Noch eine? Wen meinst du?"

„Wir wissen es auch nicht. Eine, die jetzt auch gerade nicht in der Klasse sein dürfte. Und …"

Paul hatte soeben mit schmerzverzerrtem Gesicht die kleine Gruppe erreicht und fiel Marianne mit erregter Stimme ins Wort: „Frau Hasser, wir müssen unbedingt etwas machen! Vielleicht haben Ronnie und Thorsten gerade Sascha am Wickel. Die sind bestimmt sauer auf sie. Rufen Sie die Polizei!"

„Die Polizei? Die kann ich nicht einfach so anrufen. Da müsste schon eine konkrete Gefahr vorliegen."

„Aber Frau Hasser!", rief Paul, „Sascha *ist* in Gefahr, da bin ich mir ganz sicher! Wenn Sie die Polizei nicht rufen, dann … dann …"

„Langsam, Paul. Ich mache mir auch Sorgen um Sascha, glaub mir. Aber wir wissen doch nicht genau, ob sie wirklich in Gefahr ist. Vielleicht ist sie deswegen noch nicht wieder hier, weil sie gerade mit Leandro einen Spaziergang macht und sich darüber freut, dass er extra nach ihr gesucht hat."

Paul schwieg mit verkniffenem Mund und einem sehr grimmigen Blick.

„Aber doch nicht, während wir eigentlich Unterricht hätten!", warf Marianne ein. „Ich denke auch, dass wir schnell eine wirksame Maßnahme ergreifen sollten."

„Was ist mit den beiden Jungen, die … äh … eigenmächtig abgehauen sind? Sollte man ihretwegen vielleicht bei der Polizei Bescheid sagen?", mischte sich Herr Petz ein.

„Die beiden *Jungen*", antwortete Frau Hasser, „sind vor

Kurzem achtzehn geworden. Theoretisch dürfen die jederzeit selber bestimmen, wann sie einen Bus verlassen möchten. Und noch sind sie nicht wieder hierher zurückgekommen. Ich kann also auch nicht wegen Hausfriedensbruchs dort anrufen."

In Pauls Gesicht spiegelte sich offen seine Angst um Sascha. „Bitte, dann lassen Sie mich die Polizei rufen, wenn Sie das nicht machen wollen."

„Wie lange sind Leandro und das Mädchen schon weg?", fragte der Gärtner.

„Ich glaube, eine halbe oder Dreiviertelstunde oder so", erwiderte Paul.

„Dann gehe ich jetzt da lang und suche die zwei. Und wenn ich irgendwelche Rüpel entdecke, die meinem Leo oder deiner Sascha irgendwas Böses tun wollen, dann zeige ich denen, was eine Harke ist!" Der Mann packte das besagte Gartengerät und hielt es drohend hoch.

Frau Hasser nickte. „Marianne, los, lauf zurück zum Lehrerzimmer und suche Herrn Vogel und Herrn Reinhardt. Die müssten gerade eine Freistunde haben. Schick sie sofort her. Die sollen mitgehen."

Marianne nickte eifrig und rannte los, so schnell sie konnte.

„Herr Petz, hätten Sie noch zwei Gartengeräte für meine Lehrer? Nur vorsichtshalber, um die beiden Burschen notfalls auf Abstand halten zu können."

„Moment, ich hole noch schnell einen Spaten und einen Besen."

„Sehr gut!"

Innerhalb von wenigen Minuten war Marianne mit den

beiden Lehrern zurückgekehrt. Sobald diese nur die Namen „Thorsten“ und „Ronnie“ gehört hatten, waren sie mit von der Partie. Im Laufschritt machte sich die Rettungstruppe auf den Weg. Als die drei Männer zwischen den Bäumen verschwunden waren, richtete Frau Hasser ihren Blick wieder auf Marianne und Paul.

„Ich muss dringend wieder in mein Büro. Marianne, du sagst mir sofort Bescheid, wenn du etwas Neues siehst oder hörst, ja? Aber vorher holst du bitte noch einen Stuhl, damit Paul sich hinsetzen kann.“ Dann ging sie.

„Wenn wir für den Rest des Tages unterrichtsfrei haben, dann beurteilt sie die Lage wirklich als ernsthaft“, meinte Marianne nachdenklich.

„Holst du mir bitte *schnell* den Stuhl? Am besten einen aus unserem Klassenraum.“

„Gute Idee! Dann kann ich uns gleich bei Herrn Ungrad entschuldigen.“

„Kannst du machen. Aber vergiss nicht das Wichtigste. Guck genau hin, welches Mädchen außer dir und Sascha noch fehlt.“

Während Marianne loslief, schaute Paul wieder zum Wald hinüber. Dass er hier nutzlos herumstehen musste, schmerzte ihn mehr als sein dämlicher Fuß. Aber wenn er schon zum Nichtstun verdammt war, dann würde er genau hier auf sie warten und sich nicht eher wegbewegen, bis Sascha wieder wohlbehalten zurück war.

„Hoffentlich kommen die Männer noch rechtzeitig“, murmelte er leise.

17

„Sach ma, sind die Lauscher an deinem Kopf nur Deko oder was? Komm jetzt runter!“, brüllte Ronnie erbost.

„Keine Sorge, ich bin gleich wieder bei euch“, flüsterte Thorsten den Mädchen mit einem Grinsen zu, dass es Sascha eiskalt den Rücken herunterlief.

Doch genau in dem Moment, als sie völlig verzagt noch ein Stück näher an Femke heranrutschte, sprang diese blitzschnell auf. Ihr Gesichtsausdruck verriet ihre ganze Verzweiflung und Abscheu. Während Thorsten starr vor Schreck wahrnahm, was da passierte, stand Femke schon direkt vor ihm und holte mit ihrem rechten Bein Schwung, so als wolle sie mit voller Wucht einen Fußball wegschießen.

„Nein!“ Reflexartig schoss Sascha hoch, packte ihre Schulkameradin an den Schultern und riss sie nach hinten. Nur um Millimeter verfehlte Femkes Tritt den Kopf von Thorsten. Beide Mädchen verloren den Halt und landeten mit einem dumpfen Poltern auf dem Boden des Jagdsitzes.

Mit weit aufgerissenen Augen starrte Thorsten sie an. Wahrscheinlich dauerte dieser Moment nur ein paar Sekunden, aber Sascha kam es vor wie eine Ewigkeit. Thorsten sagte nichts und tat nichts. Es war so unheimlich wie die Ruhe vor dem Sturm. Schließlich verschwand sein Gesicht aus Saschas Blickfeld, während er langsam die Leiter hinabstieg.

Saschas Herz raste. In Gedanken zählte sie das Quietschen der Sprossen. Als er schon fast unten angekommen sein musste, robbte sie schnell wieder zu ihrem Beobachtungsposten am Einstieg zum Jagdsitz und schaute hinab. Was sie erblickte, ließ sie entsetzt zusammenzucken: Leandro lag lang ausgestreckt auf dem Waldboden. Er hatte eine blutende Wunde am Kopf und rührte sich nicht. Direkt vor ihm stand Ronnie, breitbeinig, mit dem Knüppel in der Hand, und schaute hinüber zu Thorsten, der auf der untersten Sprosse der Leiter stehen geblieben war.

„Gibt's da oben Gespenster, oder warum guckst du so komisch?"

„Gespenster? Oh, so würde ich die nicht bezeichnen." Thorsten machte eine kurze Pause. Dann fuhr er laut genug fort, damit die Mädchen ihn gut hören konnten: „Ronnie, falls du mit dem hier fertig bist, dann komm mal mit nach oben. Der Spaß geht weiter."

Der alte Mann sah erschrocken auf. Er hatte die drei Männer gar nicht kommen hören. Nun ja, so richtig gut funktionierten seine Ohren eben auch nicht mehr. Aber dass diese drei mit Harke, Besen und Spaten in den Händen durch den Wald liefen, war schon sehr absonderlich. Wenn sie ihm nur nicht die kostbaren Pilze zertrampelten, die es an dieser Stelle gab!

Der mit der Harke in der Hand fragte mit ausladenden, hektischen Gesten irgendetwas Unverständliches. Konnten diese Burschen nicht lauter und deutlicher reden? Aus dem, was er mitbekommen hatte, schloss er, dass die Männer wohl etwas suchten. Aber was konnte man hier in dieser Gegend schon suchen? Wahrscheinlich waren sie vom Weg abgekommen und wollten zum Internat. Also würde er ihnen den Weg dorthin zeigen.

„Hier, in die Richtung."

„Sind Sie sich sicher?", fragte der mit dem Besen. Glücklicherweise sprach wenigstens der deutlich.

„Ja."

„*Ganz* sicher?"

„Ja, ja. Da lang. Ganz sicher."

„Wirklich?"

Jetzt schlug's aber dreizehn! „Halten Sie mich etwa für senil? Suchen Sie doch, wo Sie wollen. Aber passen Sie ja auf, dass Sie nicht die schönen Pilze zertreten!"

Irgendetwas besprachen die drei noch murmelnd. Sie sahen ziemlich ratlos aus, aber da konnte er ihnen jetzt auch nicht mehr helfen. Gemächlich beugte er sich wieder zum Boden, um ein paar dicke Steinpilze zu stechen, die er vorsichtig in sein Weidenkörbchen bettete. Als er wieder hochsah, waren die Männer verschwunden.

Marianne kam so schnell zurückgelaufen, wie es ihr mit dem Stuhl in den Händen möglich war. Trotzdem wäre Paul ihr vor lauter Ungeduld am liebsten entgegengerannt.

„Da bist du ja. Endlich! Warst du in unserem Klassenraum? Erzähl!"

„Nein, war ich nicht", gab sie zurück und stellte Paul den Stuhl hin. Wenn man viel Fantasie hatte, konnte man sich einbilden, dass sie ein winziges bisschen atemlos klang.

„Was?! Aber das andere Mädchen …!"

„Ich weiß, wer es ist."

„Echt? Woher?"

„Lena hat mit Frau Hasser an der Eingangstür gestanden. Ich vermute, sie hat von Herrn Ungrad den Auftrag dazu bekommen, die Rektorin zu suchen und sie darüber in Kenntnis zu setzen, dass seinem Unterricht vier Schüler unentschuldigt ferngeblieben sind. Ich bin gerade in der Sekunde zu ihnen gestoßen, als die Namen fielen."

„Welche?"

„Du, Sascha, ich und – halt dich fest – Femke."

Paul schaute Marianne mit großen Augen an, dann ließ er sich völlig geplättet auf den Stuhl plumpsen. „Nein. Das glaube ich einfach nicht. Das geht nicht. Ich meine, also, äh, na ja, sie ist doch auch bestohlen worden. Außerdem … Femke? Nee."

„Sie ist viel zu hübsch dazu, meinst du das?"

„Ich meine, du solltest mich jetzt nicht ablenken. Ich muss aufpassen." Paul richtete seinen forschenden Blick wieder auf den Waldrand. *Sascha und Femke?! Und ich kann nicht helfen! Fuß, ich hasse dich!*

Hektisch suchten Saschas Augen alles ab, was für sie greifbar war. Gab es nicht irgendwo eine lose Holzlatte oder etwas anderes, mit dem sie sich im allerschlimmsten Fall irgendwie verteidigen konnte? Ganz leise kam der finstere, grausame Gedanke in ihr hoch, dass es vielleicht falsch gewesen war, Femke nicht zutreten zu lassen.

Flink sprang sie auf und lief geduckt einmal an den Seitenwänden des Hochstandes entlang. Sie rüttelte an allen Holzbrettern. Wenn sie doch nur ein einziges losbekommen könnte! Aber nein, sie fand keine einzige morsche oder halbherzig zusammengenagelte Stelle, die etwas von ihrem Baumaterial hergeben wollte. Verzweifelt schaute sie erneut nach unten. Dort lag Leandro noch immer auf dem laubbedeckten Boden und rührte sich nicht.

Leo, rief sie ihm innerlich zu, *Leo, halte durch, bitte! – Bitte, lieber Gott, er darf nicht tot sein. Lass ihn sich nur ein bisschen bewegen, damit ich weiß, dass Ronnie ihn nicht erschlagen hat.*

Sascha starrte Leandro an, aber das erhoffte Zeichen blieb aus. Sie musste unbedingt hinuntersteigen und ihm helfen. Irgendwie musste sie zu ihm … aber wie? Ihre Finger ballten sich zu Fäusten.

Ein lautes Krachen ließ ihren Kopf herumfahren. Femke hatte gegen die Tür des Jagdsitzes getreten. Wahrscheinlich wollte sie auf diese Weise versuchen, die verkeilte Tür freizubekommen, um sie schließen zu können. Das hätte die beiden Jungen zwar nicht gänzlich aufgehalten – dafür war sie nicht stabil und vor allem nicht hoch genug –, aber zumindest wäre es ein Hindernis gewesen. Doch auch Femke hatte kein Glück.

Als Sascha wieder hinuntersah, durchfuhr es sie wie ein Stromstoß. Thorsten deutete mit seinem ausgestreckten Finger geradewegs auf sie. Ronnie stand neben ihm und zeigte sein schmierigstes Grinsen.

„Das ist richtig, richtig geil, weißt du das? Jetzt kriegt die Kleine noch eins aufs Maul, dass sie sich so schnell nicht wieder davon erholt, und dann habe ich von diesem Scheißhaufen in Hohenach wenigstens ansatzweise gebührend Abschied genommen."

„Haut ab!" Mit zwei schnellen Schritten hatte sich Femke

neben Sascha gestellt und brüllte von oben auf die lächelnden Jungs herab. „Lasst uns in Ruhe! Wir haben euch nichts getan!“

Sascha wurde es heiß und kalt. Was, um alles in der Welt, war nur in Femke gefahren? Wusste sie nicht, dass sie die Jungs damit eher reizen als zur Vernunft bringen würde? Plötzlich wünschte sie sich wieder den Moment zurück, als ihre Klassenkameradin apathisch in der Ecke saß.

Amüsiert legte Ronnie den Kopf schief, während er zu Femke schaute. „Guck mal, die niedliche Kleine ist auch da oben. Ist das schön!“

Thorsten lachte laut auf.

Gott, hilf uns! Weiter kam Sascha nicht mit ihrem Stoßgebet. Ohne Vorwarnung passierte plötzlich das Unglaubliche. Der noch immer am Boden liegende Leandro warf sich blitzschnell vor, packte Ronnies rechten Fuß, riss ihn hoch und drehte ihn heftig herum. Mit einem Aufschrei stürzte der völlig überraschte Ronnie zu Boden und landete unsanft auf dem Rücken. Benommen blieb er liegen. Derweil sprang Leandro auf, griff sich den Knüppel, der Ronnie bei seinem Sturz in hohem Bogen aus der Hand gefallen war, und rannte auf Thorsten zu.

Sascha traute ihren Augen nicht. Mit angehaltenem Atem blickte sie hinab. Alles war so schnell gegangen, dennoch hatte sie das Gefühl, das Ganze wie in Zeitlupe zu beobachten.

Sofort drehte sich Thorsten herum und begann hastig, die Leiter hochzuklettern. Femke schrie panisch auf, taumelte rückwärts und ließ sich wieder in die Ecke fallen. Sascha achtete nicht weiter auf sie. Wie gebannt starrte sie auf Leo, der schon in der nächsten Sekunde hinter Thorsten stand, ihn am Jackensaum packte und ihn gnadenlos die paar Sprossen, die er bereits erklommen hatte, wieder herunterzog. Sein grimmiges, blutbeschmiertes Gesicht faszinierte und entsetzte Sascha gleichermaßen.

Sobald Thorsten auf dem Waldboden stand, wirbelte Leandro ihn herum, drückte ihn mit dem Rücken gegen die Leiter und presste ihm den Holzknüppel gegen den Hals.

„So, an wehrlosen Mädchen wollt ihr euch vergreifen, ja? Ich werde dir einen Denkzettel verpassen, den du nie wieder vergisst, das schwöre ich dir!“ Der Tonfall, in dem Leandro diese Drohung ausgesprochen hatte, ließ Sascha das Blut in den Adern gefrieren.

Thorsten schwieg. Ob aus Angst oder Trotz, war nicht klar. Stattdessen schaute er hinüber zu seinem Kumpel, der sich genau in diesem Moment mit einem leisen Stöhnen auf den Bauch wälzte, um wieder auf die Füße zu kommen.

„Leo, pass auf! Hinter dir!“, rief Sascha von oben.

Ronnie hatte seinen Oberkörper mit bedrohlicher Langsamkeit schon wieder hochgestemmt. Dabei hielt er seinen Blick starr auf Leandro gerichtet – wie ein lauerndes Raubtier, das jeden Moment aufspringen und sich auf seine Beute stürzen würde.

„Diesen Tag wirst du für den Rest deines Lebens nicht mehr vergessen, das schwöre ich dir“, knurrte Ronnie.

Leandro nahm den Knüppel von Thorstens Hals und hielt ihn wieder kampfbereit in der Hand.

Sascha schluckte. *Lauf weg, Leo!*, flehte sie innerlich. Ihr Blick fiel auf Leandros Handy, das dort unten auf dem Boden im Laub lag. Nein, da kam sie nie und nimmer dran. Sie konnte definitiv nichts tun! Thorsten wandte seinen Kopf, warf ihr einen kurzen Blick nach oben zu und grinste, als hätte er ihre Gedanken erraten.

Der Eichelhäher stieß erneut seinen krächzenden Schrei aus und flatterte endgültig davon.

Ich will auch wegfliegen können! Mit einem dicken Kloß im Hals schaute Sascha dem Vogel für einen kurzen Moment hinterher.

Ronnie richtete sich auf. Angriffslustig spuckte er auf den Boden, ohne dabei Leandro auch nur eine Sekunde aus den Augen zu lassen.

„So, das war's jetzt für dich, Blumenjunge."

Ronnie zog etwas aus seiner Hosentasche. In Sekundenschnelle war klar, was er meinte, als er mit einer lässigen Handbewegung die Klinge herausspringen ließ. Leandro zuckte kaum merklich zusammen.

„He, was soll denn jetzt die Aktion mit dem Messer? Komm, sei vernünftig. Lass uns aufhören, bevor noch etwas wirklich Schlimmes passiert." Als Zeichen dafür, dass er es ernst meinte mit seinem Friedensangebot, ließ er den Knüppel zu Boden fallen.

Ronnie lächelte kalt. „Idiot", antwortete er, während Thorsten schnell seinen Fuß auf den Knüppel stellte, damit Leo ihn nicht wieder aufheben konnte.

Saschas Augen weiteten sich voller Panik. Sie starrte Ronnie an, als könnte sie einfach nur mit der Kraft ihres Blickes ihn davon abhalten, auf Leo zuzugehen. Aber natürlich funktionierte das nicht. Stattdessen schien das Furchtbare seinen Lauf zu nehmen.

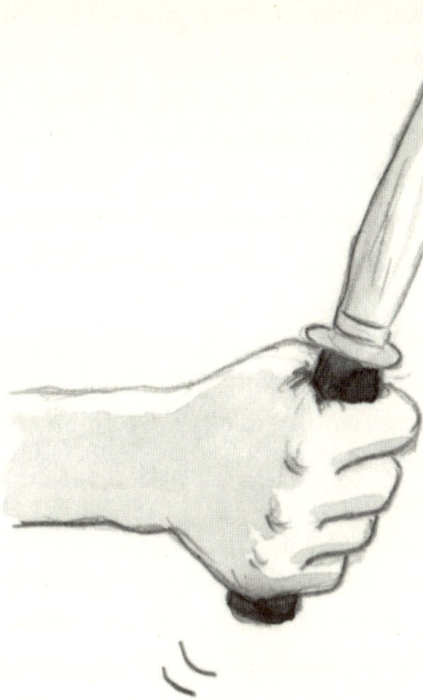

„Stehen bleiben!“

Die zwei Worte zerrissen mit einem Mal die unerträgliche Spannung. Was war das? Wer hatte da gerufen? Saschas Augen suchten den Wald ab. Dann hatte sie ihn entdeckt.

„Klapp das Messer zu!“

Bei dem Gebüsch, hinter dem sie vorhin mit Femke gelegen hatte, stand nun der fremde Mann.

„Ach …“, für einen winzigen Augenblick konnte man spüren, dass Ronnie diese Überraschung etwas aus dem

Konzept brachte. Aber er hatte sich schnell wieder im Griff. „Schau an, mein Geschäftspartner ist etwas früher zurück als erwartet."

„Wird's bald?" Der Mann deutete auf das Messer.

„Na gut, so wichtig ist das hier im Moment auch nicht." Ronnie schaute kurz zu Leo hinüber und klappte die Klinge seines Messers wieder ein, behielt es aber in der Hand.

„Wirf es weg!"

„Und warum sollte ich das tun?"

Der Mann zog seine Pistole hervor. In einem drohenden Tonfall antwortete er: „Weil ich dich ganz besonders herzlich darum bitte."

„Scheiße, Ronnie, der hat 'ne Knarre!"

„Okay", entgegnete Ronnie dem Mann, ohne auf Thorstens überflüssigen Hinweis zu antworten, „das ist ein gutes Argument." Widerwillig warf er das zusammengeklappte Messer fort. „Laufen eigentlich alle Bankangestellten mit so einem Ding rum?"

Bankangestellte? Sascha drehte sich mit einem fragenden Gesichtsausdruck zu Femke herum, die jedoch nicht weiter reagierte. Bekam sie eigentlich mit, was hier gerade passierte?

„Bankangestellter?", sprach der Mann Saschas Gedanke laut aus. „Oh, und ich dachte schon, du weißt, worum es geht."

Thorsten stammelte: „Ronnie, mir gefällt das Ganze nicht. Herr … äh … Dings…"

„Mein Name muss dich nicht weiter interessieren, Kleiner."

„Wir geben Ihnen gerne, was Sie haben möchten, und dann lassen Sie uns gehen, ja?“

„Trottel!“, zischte Ronnie seinem Kumpel zu. „Verdirb das hier nicht.“

„Ach, lass ihn ruhig weitersprechen. Ich glaube, dein Freund ist auf einem guten Weg. Und was ist mit dir?“ Der Fremde deutete mit einem Kopfnicken zu Leandro hin. „Kannst du mir vielleicht auch helfen, das zu bekommen, was ich haben will?“

„Ich gehöre nicht zu den beiden.“

„Habe ich mir gedacht. Aber glaub nicht, dass ich dich gehen lasse. Los, leg dich auf den Boden. Bis ich eine Idee habe, was ich mit dir mache, bleibst du schön dort liegen.“

Leandro gehorchte und legte sich bäuchlings hin.

„So, und jetzt wirfst du auch noch schön dein Messer weg!“

„Ich habe kein Messer“, stotterte Thorsten.

Der Mann zielte mit seiner Pistole auf ihn: „Ich sagte, du wirfst jetzt auch dein Messer weg!“

„Ja, ja, ja“, kreischte Thorsten hysterisch, „ist ja schon gut!“ Schnell zog er einen Gegenstand aus seiner Hosentasche und warf ihn von sich.

„Brav. Und jetzt gebt ihr mir, was ich haben will.“

Ronnie verschränkte die Arme. „Haben Sie wie verabredet das Geld dabei?“

Sascha beobachtete weiterhin so unauffällig wie möglich die Szene, die sich unterhalb von ihr abspielte. Als ihr Blick Leo streifte, bemerkte sie plötzlich, dass er nicht mehr haargenau an dem Ort lag, wo er sich hingelegt hatte. Beinahe unmerklich schob er sich zentimeterweise vorwärts, sodass die anderen seine Bewegung im Eifer ihrer Auseinandersetzung gar nicht mitbekamen. Schnell hatte Sascha erfasst, was Leos Ziel war: sein Handy. Es lag nur noch eine Armlänge entfernt von ihm. Aber was wollte er tun, wenn er es erreicht hatte? Er konnte ja wohl schlecht unbemerkt die Polizei anrufen und mit denen sprechen.

„Müssen wir wirklich noch über Geld reden?", fragte der Mann mit einem eiskalten Lächeln, indem er den Lauf seiner Pistole nun auf Ronnie richtete. „Lass mich raten: Das hier ist dein erster Erpressungsversuch. Du Dilettant! Los, her mit der Aktentasche – oder es wird dein letzter Ausflug in die Welt der Möchtegern-Gangster sein."

„Ich gehe rauf und hole sie", jammerte Thorsten.

„Du machst gar nichts!", brüllte Ronnie zurück.

„Aha ... Du willst also *rauf*gehen?" Der Fremde schaute zufrieden zum Hochsitz hinauf. Glücklicherweise konnte sich Sascha schnell genug wegducken. Hoffentlich hatte er sie nicht gesehen. Doch immerhin fand sie noch einen kleinen Spalt zwischen den Holzbrettern, durch den sie Leo sehen konnte. Er hatte jetzt sein Telefon erreicht. Mit zwei, drei unauffälligen Fingerbewegungen hatte er an der Tastatur etwas gedrückt. Vermutlich wollte er die Tastensperre aufheben. Angespannt starrte sie durch das Guckloch. Warum zog er seine Hand gleich wieder weg vom Telefon und ließ es da liegen? Was machte er denn da?

Die beiden Lehrer waren so fleißig damit beschäftigt, die Umgebung mit ihren Augen abzusuchen, dass sie schon ein paar Mal beinahe über Baumwurzeln gestolpert wären.

Plötzlich ertönte etwas gedämpft, aber gut wahrnehmbar, die Indiana-Jones-Fanfare.

„Mein Handy!", meinte Herr Petz aufgeregt. „Das ist Leandros Melodie!"

„Da hat er seinem Lehrling aber eine bombastische Erkennungsmelodie verpasst", flüsterte Herr Vogel seinem schmunzelnden Kollegen zu, während der Gärtner fiebrig das Telefon hervorzog.

„Hallo? Leandro?", rief er. „Leandro?! Haaaallo!" Herr Petz nahm sein Handy vom Ohr. „Bestimmt ist er versehentlich an die Wahlwiederholungstaste gekommen."

18

„Ich fasse es nicht! Du bist so eine Flasche! Und ich Blödmann dachte, du hättest genug Mumm, um das hier durchzuziehen."

„Willst du dich etwa abknallen lassen?! Der meint das ernst, Ronnie!"

„Aber natürlich meine ich es ernst. Und deswegen kletterst du jetzt den Hochsitz da hoch und bringst mir das, was ich haben will. Und zwar schnell!"

Sascha lief ein Schauer über den Rücken. Das hier war alles so unwirklich. Gerade eben noch hatte sie solche

Panik, dass diese beiden Schlägertypen ihr und Femke Schlimmes antun würden, und nun? Was würde passieren, wenn Thorsten erneut hier oben erschien? Sie hörte, wie die Sprossen der Leiter wieder quietschten. Schnell setzte sie sich zu Femke und drückte sich ganz eng an sie.

„Es wird bestimmt alles gut“, flüsterte sie, doch ihre Klassenkameradin reagierte nicht.

„Los, beeil dich gefälligst!“

Thorsten murmelte etwas Beschwichtigendes, dann tauchte erneut sein Gesicht vor den Mädchen auf. Leicht verstört sah er zu Femke hinüber. Wahrscheinlich befürchtete er, dass sie ihn noch einmal angreifen könnte. Doch diese Gefahr schien endgültig gebannt, so kraftlos wie sie dasaß.

Ohne etwas zu sagen kletterte Thorsten auf die Plattform des Hochsitzes. Dann griff er nach dem Stein, mit dem die Tür zum Einstieg verkeilt war, und versuchte, ihn wegzuziehen. Immer wieder packte er ihn, zog und zerrte, bis seine Finger abrutschten.

„So ein Mist“, murmelte er vor sich hin.

„Was treibst du da so lange?“, rief der Mann ungeduldig von unten. „Was hältst du davon, wenn ich deinen Kumpel hier ausschalte und dann nach oben komme und dir helfe?“

„Bitte nicht, nein! Ich will mich ja beeilen, aber ich komm nicht ran! Die Tür ist verklemmt. Ich krieg sie nicht auf.“

Sascha stutzte einen Moment. Wieso kriegte er sie nicht *auf*? Er versuchte doch, die Tür zuzukriegen, oder? Doch dann dämmerte es ihr. Natürlich! Hinter der Tür war etwas verborgen. Es war ein Versteck, an das Thorsten nun nicht mehr herankam. Vermutlich hatte Femke vorhin so gewaltig dagegengetreten, dass sich die Tür überhaupt nicht mehr bewegen ließ. Der Stein, der verhindern sollte, dass jemand zufällig das Versteck entdeckte, hatte sich zu sehr verklemmt.

„Pass auf, wir machen das so: Ich zähle jetzt langsam bis zehn, und wenn die Tasche dann nicht samt Inhalt hier unten vor meinen Füßen liegt, dann darfst du dich von deinem Freund verabschieden."

„Nein!" Thorsten griff noch einmal nach dem Stein und zog mit aller Kraft.

„Eins … zwei …"

„Kann Ronnie nicht hochkommen und helfen? Er ist stärker als ich!"

„… drei", fuhr der Mann unbeirrt fort, „vier …"

Thorsten rüttelte nun wie von Sinnen an der Tür. Sie rührte sich nicht.

„… fünf …"

Eilig versuchte er, in den engen Spalt zwischen Tür und Wand zu greifen. Doch seine Hand war zu groß, sie passte nicht hindurch.

„… sechs …"

Panisch sah sich Thorsten nach allen Seiten um, als suche er irgendein Werkzeug. Sein Blick blieb an Sascha hängen.

„… sieben …"

„Los, du hast dünnere Arme. Greif du da rein!"

Sascha war so starr vor Angst, dass sie sich nicht rühren konnte. Mit einem schnellen Schritt stand Thorsten vor ihr, packte sie und stieß sie vor die Tür. „Beeil dich, oder ich schmeiße dich kopfüber von hier oben runter!"

„… acht …"

Sascha schob ihren Arm in den Spalt hinein und fühlte etwas Glattes und eine Naht. Das musste eine Ledertasche sein. Sie versuchte, danach zu greifen, doch die Tasche bewegte sich keinen Millimeter.

„Zieh sie raus!“, brüllte Thorsten.

„Es geht nicht!“, rief Sascha wütend zurück.

„… neun …“

Plötzlich war ein dumpfer Schlag zu hören, dann krachte ein Schuss los.

„Neeeeeeein!“, rief Thorsten, sprang auf und verstummte. Regungslos stand er da und starrte hinab.

Ganz vorsichtig stand nun auch Sascha auf. Was sie dort unten sah, war einfach unglaublich. Offenbar hatte sich Leo unbemerkt an den Mann herangerobbt und ihn zu Fall gebracht – so ähnlich, wie er es schon bei Ronnie getan hatte. Dabei hatte sich ein Schuss aus der Pistole gelöst, der aber wohl ins Leere gegangen war. Der fremde Mann lag benommen am Boden, Leo stand neben ihm, hatte sich die Pistole und den nur zwei Schritte entfernt daneben liegenden Knüppel gegriffen, während Ronnie plötzlich losrannte!

„He, komm zurück!“, rief Thorsten fassungslos. Doch seine Fassungslosigkeit hatte er schnell wieder im Griff, denn im nächsten Moment schwang er sich auf die Leiter und begann eilig hinunterzuklettern.

Sascha schaute dem Kerl mit einem bangen Gefühl hinterher. Eigentlich rechnete sie nicht damit, dass er Leo jetzt noch angreifen würde, aber möglich war ja alles. Doch sobald Thorsten den Boden erreicht hatte, rannte er ebenfalls davon. Er schlug die gleiche Richtung wie Ronnie ein.

Sascha fühlte sich, als ob sie aus einem Albtraum erwachte. Die beiden gruseligen, knallharten Gestalten – sie waren plötzlich wie die Angsthasen davongelaufen!

Nun hatte auch sie es eilig, nach unten zu kommen. Sie musste doch Leo helfen, den einen Typen da noch in Schach zu halten … Na ja, und wenn sie möglicherweise auch nicht helfen konnte, dann wollte sie wenigstens in seiner Nähe sein.

„Bleib oben!", rief Leo ihr zu. „Da ist es sicherer."

„Aber ich möchte dir helfen."

Leo überlegte kurz. „Gut. Dann geh rüber zu meinem Handy und ruf die Polizei."

Sascha nickte und ging auf das Telefon zu, das noch immer auf dem Waldboden lag. Doch als sie sich gerade danach bücken wollte, hörte sie plötzlich ein lautes Rascheln und einen erschreckten Ausruf. Der fremde Mann war aufgesprungen und hatte dem völlig überraschten Leandro dabei einen heftigen Stoß versetzt, sodass dieser zwei Schritte rückwärtstaumelte. Dann rannte der Mann hinüber zum Hochstand.

„Femke ist noch dort oben!", rief Sascha erschrocken.

„Stehen bleiben, oder ich schieße!", rief Leo so energisch wie die Polizisten im Fernsehen. Doch der Mann ließ sich davon nicht beeindrucken. Behände kletterte er die ersten Sprossen hoch.

„Ich schieße wirklich!", wiederholte Leo, aber der Fremde zögerte nicht einen einzigen Moment.

Leo schaute für den Bruchteil einer Sekunde auf seine Hände: links der Knüppel, rechts die Pistole. Dann warf er die Pistole zu Boden, hechtete dem Mann hinterher und versuchte, ihn mit seiner freien Hand die Stufen wieder hinunterzuziehen. Doch anders als eben noch bei Thorsten wollte das diesmal nicht klappen. Dennoch rutschte der Verfolgte vor lauter Eile von einer Sprosse und konnte nur mit Mühe verhindern, von der Leiter zu stürzen.

Sascha beugte sich erneut nach dem Telefon, als sie plötzlich im Display die Digitalanzeige sah, die die Dauer des Gespräches dokumentierte. Sie stutzte kurz, dann hielt sie das Telefon ans Ohr. „Hallo?", fragte sie zaghaft.

„Hallo?! Hallo, wer ist denn da?", erklang es sofort und aufgeregt aus dem Gerät, sodass sie es vor Schreck beinahe fallen ließ.

„Hier ist Sascha! Herr Petz, sind Sie das?"

Leo hatte nun auch noch den Knüppel weggeworfen, um dem Mann die Leiter hinauf zu folgen. Plötzlich ertönte von oben ein lautes Krachen und das Geräusch von splitterndem Holz. Sascha schaute erschrocken hoch und sah, wie in dem Moment, als der Mann sich auf den Hochsitz hieven wollte, die eben noch verkeilte Tür direkt vor seiner Nase zugeschlagen wurde.

„Hauen Sie ab!", schrie Femke. Dann schleuderte sie etwas über die halbhohe Wand des Hochsitzes. Mit einem dumpfen Plumpsen landete es auf dem Waldboden, sodass die trockenen Blätter aufgewirbelt wurden. Es war eine schwarze, lederne Aktentasche.

„Du mieses kleines Gör!", brüllte der Mann, völlig außer sich vor Wut. Vielleicht hatte er eine Sekunde lang daran gedacht, Femke irgendetwas anzutun, doch als er sah, wie Leo schnell kehrtmachte und zu der Aktentasche lief, stieß

sich der Mann plötzlich von der Leiter ab. Mit dem Schrei „Sie gehört mir!“ sprang er hinunter.

„Leo!“, rief Sascha erschrocken.

Der Mann hatte offenbar vorgehabt, sich von oben auf Leandro fallen zu lassen. Aber dafür war er nicht weit genug gesprungen. Stattdessen landete er extrem unsanft auf dem Waldboden, einen knappen halben Meter von seinem Ziel entfernt. Ein Schmerzensschrei entfuhr dem Mann. Er versuchte aufzustehen, doch es gelang ihm nicht. Mit einem triumphierenden Blick nahm Leo die Tasche an sich.

„Die Pistole!“, rief Sascha aufgeregt.

„Ach ja“, erwiderte Leo, während er ohne Eile auch die Waffe einsteckte.

Der Fremde probierte noch einmal, sich aufzurichten

und auf Leo zuzugehen, aber er schien große Schmerzen zu haben. Sofort ließ er sich wieder auf den Boden fallen und rollte sich wimmernd zusammen.

Sascha hielt das Telefon wieder ans Ohr. „Hallo Herr Petz, sind Sie noch dran?"

„Natürlich! Ich bin die ganze Zeit schon dran."

Wie klug von Leo! Er hatte vorhin einfach die Wahlwiederholung an seinem Handy gedrückt in der Hoffnung, dass sein Meister, auch ohne dass er etwas sagen würde, clever genug war, auf die Hintergrundgeräusche und -gespräche zu achten. So konnte er mitkriegen, dass Leandro und die Mädchen in Gefahr waren.

„Herr Petz, Ronnie und Thorsten sind abgehauen. Und jetzt liegt hier noch einer, der eine Pistole hat. Also, er hatte eine Pistole. Die hat jetzt Leo. Dafür brauchen wir aber einen Doktor und am besten auch die Polizei."

„Die Polizei ist schon informiert. Soll ich einen Krankenwagen rufen?"

„Ja, ich glaube, das wäre gut. Wissen Sie denn, wo wir sind?"

„Schau mal nach links!", gab Herr Petz gut gelaunt zurück.

Sascha tat es. Sie blickte nach links und entdeckte in nicht allzu weiter Entfernung drei Männer, die mit Gartengeräten bewaffnet waren und Thorsten und Ronnie am Schlafittchen vor sich her schoben.

Leo versuchte abzuchecken, ob der Mann noch bei Bewusstsein war und ob ihm irgendwie geholfen werden musste, bis ein Krankentransport eintraf. Vermutlich hatte er sich bei seinem Sprung vom Hochsitz lediglich ein

Bein – oder beide Beine – gebrochen. Schlimme Kopf- oder Rückenverletzungen gab es offenbar keine.

„Ich finde es etwas erstaunlich, dass Ronnie und Thorsten sich so bereitwillig von den dreien dort haben einfangen und herbringen lassen", meinte Leandro beeindruckt, während er den Hilfstrupp näherkommen sah.

Sascha zuckte mit den Schultern. „Bei uns im Internat weiß eigentlich jeder, was für eine Kampfausbildung Herr Vogel und Herr Reinhardt haben."

„Was, echt? Braucht man so was heutzutage als Lehrer?"

Mit einem Mal schien ihm ein Gedanke zu kommen. „Halt das mal", meinte er, drückte Sascha die Aktentasche in die Hand, lief zum Hochstand und kletterte die Leiter empor.

Sascha nahm die Tasche entgegen – und folgte ihm einfach. Vielleicht brauchte er ja doch noch einmal irgendwie … Hilfe oder so. Aber eigentlich war sie ihm nicht deswegen gefolgt. Sie ahnte, warum er hinaufgeklettert war. Und tatsächlich hockte er sich, nachdem er oben auf dem Hochsitz angekommen war, vor Femke und sah sie besorgt an.

„Es ist vorbei", sagte er in sanftem Tonfall. „Ist alles okay bei dir?"

Als ob ein Staudamm brach, schluchzte Femke laut auf und weinte bitterlich.

„Ich bin schon hier. Lass mich …", meinte Sascha schnell, setzte sich neben sie, drückte Leo wieder die Aktentasche in die Hand und legte den Arm um ihre Schultern.

Nach einer Weile, als sich Femke wieder etwas beruhigt hatte, sah sie erneut zu Leo. Ihre Gefühle schlugen regelrecht Purzelbaum. Er war extra hierhergekommen, um sie vor Ronnie und Thorsten zu beschützen. Bestimmt wollte er Thorsten einen Denkzettel verpassen, den dieser nicht mehr vergessen würde. Aber wieso war Leandro ganz genau hier? Nur *ihretwegen*? Hatte er sie vermisst und deswegen nach ihr gesucht? Oder wegen der *beiden* Mädchen? Oder nur wegen …? Ihr gefiel gar nicht, wie besorgt er Femke ansah.

Plötzlich, als hätte er ihre Gedanken erraten, blickte Leo auf und sah ihr in die Augen. Ein angedeutetes Lächeln umspielte seine Lippen. Sascha spürte, wie sie rot wurde. Sofort schlug sie die Augen nieder.

„Fein", sagte Leandro, nachdem er einen kurzen Blick nach unten geworfen hatte, „sie sind da und kümmern sich um den Kerl. Was meint ihr, ist das schlimm, wenn wir mal einen kurzen Blick in die Aktentasche werfen? Ich würde zu gerne wissen, weswegen der Typ so sehr hinter ihr her war."

„Phh", stieß Sascha ratlos einen Schwall Luft aus, „ich weiß nicht. Du bist der Älteste von uns. Entscheide du." Das war jetzt taktisch sehr klug, dachte sie sich. Denn *eigentlich* darf man ja in fremde Taschen nicht einfach ohne Erlaubnis hineinschauen, und *eigentlich* wäre das ihre Meinung dazu gewesen. Zumindest theoretisch. Aber *praktisch* war auch sie natürlich rasend neugierig! Also war es gut, wenn Leo für einen unerlaubten Blick in eine fremde Tasche die Verantwortung übernahm.

„Okay, dann lassen wir sie zu und geben sie der Polizei." Leo stand auf, nahm die Tasche und kletterte die Leiter hinunter.

Sascha war platt wie ein Eierkuchen! Völlig fassungslos

schaute sie zu Femke. „Hätte ich etwas anderes sagen sollen?“

„Ja klar!“

Beide Mädchen lächelten sich noch einmal erschöpft an und umarmten sich. Dann stieg Sascha vom Hochsitz, gefolgt von Femke.

„Ach, übrigens – hier, dein Handy.“ Sascha ging zu Leo hinüber, der bei den Lehrern und ihren beiden „Gefangenen“ stand.

„Danke.“ Er steckte das Telefon wieder in seine Jackentasche. Als er dann seine Hand wieder aus der Tasche nahm, zog er gleichzeitig ein Papier mit heraus, das auf den Waldboden fiel. Thorsten hatte es bemerkt und starrte das rechteckige, bunte Etwas an.

„Was ist denn das?“, meinte Leo und bückte sich danach. „Ein Foto?“

Thorstens Gesichtsfarbe wurde schlagartig dunkelrot, als er das Motiv erkannte. „Du mieses Stück Dreck“, flüsterte er heiser. Seine Stimme hatte sich schlagartig gewandelt und klang nun drohend und finster. „Jetzt wird mir alles klar. Du hast die ganze Geschichte bei der Hasser herausposaunt, damit du so schnell wie möglich freie Bahn hast, was?“

„Ich weiß nicht, wovon du redest“, gab Leandro verwirrt zurück.

„Wehe, du fasst sie an. Sie gehört mir!“, brüllte Thorsten. Noch bevor die Lehrer reagieren konnten, hatte sich Thorsten auf sein Gegenüber gestürzt. Mit voller Wucht versetzte er ihm einen Kinnhaken und rammte anschließen seine Faust in dessen Magen. Leandro war so perplex, dass auch er nicht schnell genug reagieren konnte. In Sekundenschnelle lag er auf dem Boden, doch genauso schnell hatte Herr Reinhardt Thorsten schon wieder sicher im Griff.

„Entschuldige, ich habe einen Moment nicht aufgepasst", meinte der Lehrer zerknirscht. „Ist alles in Ordnung?"

Leandro nickte schlapp und rappelte sich wieder auf, während Sascha und Femke besorgt herbeieilten.

Schließlich wurde abgemacht, dass Leo und der Gärtner zusammen mit den Mädchen schnellstmöglich zum Internat zurückkehren sollte. Die Lehrer würden mit dem Verletzten und den beiden Störenfrieden zunächst auf die Polizei und den Krankenwagen warten. Alles andere würde dann später geklärt.

„Herr Vogel", meinte Leandro zum Abschied, während er die Pistole hervorzog, die er noch immer bei sich hatte. „Vielleicht können Sie die hier ja noch brauchen."

Ein unerwartetes Geräusch ließ alle verdutzt aufmerken. Der Verletzte lag am Boden und krümmte sich regelrecht – vor Lachen.

Leandro nickte ihm ahnungsvoll zu und meinte nur: „Ja, ich weiß."

Für einen Moment sahen sich alle übrigen Beteiligten ratlos an. Dann meinte Herr Vogel: „Los, geht schon. Wir rufen derweil noch einmal bei der Polizei an und fragen, wann sie kommen. Wir kriegen das schon hin."

Auf dem Weg zum Internat ging Femke an der Seite des Gärtners. Sie war sehr still, während er ihr irgendetwas Interessantes aus der Pflanzenwelt erzählte. Was genau das war, war Sascha gelinde gesagt wurscht, denn sie konnte neben Leo – nur sie beide nebeneinander, ein paar Schritte hinter den anderen – den Heimweg zurücklaufen!

Ist das schön, dachte sie fröhlich. *Wenn ich über eine Wurzel stolpern würde, dann könnte ich mich ja zufällig mal an ihm festhalten, oder? Ach nee, ich traue mich nicht. Aber nett wäre es schon. Wieso gehen wir eigentlich so schnell? Meinetwegen können wir uns ruhig noch ein bisschen Zeit lassen.*

„Weißt du, was ich eigenartig finde?", unterbrach Leo schließlich Saschas romantische Gedankengänge.

„Was denn?!"

„Vorhin ist da ein sehr ungewöhnliches Foto aus meiner Jackentasche gefallen. Deswegen ist auch Thorsten so wütend geworden. Auf dem Bild war ein schwarzhaariges Mädchen drauf und mit Faserschreiber stand da: ‚Weißt du eigentlich, wie süß du bist? Kuss – Celina.' Guck mal, das hier ist es." Er reichte Sascha das Bild. „Kennst du die?"

Sascha warf nur einen kurzen abfälligen Blick auf das Foto. „O ja. Die geht in unsere Klasse."

Leo rieb sich nachdenklich das Kinn. „Hm, möchte mal wissen, wie das in meine Jacke gekommen ist."

Sascha lächelte kaum merklich. Sie sah es noch genau vor sich … wie Celina in den Geräteschuppen gekommen war und sich an Leos Jacke zu schaffen gemacht hatte. Vielleicht, ganz vielleicht würde sie es ihm eines Tages verraten.

19

„Sie kommen!“ Gerade noch rechtzeitig warnte Pauls Unterbewusstsein ihn davor, erneut aufzuspringen. Stattdessen erhob er sich langsam und reckte ungeduldig den Kopf von links nach rechts, um möglichst alles und jeden sofort zu erspähen, der da auf der Zufahrt zum Internat unterwegs war. „Ich meine … hm … ich meine, ich sehe zumindest schon mal die Mädchen und die Gärtner.“

„Exakt“, bestätigte Marianne. „Ich bin dann mal weg.“

„Wo willst du hin?“

„Zu Frau Hasser. Ich denke, sie sollte unser Empfangskomitee hier unbedingt komplettieren.“

Paul nickte, während er seine ganze Konzentration wieder auf die kleine Gruppe richtete, die er gerade entdeckt hatte.

Marianne rannte wie ein geölter Blitz davon. Ganz im Gegensatz dazu schien sich dieser Trupp da hinten mit der Geschwindigkeit einer fußkranken Schildkröte vorwärtszubewegen. Manno, konnten die nicht einen Zahn zulegen? In Paul wuchs die Überzeugung, dass er jeden Moment vor lauter Neugier tot umfallen könnte, wenn er nicht sofort eine Antwort auf alle seine Fragen bekam! Aber zumindest eine Frage schien schon beantwortet zu sein. Direkt vor Sascha sah er Femke gehen. Auch wenn er es noch immer nicht ganz glauben wollte, so war sie wohl doch diejenige, die Sascha im Schuppen erwischt und verfolgt hatte. Hm, was hatte denn Leandro da am Kopf? War das Blut? Tatsächlich! Vor lauter Aufregung humpelte Paul schließlich doch den Rückkehrern entgegen.

„Was ist passiert?“, fragte er mit lauter Stimme, als er bis auf Rufweite an die Gruppe herangekommen war. Femke blickte beharrlich zu Boden.

Sascha sah mit einem Seufzer zu Leo hinüber. Vorbei die kurze Zeit zu zweit. Dann lief sie Paul entgegen. Als sie vor ihm stand, fühlte sie sich sehr müde und erschöpft. „Was hast du denn da gemacht?“, fragte sie, während sie auf Pauls lädierten Fuß deutete.

„Halb so wild! Los, erzähl schon!“

„O Mann, sei froh, dass du nicht hinter uns hergelaufen bist. Die Prügelei im Wald war echt widerlich.“

„Prügelei? Habt ihr euch etwa geschlagen?“ Paul deutete mit seinem Kinn auf Leo, Herrn Petz und Femke.

„Nein, wir uns untereinander natürlich nicht. Aber da waren ja noch Ronnie und Thorsten und noch so ein durchgeknallter Mann mit einer Pistole. Wer weiß, was passiert wäre, wenn Leo nicht rechtzeitig gekommen wäre. Na ja, du siehst ja, er hat ganz schön was abgekriegt, der Arme. Ich muss dir nachher mal ganz genau erzählen, wie mutig und klug er mit allen fertiggeworden ist.“

Ich verstehe kein Wort von dem, was du da gerade angedeutet hast. Aber wenn am Ende von dieser Geschichte der Herr Gärtnerlehrling als Held dasteht, dann weiß ich nicht, ob ich das hören möchte!, dachte Paul. Und mit einem gequälten Lächeln sagte er: „Ja, das kannst du nachher mal machen. Aber was ist denn jetzt eigentlich mit Femke? Ich meine …“

Mittlerweile hatte die Gruppe die Stelle erreicht, wo Sascha und Paul beieinanderstanden. Femke ging mit gesenktem Kopf an ihnen vorbei. Paul schluckte, so schuldbewusst und beschämt wirkte sie auf ihn. Schnell schaute er weg und begegnete dem Blick von Leo. Der wiederum nickte ihm zufrieden zu. *Auftrag erfolgreich ausgeführt*, oder so ähnlich.

Paul verdrehte innerlich die Augen – und wusste doch in demselben Moment, dass das blöd von ihm war, so zu empfinden. Wahrscheinlich hatte Leandro erheblich dazu beigetragen, dass Sascha und Femke nichts passiert war. Aber eben genau darum beneidete Paul ihn. Daran änderte auch Leos Wunde nichts. Im Gegenteil.

Als die Gruppe ein paar Schritte weitergegangen war, holte Sascha tief Luft. Sie wollte gerade mit ihrem Bericht fortfahren, als etwas ihre Aufmerksamkeit erregte, während sie über Pauls Schulter sah. „Frau Hasser kommt!“

Tatsächlich, gemeinsam mit Marianne kam die Rektorin auf die Gruppe zugeeilt. Man konnte ihr schon von Weitem ansehen, dass sie sich große Sorgen gemacht hatte.

Nachdem sich Frau Hasser bei Sascha, Femke und insbesondere bei Leandro erkundigt hatte, wie es ihnen ging, bat sie alle Anwesenden zunächst in ihr Büro. Auf dem Weg dorthin lief sie zwischen Sascha und Femke. Mit leisen Stimmen sprachen sie miteinander, sodass ihnen kein anderer zuhören konnte. Immer wieder sah man Frau Hasser verstehend nicken.

Paul hingegen hatte der resoluten Marianne nicht überzeugend genug klarmachen können, dass er auch alleine vorwärtskommen könnte. Und so packte sie einfach seinen

Arm, legte ihn um ihre Schultern und verlangte, dass er sich bei ihr aufstützte. Na ja, glücklicherweise hatten die Klassenkameraden noch alle Unterricht, und wenn er Schwein hatte, sah ihn auch keiner durch das Klassenzimmerfenster.

Als die ganze Gruppe mehr oder weniger zügig in ihrem Büro eingetrudelt war, regelte Frau Hasser gleich alles organisatorisch Wichtige. Zuerst rief sie bei Herrn Vogel an, von dem sie erfuhr, dass soeben die Polizei und der Krankentransport beim Hochsitz im Wald eingetroffen waren. Der Verletzte würde sofort ins Krankenhaus gebracht werden, während man Ronnie und Thorsten zur Polizeistation verfrachten wollte. Wichtige Zeugen müssten allerdings ebenfalls schnellstmöglich auf der Wache ihre Aussagen zu Protokoll geben. Ein Polizeibeamter würde sich wohl in der nächsten Stunde im Internat einfinden, um alles Weitere zu besprechen.

Als Nächstes rief sie Herrn Schubert, den Schulbusfahrer, an und bat ihn, zwei Personen in die Stadt zu Dr. Eberberg zu fahren. Paul versuchte der noch telefonierenden Rektorin in Zeichensprache klarzumachen, dass das doch gar nicht nötig wäre. Es bedurfte nur eines kurzen Mienenspiels von ihr, um jegliche Widerrede zu unterbinden. So fügte sich Paul, obwohl es ihm sehr schwerfiel. Denn Herr Schubert war sofort zur Stelle und abfahrbereit – noch bevor die Polizei da war und die Zeugen zum Revier mitnahm! Okay, er selber war vielleicht nicht der allerwichtigste Zeuge in dieser Sache. Aber er hätte trotzdem darauf bestanden, mitkommen zu dürfen. Er hätte zu gern gesehen, wie Thorsten und Ronnie hinter Schloss und Riegel verschwanden. Ob sie, so wie im Fernsehen, ihre Rechte vorgelesen bekamen? Also: „Sie haben das Recht zu schweigen. Alles, was Sie sagen, kann vor Gericht gegen Sie verwendet werden."

Genau, vor Gericht! Paul malte sich gerade aus, wie seine Klasse einen Ausflug zu dem Gerichtsverfahren machen würde, wo Thorsten und Ronnie vor den zwölf Geschworenen standen, und jeder der Geschworenen würde der Reihe nach aufstehen und sagen „Schuldig, Euer Ehren!“, als ein Knuff auf die Schulter ihn aus seinem Tagtraum herausriss.

„Los, komm“, meinte Leandro freundlich und hielt ihm die Tür auf.

„Braucht er denn keine Zeugenaussage zu machen?“, fragte Paul Frau Hasser, während er auf den Lehrling deutete.

„Die Polizei wird sich noch etwas gedulden. Erst müsst ihr beide zum Arzt, das ist wichtiger.“

Mit einem Seufzen humpelte er auf Leo gestützt davon. Er hoffte nur, dass Sascha sich jede Einzelheit auf der Polizeiwache gut merkte und ihm später alles ausführlich berichten konnte.

Etwas Gutes konnte Paul der gemeinsamen Fahrt mit Leo in die Stadt schließlich doch noch abgewinnen. So ließ er sich von dem Gärtnerlehrling erst einmal alles genau erzählen, was dieser im Wald erlebt hatte. Wenn Sascha das später mit ihren schwärmerischen Worten tun wollte, konnte er ihre Erzählungen einfach mit dem Hinweis stoppen, sie brauche nichts mehr sagen, er wüsste schon alles.

Was Leandro berichtete, klang interessanterweise gar nicht wichtigtuerisch und dennoch spannend. Was es allerdings mit diesem komischen Mann auf sich hatte, der da plötzlich mit der Pistole aufgetaucht war, das konnte ihm Leo auch nicht richtig beantworten. Paul hoffte nur, dass Sascha auf der Polizeistation etwas mehr herausbekam. Immerhin war das eine extrem merkwürdige Geschichte! Schließlich fiel es Paul dann doch leichter als gedacht, Leandro dafür Danke zu sagen, dass er Sascha und Femke geholfen hatte.

„Du musst mir dafür nicht danken. Das ist doch selbstverständlich, dass ich Schwächeren beistehe."

„Aber dafür hast du auch ganz schön was einstecken müssen."

„Du meinst die kleine Wunde am Kopf? Halb so schlimm. Das sieht nur durch das Blut so dramatisch aus. Ich glaube, das ist nur eine kleine Stelle. Die blutet ja auch schon längst nicht mehr."

Paul nickte und schaute Leandro forschend an. „Darf ich dich mal was fragen?"

„Klar."

„Du bist doch sicher nicht ganz dumm. Mutig bist du auch. Und wenn ich ein Filmregisseur wäre, würde ich bestimmt eine nette Nebenrolle für dich finden. Wieso bist du eigentlich ausgerechnet Gärtnerlehrling?"

Leo lächelte. „Ich bin Gärtnerlehrling, um später die Firma meines Vaters übernehmen zu können. Manche meinen zwar, dass es doch besser gewesen wäre, Betriebswirtschaft zu studieren, aber erst einmal habe ich mich für diese grünen Latzhosen hier entschieden."

„Die Firma deines Vaters …?" Paul schaute verwundert. „Ist etwa Herr Petz dein Vater?"

„Nein. Herr Petz ist nur ein Meister in der Firma meines Vaters. Unser Betrieb ist in Wahrheit viel, viel größer als nur dieser kleine Bereich, der sich um die Anlagen von Hohenach kümmert. Wir haben etliche Hektar Land, riesige Gewächshäuser und über hundert Mitarbeiter."

„Das ist aber eine Menge. Und da lässt du dich als Sohn vom Chef herab und gibst den kleinen Lehrling? Warum?"

„Ich glaube, das ist gar nicht so verkehrt, in dem eigenen Betrieb mal alles aus der Sicht eines Lehrlings kennengelernt zu haben. Nur dann kann ich doch wirklich verstehen, was die Mitarbeiter meines Vaters denken und welchen Dingen sie so ausgesetzt sind."

„Cool", antwortete Paul. Sofort schoss ihm ein Gedanke durch den Kopf. *Genauso hat es Jesus auch gemacht. An Weihnachten hat er als Lehrling auf dieser Erde angefangen ….* Irgendwie war Leo doch ein klasse Typ.

Das Klingeln eines Handys ertönte.

„Oh, das ist meins", meinte Leo und nahm den Anruf entgegen. „Ciao, bella mia. – Ma sì! – Fantastico! – Quando? – Così presto?! – Sono molto, molto felice! – Parleremo ancora una volta questa sera. – Ho nostalgia di te. – Ciao." Leo beendete das Gespräch und steckte sein Telefon wieder ein.

Paul staunte Bauklötze. „Was war das denn?"

„Meine Freundin."

„Nee … äh … das meinte ich nicht." *Obwohl*, dachte er sich, *das ist eine sehr, sehr interessante Info*. „Ich meine, die Sprache, in der du gesprochen hast. War das Italienisch?"

„Ja. Meine Freundin ist Italienerin und besucht gerade ihre Eltern. Sie wollte mir nur sagen, dass sie schon am Wochenende wieder zurückkommt."

„Kann sie kein Deutsch?"

„Doch, doch, aber sie übt immer ganz gerne mit mir am Telefon. Ich kann nämlich nicht so toll Italienisch."

„Aha. Was heißt denn eigentlich ‚o nostal dschia'?"

„Ho nostalgia di te? Das heißt: ‚Ich habe Sehnsucht nach dir.'"

Paul nickte betreten. Weiter würde er nicht mehr fragen. Wahrscheinlich war das gut so, dass er den ganzen anderen Rest nicht verstanden hatte. Diese Liebesschwafeleien waren irgendwie peinlich.

Plötzlich kam ihm eine Idee. Ob die wohl fies war? Er entschied sich dafür, dass sie es nicht war. „Sag mal, Leo, bleibt deine Freundin denn für länger?"

„Ja. Sie lebt und arbeitet hier in Deutschland. Wieso fragst du?"

Pünktlich zum Abendessen war Paul wieder zurück im Internat. Dr. Eberberg hatte glücklicherweise nur eine leichte Verstauchung an dem Fuß festgestellt und ihm außer einem Satz Krücken noch den Ratschlag gegeben, seinen Fuß möglichst oft hochzulegen, zu kühlen und nicht zu belasten. Nun saß er mit Sascha, Marianne und Viktor an einem Extratisch mit fünf Stühlen. Auf Stuhl Nummer fünf ruhte Pauls Fuß.

„Was denn", fragte er, während er umständlich versuchte, eine Portion Spaghetti aufzuwickeln, die möglichst nicht größer war als seine Mundöffnung, „die Polizei hat Ronnie und Thorsten gar nicht im Wald festgenommen?"

„Nein, sie haben sie *mit*genommen, nicht *fest*genommen. Für eine Festnahme, zumindest wenn sie länger als 24 Stunden dauert, braucht man einen Haftbefehl, den ein Richter ausstellt, weil eine schwere Straftat vorliegt und Flucht- oder Verdunkelungsgefahr besteht. In der …"

„Sag mal, Marianne", fiel ihr Viktor ins Wort, „nur mal so blöd gefragt: Kennst du dich auch mit … äh … Steuern aus?"

„Du meinst das Steuerrecht? Lohnsteuer, Gewerbesteuer, Erbschaftssteuer oder welche Steuer meinst du?"

Viktor starrte Marianne völlig fassungslos an. „Vergiss es."

„Heißt das etwa, dass Thorsten und Ronnie nicht bestraft werden für das, was sie getan haben?", meinte Paul.

„Keine Sorge, das werden sie", gab Marianne zurück. Und da es Marianne war, die das so überzeugend behauptete, waren schließlich alle beruhigt.

Paul hatte sich gerade eine Portion Spaghetti so in den Mund gesteckt, dass noch eine lange Nudel aus seinem Mund heraushing. Genüsslich saugte er sie ein, was zur Folge hatte, dass die an ihr haftende Tomatensoße in kleinen Spritzern in viele Richtungen wegkatapultiert wurde. „Ach", schmatzte er mit vollem Mund, „waff ich jebftt unbedingt noch wiffen muff, ifft …" Mariannes tadelnder Blick war Paul natürlich nicht entgangen. So schnell er konnte, schluckte er die Nudeln herunter, dann setzte er noch einmal an: „Also, was ich wissen muss, ist: Wer war dieser komische Typ mit der Pistole, von dem du erzählt hast, Sascha?"

„Unglaubliche Sache! Das habe ich auch erst von einem Polizisten erklärt bekommen. Der hatte nämlich auch schon einen Kollegen zu dem Kerl ins Krankenhaus geschickt, um den zu vernehmen. Also, dieser Mann heißt … äh … Sowieso Lombartz. Der Vorname fällt mir gerade nicht mehr ein. Also, dieser Herr Lombartz hat sich wohl vor ein paar Tagen heftig mit seiner Freundin gestritten. Die war dann so sauer auf ihn, dass sie einfach seine Aktentasche aus dem fahrenden Auto geschmissen hat."

„Aha. Warum ausgerechnet die Aktentasche?", warf Viktor ein.

„Vielleicht deswegen, weil die Frau wusste, dass ihm die ganz besonders wichtig ist, und sie ihm ganz besonders eins auswischen wollte. Hat sie ja dann auch geschafft. Zufällig haben nämlich Ronnie und Thorsten die Sache beobachtet, weil sie gerade mal wieder im Wald unterwegs waren, um die Joggingtruppe zu nerven. Ronnie ist dann zur Aktentasche gerannt und hat sich die geschnappt, noch bevor der Lombartz sich die wiederholen konnte. Ronnie und Thorsten sind mit dem Ding auf den Hochsitz geklettert, haben dort die Tasche aufgemacht und gesehen, dass da ganz viele Bankbelege über ganz viele Millionen Euro drinlagen. Diese Beute haben sie dann auf dem Hochsitz hinter der verklemmten Eingangstür versteckt."

„Und dann haben sie den Lombartz angerufen?"

„Erst mal noch nicht. Sie wussten ja nicht, wem die Tasche gehörte. Aber schon einen Tag später war das klar. Lombartz hatte sich auf gut Glück vor das Internat gestellt und darauf gewartet, ob er den Jugendlichen dort sehen würde, der ihm die Tasche geklaut hat. Und das hat er. Als ihr um das Internat herumgejoggt seid."

„Ich erinnere mich!", rief Marianne. „Dann hatte Lombartz Ronnie also gepackt, um ihn zu bedrohen."

„Ja. Aber Ronnie schlug stattdessen einen Deal wegen

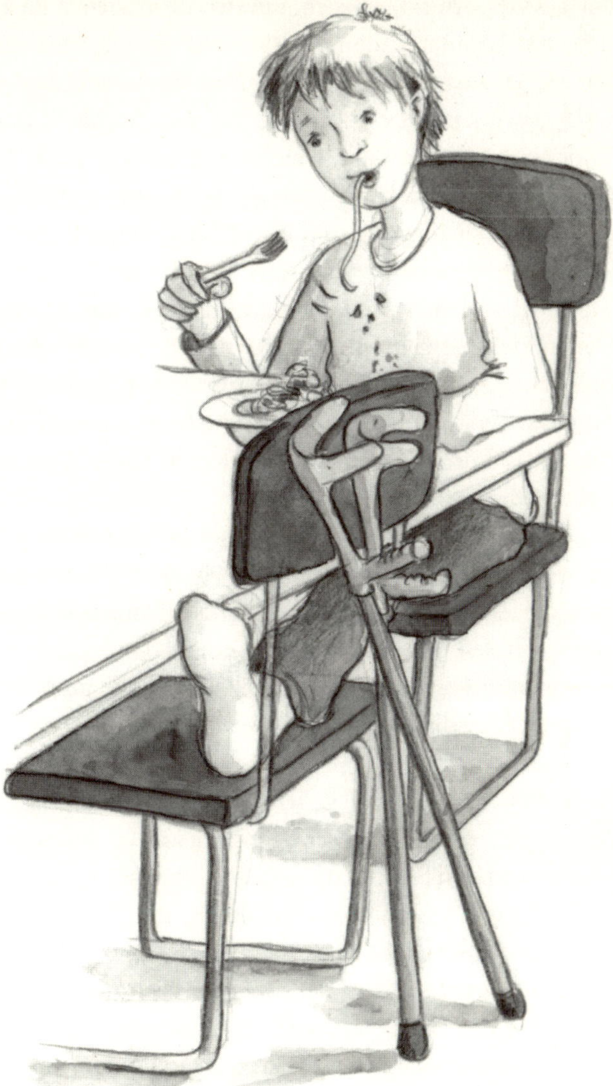

der Tasche vor und ließ sich, um den durchziehen zu können, von Lombartz die Handy-Nummer aufschreiben. So konnte er Zeit und Ort ausmachen für eine Übergabe: Geld gegen Tasche. Blöd waren nur zwei Sachen. Erstens: Thorsten wollte anfangs nicht mitmachen und dafür Ronnie verpfeifen. Nach ausreichend Prügel hatte er sich das dann aber überlegt und gesagt, dass er mitmacht. Die zweite blöde Sache war die, dass Frau Hasser Ronnie und Thorsten plötzlich nach Hause schicken wollte, bevor der Deal perfekt war. Also mussten die zwei nach ihrer Abreise möglichst schnell aus dem Bus raus- und in den Wald reinkommen. Lombartz hingegen hatte aber gar nicht vor, Ronnie für diese Aktentasche Geld zu geben. Deswegen hat er sich die Pistole gekauft."

„O Mann", meinte Paul erschrocken, „was wäre gewesen, wenn der Lombartz euch alle abgeknallt hätte, damit es keine Zeugen gibt? Ihr seid vielleicht nur um Haaresbreite mit dem Leben davongekommen!"

Sascha nickte. „Das hatte ich ehrlich gesagt auch schon gedacht. Aber dazu wäre es nie gekommen."

„Warum nicht?"

„Weil das Teil, das sich der Lombartz auf die Schnelle besorgt hat, eine Schreckschusspistole war."

Alle schauten Sascha mit großen Augen an.

„Nee, oder?", stieß Viktor ungläubig aus.

„Doch. Und soll ich euch mal was richtig Cooles sagen? Leo hat es gewusst! Der hat es sofort geschnallt, weil der Lombartz die Leiter hochgeklettert ist und nicht stehen geblieben ist, obwohl Leo gedroht hatte, ihn zu erschießen. Ist der nicht klug?"

Eigentlich hatte Viktor nur ganz zufällig zu Paul hinübergesehen. Doch beim Anblick des Gesichtsausdruckes, den er da erblickte, konnte er sich das Lachen leider nicht verkneifen.

„Warum waren denn eigentlich die ganzen Bankbelege so wichtig?", fragte Paul mit einem ärgerlichen Seitenblick auf Viktor.

„Ist doch klar. Geldwäsche, Steuerhinterziehung, Schwarzgeld, sonstige dubiose Geschäfte – wahrscheinlich wollte dieser Herr Lombartz mit den Belegen wiederum andere erpressen. Sonst hätte er sich ja nicht auf Ronnie eingelassen, sondern wäre gleich zur Polizei gegangen."

Alle sahen Marianne an, nickten beeindruckt und schwiegen für einen Moment. Unglaublich, diese Geschichte. Und Ronnie und Thorsten steckten da nun auch ganz schön tief mit drin.

„Was passiert denn jetzt mit Femke?", meldete sich Viktor erneut zu Wort. „Immerhin hat sie doch auch etwas falsch gemacht."

„Femke hat sich bei mir und Lena entschuldigt. Lena hat natürlich außerdem ihr Geld wiederbekommen und Femke hat noch fünf Euro als Wiedergutmachung obendrauf gelegt. Frau Hasser hat uns gefragt, ob uns das reicht oder ob wir meinen, dass sie noch mal extra bestraft werden muss. Aber natürlich war das so okay für uns. Morgen will Femke auch noch mal vor der ganzen Klasse was dazu sagen."

„Das muss sie doch nicht, oder?", fragte Viktor, dem diese Vorstellung offensichtlich Unbehagen bereitete.

„Sie möchte es aber", meinte Sascha. „Und ... na ja,

ich glaube zwar nicht, dass mich noch jemand verdächtigt, aber falls doch …“ Ein Gedanke kam ihr in den Sinn. „Lena hat ihre Wiedergutmachung bekommen. Vielleicht ist das Femkes Wiedergutmachung für mich. Und, ganz ehrlich, ich könnte mir keine vorstellen, die besser passt.“

Alle nickten.

„Femke ist schon echt anständig. Das wird mir gerade noch mal so richtig klar“, meinte Marianne, während sie zu dem Mädchentisch der siebten Klasse hinüberschaute. Femke saß inmitten der Klassenkameradinnen und lachte gerade über irgendetwas, das Sophie gesagt hatte. „Fehler macht jeder mal. Aber dann ist es wichtig, wie man mit diesen Fehlern umgeht. Also: Hut ab vor Femke.“

Wieder nickten alle.

Paul und Sascha saßen schließlich noch am Esstisch und unterhielten sich, als schon alle anderen aufgestanden waren. Die Reinigungskraft begann, die Tische abzuwischen.

„Was für ein Tag!“, seufzte Paul. „Ich bin nur superfroh, dass dir nichts Schlimmes passiert ist.“

„Wenn du nicht Leo geschickt hättest, dann wären wir heute bestimmt auch bei Dr. Eberberg gelandet.“

„Aber der Lombartz war doch da. Die hätten doch nichts gemacht, solange der …“ Paul unterbrach sich selbst. Hatte er nicht vorhin noch die Befürchtung gehabt, dass der Typ alle abgeknallt hätte – wenn er gekonnt hätte –, nur um keine Zeugen zu haben? Wahrscheinlich war diesem Kerl bis auf seine Aktentasche alles andere egal. „Meinst du, dass die euch tatsächlich verprügelt hätten?“

„Ach, Paul, ich weiß das nicht. Aber immerhin haben

sie es sehr genossen, dass sie uns große Angst eingejagt haben."

„Mann, was gibt es doch für kranke Typen."

„Ja, aber es gibt zum Glück auch noch *nette*. Dich zum Beispiel."

Paul schaute auf die Tischplatte. Seinen und Saschas Teller hatte Marianne vorhin mit abgeräumt. Trotzdem lag noch ein einsames Stück Spaghetti auf dem Tisch, aus dem er ein wenig verlegen einen Kreis formte, den er mit ein paar Stupsern seines Fingernagels möglichst vollkommen rund hinzukriegen versuchte. Plötzlich hatte er ein schlechtes Gewissen. Eigentlich wollte er Sascha ja nichts davon sagen. Er hatte sich ausgemalt, wie sie reagieren würde, wenn sie es plötzlich mit eigenen Augen sehen würde. Aber nun fühlte er sich wie ein mieser Kerl, während sie ihn hier als nett bezeichnete. O Mann!

„Ich habe Leo zu unserem Krippenspiel eingeladen."

„Was? Hey, toll! Und, kommt er?"

„Ja. Ich habe ihm gesagt, er könnte auch noch jemanden mitbringen und sie könnten sogar in der ersten Reihe sitzen."

„Schön!" Sascha strahlte.

„Dieser Jemand ist … ähm … seine … na ja … seine Freundin." Paul beobachtete Saschas Gesicht ganz genau. Wahrscheinlich war sie jetzt sehr enttäuscht. Er hoffte nur, dass sie nicht weinen würde oder so was. Aber nichts dergleichen passierte. Sie machte eher den Eindruck, als hätte er eben über das Wetter von gestern geredet.

„Woher weißt du denn, dass er eine Freundin hat? Hast du sie schon mal gesehen? Ist sie hübsch?"

„Ich weiß nicht. Nein, ich kenne sie nicht. Er hat mir nur erzählt, dass sie Italienerin ist."

„Italienerin?! Echt? Von woher genau? Aus Rom? Sizilien? Florenz? Venedig?"

„Äh, keine Ahnung. Er sagte nur, sie wäre aus Italien."

„Das ist ja der Hammer! Und sie kommt zum Krippenspiel? Das muss ich meiner Mutter erzählen. Die muss sich dann unbedingt mit ihr unterhalten. Ich liiiebe es, wenn meine Mutter Italienisch spricht. Das klingt sooo toll!"

„Arme hoch!" Die Reinigungskraft knallte den feuchten Lappen auf die Tischplatte und wischte lustlos von links nach rechts.

Paul sah, wie seine kunstvoll in Kreisform gelegte Nudel auf Nimmerwiedersehen in dem Lappen verschwand. Komisch, er hätte wetten können, dass Sascha auf Leos Freundin anders reagieren würde. Sie hatte auf ihn immer den Eindruck gemacht, dass sie in diesen Gärtnerlehrling wenigstens ein bisschen verknallt war. Ob er sich das nur eingebildet hatte? Aber vielleicht waren Mädchen auch einfach nur undurchschaubar.

Um Punkt 21.00 Uhr löschte Marianne das Licht im Zimmer. Sascha lag hellwach in ihrem Bett und starrte in die Dunkelheit. Jetzt war der Moment, wo sie dieses eine Tränchen, das sich einfach nicht wegdrücken lassen wollte, endlich freilassen konnte. Als Paul vorhin erzählt hatte, dass Leo eine Freundin hat, hatte ihr das schon einen Stich versetzt. Nein, sie war nicht todunglücklich, aber … ach …

Hey, Jesus, ich weiß ja nicht, ob man so was überhaupt denken darf, aber ich wüsste zu gerne, ob du während deiner Zeit auf dieser Erde auch mal so was wie Liebeskummer hattest. Na ja, ich habe ja zum Glück keinen. Also, keinen richtigen. Unwillkürlich stieß Sascha einen lauten Seufzer aus – was jedoch nicht weiter schlimm war. Vielmehr ging er in dem soeben einsetzenden Schnarchgeräusch aus dem Nachbarbett unter. Pauls Spruch von letztem Sonntag kam ihr wieder in den Sinn. „Lieber die Taube auf dem Grill als den Spatz auf dem Dach."

Weißt du was, Jesus? Paul ist klasse. Und er ist alles andere als nur die Taube auf dem Grill. Sie stutzte kurz. Hallo? In welche Richtung machten sich ihre Gedanken denn jetzt auf den Weg? *Er ist aber auch nicht der Spatz auf dem Dach*, fügte sie eilig hinzu und verstand nun selber gar nicht mehr, was sie damit eigentlich ausdrücken wollte. *Also, was ich eigentlich meine, ist, dass ich riesig froh bin, Paul als Kumpel zu haben. Und ich bin froh, dass du immer da bist, auf mich aufpasst und dir geduldig den Quatsch anhörst, den ich dir so oft erzähle. – Übrigens, ich freue mich schon total auf Weihnachten. Danke für dieses superschöne Fest und den superschönen Grund, weshalb wir das feiern. Als nächstes Fest kommt ja dann Ostern, nicht!? Ich werde Paul gleich morgen mal fragen, wo man in der Bibel das mit diesen Hasen nachlesen kann.*

Bereits erschienen:

Bettina Poock

Sascha –
Ein fast perfekter Deal

Band 1

208 Seiten, Taschenbuch,
mit Illustrationen
ISBN 978-3-7655-4153-7

Die dreizehnjährige Sascha ist sauer. Ihre Mutter hat sie in einem Internat angemeldet, weit weg von ihrer Heimatstadt Berlin. Ganz so schlimm, wie Sascha dachte, ist das Internat dann doch nicht. Aber bald stellt sich heraus, dass in dieser Schule etwas nicht stimmt. Was will der unbekannte Mann, der mit einem Fernglas die Schülerinnen beim Joggen beobachtet? Gemeinsam mit ihrem Kumpel Paul versucht sie dieses Rätsel zu lösen – und gerät dabei in eine brenzlige Situation …

Aus der Kaminski-Kids-Serie:

Carlo Meier

**Die Kaminski-Kids –
Spurlos verschwunden**

Band 13

176 Seiten, gebunden,
ISBN 978-3-7655-1147-9

Im neuen Band der Bestseller-Reihe ist eines Tages plötzlich keine Spur von Debora mehr zu finden. Simon und Raffi durchstöbern Haus und Hof und durchkämmen mit ihrem Collie die ganze Gegend – erfolglos. Familie Kaminski schaltet die Polizei ein. Ein Personensuchhund nimmt die Fährte auf. Die führt bis zur Straße vor dem Hof und endet dort unvermittelt. Ist Debora in ein Auto gestiegen? Niemals würde sie freiwillig mit Fremden mitfahren. Wurde Debora entführt? Der ungeheuerliche Verdacht scheint sich zu erhärten …

BRUNNEN VERLAG GIESSEN
www.brunnen-verlag.de